Roman

Dalibor Marković

PAPPEL

Die Geschichte eines Herumtreibers

Voland & Quist

Auf dem Grund einer dumpfen Finsternis ging er,
durch die rote dürre Nadeln rieselten,
in der Äste knackten.

Ernst Nowak

Für Amanda

Erster Teil

Die Bäume

Plötzlich tauchte die Sonne auf. Dort, wo die dunklen Umrisse zweier benachbarter Gipfel sich trafen, erschien ein orangefarbenes Pünktchen. Mit bloßem Auge hätte es ebenso gut der Ausläufer eines Waldbrands sein können, der hinter dem Bergrücken heranskroch, oder das Signalfeuer eines Försters, das die Rotwildsaison eröffnete. Aber erstens hatte es im Gelbachtal schon seit Tagen geregnet, und zweitens saß der zuständige Förster gerade vor der St. Wendelinskapelle und amüsierte sich über die losen Schnürsenkel seines linken Stiefels. Ab und zu holte er mit dem Mittelfinger aus dem Hals der Kornflasche ein *Plopp* heraus. Wenn er aufgeblickt hätte, wäre ihm aufgefallen, dass aus dem Pünktchen bereits ein glühendes Kuchenstück geworden war. Bald würde der volle Sonnenkreis am Himmel stehen.

Nur wenig später, als wäre aus dem Nichts eine Treibjagd eröffnet worden, zogen Windböen über die Berge. Wie eine Räuberbande auf Wildpferden stürzten sie sich mit Gebrüll ins Vergnügen. Zwei von ihnen schossen an einem Baumstamm hoch und schlugen im Geäst so lange um sich, bis kein Blatt mehr übrig war. Ein Nachzügler wickelte sich um die kahlen Äste und zerrte an ihnen, sie knackten erbärmlich. Anderswo huschte eine grimmig heulende Böe in ein breites Astloch und pumpte das

Holz von innen dermaßen auf, dass ein Bersten unvermeidlich wurde. Die Explosion der umherspritzenden Holzteile ahmte die Parabeln einer Feuerwerksrakete nach. Im Hintergrund wurde eine Fichte von einer Gruppe Jungböen angesprungen und so weit entwurzelt, dass der Stamm schräg im Boden steckend zurückblieb. Vor Freude schlüpften sie gegenseitig durch die jeweils andere hindurch und kehrten flugs zu den ausgewachsenen Böen zurück, die auf ein Plateau zusteuerten. Auf einer Lichtung hatte sich ein Pulk gebildet, aus allen Ecken des Waldes kamen weitere Böen hinzu. Eine rotierende Windhose entstand, die immer mächtiger wurde und turmhoch anstieg. Das Heulen wurde verstörend laut und steigerte sich mit jeder anschwellenden Umdrehung, bis plötzlich alles verstummte. Für den winzigen Bruchteil eines Augenblicks war die Luft erstarrt. Wie auf Kommando stoben die Böen in alle Richtungen auseinander und stiegen nach oben. Ihre Körper wuchsen im Flug wieder zusammen, wurden doppelt bis hundertmal so groß und fügten sich Schicht um Schicht zu einer riesigen Blase aus Windströmungen zusammen, die drohend über dem Berg schwebte. Am Horizont kroch eine Sturmfront heran, ein grau-schwarzes Wolkenmonstrum, von Blitzen durchzogen. Davon unbeeindruckt teilte sich die Blase im nächsten Moment in klitzekleine Verwehungen auf, die in Form und Größe von Bonbonpapieren nach unten fielen. Noch im Sinkflug blähten sie sich zu nach oben gedrehten Tropfen auf und weiter zu handgroßen Luftballons, die aber um den Knoten herum schnell spröde wurden und daher unversehens die Form von Fallschirmen annahmen, die sich nahezu gleichzeitig aufspannten und im Gleitflug mit dem Stoff benachbarter Schirme vermengten. Der Flickenteppich, den sie dabei bildeten, war mindestens einen Hektar groß und trieb gemächlich, mit Auswölbungen hier und da, über die Baumwipfel hinweg. Allmählich begann der Teppich, Risse zu bilden, es lösten sich

Fetzen unterschiedlichster Ausprägungen heraus, die kleinsten waren rechteckig, etwa so groß wie ein Küchentuch, und stürzten pfeilschnell ins Grün der Bäume hinab. Manche als Wirbelwind, andere segelten erst auf den Erdboden zu und schossen mit ausgebreiteten Strömungsarmen wieder hinauf. Eine Böe hatte die Form einer menschlichen Hand angenommen, welche die Blüte eines Pappelbaums vom Zweig abzog und mitnahm. Sie entfernte sich von den anderen und rutschte über eine Schneise im Wald den Berg hinunter. Unten angekommen, sprang sie geschwind über einen Bach, der unter ihr aufschäumte, und schob sich durch die angrenzenden Felder, wo sie eine breite Spur aus umgeknickten Weizenhalmen hinterließ. Am Dorfeingang orientierte sie sich eine Weile auf dem Dachfirst der Stallungen des ersten Hofes, schulterzuckend sah sie den in alle Richtungen wehenden Dachziegeln nach und stürmte dann zielsicher eine Straße hinauf. Bevor sie beim Förster landete, drehte sie noch drei Pirouetten um das Messingkreuz der Kapelle. Voller Aufregung stieß sie ihm einen Gruß ins Gesicht, bemerkte aber sofort, dass die Blüte des Pappelbaums unterwegs verloren gegangen war. Der Förster schützte sich mit den Unterarmen vor dem aufkommenden Wind und war sich im Unklaren darüber, ob er beim Betrachten seiner Schnürsenkel kurz mit dem Kopf auf den Knien eingenickt war. Auf dem Rückweg zum Haus entschied er, einen kleinen Abstecher Richtung Dorfeingang zu machen. Vielleicht war Lieselotte schon wach und schlug die Bettdecken auf, während er am Fenster vorbeilief. Einmal hatte sie dabei Unterwäsche getragen, die weiße mit den Spitzen an Hals und Unterarmen. Aber obwohl er zweimal so tat, als hätte er unterwegs etwas verloren, damit er umkehren und wieder in die Fenster schielen konnte, war keine Spur von ihr zu sehen. Er konnte nicht wissen, dass sie hinter dem gehäkelten Vorhang des Stubenfensters stand und sich das Trauerspiel draußen ansah.

Als es vorbei war, lief sie zwitschernd zu den Schlafgemächern. Den Arbeitskittel trug sie bis oben hin zugeknöpft.

Ungeachtet dessen war an dem Morgen der Samen eines Pappelbaums in eine feuchte Erdspalte gerutscht und begann sofort mit der Keimung. Innerhalb weniger Tage bildete sich ein Wust aus Härchen, die prächtig gediehen und sich rasch als junge Wurzeltriebe im Boden verteilten. Dabei stießen die Verästelungen sowohl sternförmig in die Breite als auch tief ins Erdreich hinein und steckten das Territorium für die Versorgung mit Wasser und Nährstoffen ab. Das konnte dem Spross am anderen Ende nur willkommen sein. Er besaß Länge und Form eines Streichholzes und war kurz davor, die Humusschicht zu verlassen. Natürlich genoss er die Sonderstellung, als Einziger geradeaus nach oben zu wachsen, aber er empfand es als ungerecht, dass die Wurzeln viel schneller vorankamen und teilweise schon so dick waren wie Bockwürste. Einmal stieß ein Regenwurm beim Durchwühlen der Erde gegen einen gut ausgeprägten Wurzelarm und änderte daraufhin seine Richtung. Für den Spross, der die Erschütterung mitbekommen hatte, war die Einsicht, dass er aufgrund seiner dürren Statur vom Regenwurm beim Weitergraben einfach zur Seite gedrückt worden wäre, kaum zu fassen. Weil ansonsten nicht viel los war im Erdreich, wartete er sehnsüchtig darauf, sein Köpfchen oben durch die letzte dünne Schicht aus Moos und Flechten zu schieben und etwas vom Tageslicht abzubekommen. Lange musste er darauf nicht mehr warten. Es war an einem Dienstag. Der Förster hatte zum Frühstück ein Graubrot, zwei Speckscheiben und Holunderblütentee mit einem Schuss Brandwein zu sich genommen und fiel beim Brunnen des Dorfes vor Lieselotte auf die Knie, um seinen Verlobungswunsch zu bekunden, woraufhin sie einen der Wassereimer abstellte und ihm den Inhalt des anderen mit vollem Schwung ins Gesicht schüttete. Während außerdem zur gleichen Zeit im weit entfernten Österreich-Ungarn eine Frau namens Julie Kafka der Hebamme fest entschlossen in die Augen sah und ihren ersten Sohn herauspresste, war es endlich so weit. Mit zwei frischen Blattknospen, die sich durch das zarte Türkis vom hölzernen Ockerfarbton des Schaftes absetzten, erblickte der Spross einer Schwarzpappel das Licht der Welt.

Die Sonne, die mal wohlig warm an ihn herandrang, mal durch Wolken gefiltert wurde, aber auch der Schatten der benachbarten Bäume und die Dunkelheit der Nacht, die ganz anders war als jene im Erdboden, faszinierten ihn sehr. Der Sommer war angebrochen, und unzählige Ameisen und Asseln krabbelten über ihn hinweg. Das war auf Dauer etwas lästig. Ganz anders dagegen der Tausendfüßler, der von einem Blatt auf das andere hinübertrippelte und wimpernhafte Berührungen verteilte, ein angenehmes Gefühl. Je höher und breiter die Wuchsachsen des Sprosses wurden, je fester und schützender sich die Borke um ihn herum bildete, desto weniger spürte er aber etwas von Fühlern und Füßchen. Dafür tat der erste seitliche Austrieb eines Astes höllisch weh. Es war, als brennte ihm jemand von außen einen glühenden Hornissenstachel langsam rotierend, vor jeder vollen Drehung die Richtung wieder wechselnd, durch die frisch gebildete Rinde und versuchte dann, einen doppelt so dicken Holzpfropf von innen durchzuschieben. Aber das gehörte dazu, beruhigte er sich. Außerdem sah man deutlich mehr nach einem Baum aus mit dem schräg nach oben stehenden Ast. Schon nach einer Woche war das Resultat unverkennbar. Eine Schnecke hatte ihr Häuschen beim Vorbeikriechen nicht mehr an ihm entlanggeschabt, wie es sonst häufig der Fall gewesen war, sondern machte einen kleinen Bogen. Die Freude darüber hielt sehr lange an. Irgendwann stellte er fest, dass ein Rehkitz sich genähert hatte und kaum den Kopf zu ihm senken musste. Mit waagerechtem Hals schnupperte es an seinen frisch gewachsenen Blättern und den vielen neuen Knospen, als weiter oben im Berg ein Blitz einschlug und das Kitz mit einem Satz ins Gehölz wegsprang. Aus dem Spross war ein junges Bäumchen mit drei Ästen geworden, die ihrerseits schon einen ansehnlichen Haufen Zweige trugen. In dem Moment, als der Regen einsetzte und er spürte, wie die Tropfen auf seine Blätter trafen und ihn entlang der Spreiten in zäh fließenden Bahnen streichelten, fühlte er sich zum ersten Mal wie ein richtiger Baum.

Immer wenn die Füchse kamen, träumte der Pappelbaum davon, eine frei stehende Linde zu sein, inmitten der Weizenfelder unten im Tal, am Rand des Fußweges, der zwei Feldabschnitte voneinander trennte. Spaziergänger würden ihn schon von Weitem erblicken und in der sengenden Hitze des Hochsommers seinem Schatten entgegenfiebern. An den Stamm gelehnt würden sie beim Schluck aus der Feldflasche mit dem Blick an seinem Blätterdach hängen bleiben, das aufgrund einer Julibrise leicht flatterte. Im Dorf würde man ihm einen Namen geben. Die *Große Linde* oder sogar *Gelbachlinde*. Da musst du einfach nur an den Stallungen vorbei, dann durch den Holunder, da geht es bergab, unten am Weizen entlang bis zur Gelbachlinde und dann querfeldein, da kommt ein Bach, wo du deine Flasche mit Wasser auffüllen kannst, bevor es den Berg hochgeht. So würde Lieselotte einem Fremden, der einen Sonntagsausflug machen wollte, den Weg erklären und danach den neuen Stallburschen Jens rufen, damit er ihr beim Aufhängen der Wäsche zur Hand ging. Der Fremde nähme den beschriebenen Weg und würde sogar eine kurze Rast neben dem Pappelbaum machen, aber keine Notiz davon nehmen, dass sich ein erster Pilz darauf breitgemacht hatte.

Im Winter dehnte sich eine unendliche Ruhe aus. Mit Ausnahme der Füchse waren die meisten Bewohner wie von Zauberhand verschwunden. Nur der Nachtfrost und die Schneeschicht, die auf den Ästen lag, waren übrig geblieben und machten den Juckreiz der Pilzflechte erträglicher. Der Pappelbaum vertrieb sich die Zeit mit der Beobachtung von Schneeflockenformen, ohne den blassen Schimmer davon zu haben, dass durch das Aufkommen der Quantenphysik eine neue Sicht auf die Welt entstanden war. Danach waren die kleinsten Teilchen, aus denen die Dinge der Welt bestanden, im Grunde nicht an einen Ort gebunden, sondern unterlagen den Gesetzen der Wahrscheinlichkeit. Das Konzept ließe sich auf das Fallen von Schneeflocken anwenden. Demzufolge hätte jede einzelne Flocke, die auf den Ästen der Pappel gelandet war, ebenso gut woanders landen können. Im Dorf zum Beispiel, auf dem Grundstück eines Hofes, wo sie vielleicht Teil eines Schneemanns geworden wäre.

Der Pappelbaum war mächtig stolz auf seine saftig grünen Knospen, als sie endlich wieder sprossen, aber weder der Bussard, der eine Zwischenlandung machte, um eine Ladung Schiss abzuwerfen, noch der Wespenschwarm, der sich in einer Astgabel angesiedelt hatte, nahmen Anteil daran. Einmal glaubte er, dass ein Specht ihm eine Nachricht ins Holz geklopft hätte, aber nach unzähligen Entschlüsselungsversuchen wurde ihm klar, dass es keinen Sinn hatte, auf ein Kompliment für sein Blätterwerk zu warten. Das war am Abend vor der Walpurgisnacht. Auf dem Hügel wurde ein großes Feuer entzündet. Die Dorfbewohner feierten und tanzten die ganze Nacht hindurch. Im Morgengrauen spürte er die Hände von Lieselotte, die sich um seinen Stamm legten und mit stärker werdenden rhythmischen Stößen gegen ihn drückten. Obwohl ihre Augen aus nächster Nähe auf die Maserung seiner Rinde starrten, sah sie durch ihn hindurch, als wäre er nicht vorhanden. Jens, der Stallbursche, stand hinter ihr und zog lustige Grimassen. Seine Tiermaske, ein geschnitzter

Wolfskopf, war zur Hälfte vom Gesicht gerutscht. Zu gerne hätte er ihnen zugerufen, dass der Förster hinter dem Ahorn kauerte und sie beobachtete. Dieser ballte die Fäuste so fest, dass ihm die spitzen Fingernägel blutig ins Fleisch schnitten. Wenn im Unterholz ein abgebrochener Ast gelegen hätte, dick wie ein Tischbein, hätte ihn sich der Förster geschnappt, wäre zu ihnen herübergestapft und hätte so lange auf die Wolfsmaske eingedroschen, bis er völlig ermüdet neben der Leiche von Jens zusammengebrochen wäre. Zum Glück waren im Unterholz nur Brennneseln und der Eingang zum Fuchsbau. Keines der Familienmitglieder traute sich heraus, bis der Förster endlich verschwunden war. Da war es schon Mittag, und vom Dorf her schlug die kleine Glocke der Wendelinskapelle. Üblicherweise kamen die Füchse einmal täglich beim Pappelbaum vorbei. Entlang des Stammes machten sie fünf Pfützen, zwei große und drei kleinere, deren Flüssigkeit langsam im Boden versickerte. Vorbei am Wurzelwerk und dem Tunnelsystem eines allein lebenden Maulwurfs, der sich unfassbar über den Gestank ärgerte. Ob die Füchse einen familieninternen Namen für ihren Toilettenbaum hatten, vielleicht *Pullerpappel*, hatte der Pappelbaum nicht herausbekommen können. An einem Morgen im Frühherbst, der Fuchsurin versickerte mal wieder im Erdreich, die Pilzflechte juckte höllisch auf der Rinde und oben nahm das Wespensummen kein Ende, gab der Pappelbaum sich kurzerhand selbst einen Namen.

Betrachtete man Pappeln im Vorbeigehen, hatten diese dreieckig geformte Blätter mit kleinen gewellten Einkerbungen an den Rändern. Es bedurfte schon einer genauen Beobachtung, um zu sehen, dass an den Blättern der Pappel Veränderungen eintraten, genauer gesagt, dass die Einkerbungen dabei waren zu verschwinden, in etwa so, als erlangte in Unruhe geratenes Wasser in einem Aquarium seine glatte Oberfläche wieder. Gleichzeitig schob sich neues Blattmaterial spitzförmig in die Ecken. Am Ende des Vorgangs, der kaum mehr Zeit in Anspruch nahm, als eine Wespe benötigte, um vom Nest zur Blumenwiese im Tal zu flirren, hingen perfekt gezogene Dreiecke im Geäst der Pappel, die sich an der Größe des ursprünglichen Blattes orientierten. Ihre biegsame Struktur hatten sie eingebüßt und durch eine ungewöhnlich feste Substanz ersetzt. Nur ein geschultes Auge hätte sofort erkannt, dass es sich um ausgehärtetes Licht handelte, eine uralte Materie, die im Universum nur noch selten vorkam. Als die Farbe der Dreiecke daraufhin von einem Blattgrün in ein strahlendes Silbergrau wechselte, wäre auch einem Eichhörnchen aufgefallen, dass da etwas in der Luft lag. Aber es reckte der Pappel seinen Hintern entgegen und grub weiter. Vom Wipfel her, in einer schnell abwärtsführenden Wischbewegung, verschoben die Dreiecke ihre Position zueinander, wobei sie sich vorerst noch schuppenhaft überlappten, aber schon bald wurden die Abstände akkurat angepasst und um den Baum herum entstand ein gigantischer Zylinder aus Dreiecken, mit dem Stamm als Mittelachse. Von Weitem wirkte es, als hätte sich die Pappel ein riesenhaftes Handtuch umgewickelt. Sobald die letzten haarfeinen Korrekturen abgeschlossen waren, kein noch so winziger keilförmiger Spalt mehr zu sehen war, verschmolzen die Fugen zwischen den Dreiecken, und eine lückenlose Hülle war hergestellt. Augenblicklich verlor die silbergraue Färbung ihren Glanz. Transparente Punkte, noch stecknadelkopfgroß, verstreuten sich und erreichten schon bald den Umfang von Fingerabdrücken. Als Gucklöcher erlaubten sie zu Abertausenden einen Blick in das Innere des Zylinders, wo nebelhafte Schlieren in dampfender Bewegung schwerfällig zirkulierten. Nur wenig später, die Gucklöcher waren bereits zu faustgroßen Klecksen auseinandergestoben, die sich miteinander verbanden und in chaotischen Flechten um die Hülle wucherten, überwog der durchsichtige Anteil des Zylinders, und hinter den

Nebelschlieren wurden die Umrisse einer menschlichen Gestalt erkennbar. Die Arme, beide seitlich nach oben gereckt, ließ sie langsam herabsinken und sah sich die Hände an, wobei sie die Finger wie ein Tonleitern übender Klavierspieler bewegte. Nach mehreren Fingerläufen zog sie die Hände zur Seite und warf einen prüfenden Blick über den Unterleib auf die Beine, berührte nach einiger Bedenkzeit sogar beide Kniescheiben. Der rechte Fuß wurde vorsichtig angehoben, danach der linke. Zwischenzeitlich hatten sich die Nebelschlieren verflüchtigt, die Zylinderhülle als solche war nicht mehr vorhanden, sie hatte sich fast vollständig zersetzt. Nur ein kurz anhaltendes Knistern ließ noch verlauten, dass die letzten Reste gerade dabei waren, mit der Luft zu verschmelzen, woraufhin winzige Ascheflocken in Zeitlupentempo auf den Erdboden schwebten und einen kreisrunden Bereich, dessen Mittelpunkt die Menschengestalt einnahm, hauchdünn mit steinkohleartigem Staub bedeckten.

Das Auffälligste an Konrad Pappel waren die grünen Augen. Sein schwarzes Haar wäre wohl gescheitelt gewesen, hätte er einen Kamm dabeigehabt, aber er hatte nicht mal eine Tasche umhängen, in der ein solcher Kamm oder eine Feldflasche stecken könnten. Mit dem Wasser aus der Feldflasche hätte er sich wenigstens die Asche aus dem Gesicht waschen können. Allerdings wirkte es mit der dunklen Staubschicht, die über den ganzen Körper verteilt war, als wäre er gar nicht splitternackt. Falls er in diesem Aufzug zufällig einer Dame des Landadels begegnet wäre, hätte ihr der Anblick mit Sicherheit einen Schrei des Entsetzens entlockt, mit anschließendem Ohnmachtsanfall. Anders jedoch bei Lieselotte. Die hätte einmal interessiert geguckt und wäre zwitschernd weitergelaufen. In diesem Teil von Hessen-Nassau kam es allerdings selten vor, dass Damen morgens alleine durch den Wald spazierten, und Lieselotte schlug in den Schlafgemächern ohnehin gerade die Betten auf. Konrad bemerkte eine Verhärtung in seinem Schritt, stark wie eine Wurzel. Er sah sich um. Im Tal konnte er den Lauf des Bachs nachverfolgen, der sich irgendwann in einem Waldstück verlor. Daneben lag das Dorf. Ein Baumstamm versperrte ihm die weitere Sicht. Die Möglichkeit, die Position des Kopfes zu verändern, kam ihm wie eine Sinnestäuschung vor. Das Dorf wurde sichtbar, klar und deutlich lag es vor ihm. Sobald er den Kopf in die vorherige Stellung zurückzog, verschwand das Dorf wieder hinter dem Baumstamm. Er wiederholte dies mehrere Male, bis er sicher war, dass alles mit rechten Dingen zuging. Im Gegensatz dazu erwies sich das Fortbewegen mithilfe eines Körpers schwieriger als erwartet. Er stolperte oft und schlitterte unbeholfen umher, bis er zur Schneise gelangte, wo er endgültig den Halt verlor und zum Ufer des Baches mit ungelenk eingestreuten Purzelbäumen hinunterstürzte. Blutige Risse und Schürfwunden an Armen und Beinen waren die Folge. Er tunkte den Zeigefinger in eine Wunde, verschmierte das Blut mit der Asche und war überrascht, wie zähflüssig es war. Danach ließ er sich in den Bach plumpsen und planschte herum. Bewegungen machten ihm Spaß. Am meisten war er von seinen Händen fasziniert. Insbesondere von den Fingern, aus denen man im Bruchteil einer Sekunde zwei Fäuste machen konnte, oder eine Schale, die man ins Wasser tauchte, um sich einen Schwall ins Gesicht zu werfen. Die Ascheschicht war weggewaschen. Beim Herauswaten, als seine Füße die Wasserlinie verließen, bemerkte er, dass er ein Feuermal am linken Knöchel trug. Es zeigte die Umrisse eines herkömmlichen Pappelblattes, wie er sie zu Hunderten an seinem Holz getragen hatte. Die Spitze zeigte zur Ferse, der Stiel wand sich leicht gebogen an der Wade entlang nach oben. Ein Windstoß ließ ihn frösteln. In gebücktem Gang überquerte er die abgeernteten Weizenfelder und kletterte auf die Gelbachlinde, wo er sich im Schutz der Blätter einen besseren Überblick verschaffte.

Aus dem Dorf stieß bei den Holunderbüschen ein Männertrupp auf den Fußweg. Der Förster lief vorneweg. An seiner Brust baumelte ein Klemmbrett, von den Ecken der Schmalseite ausgehend, hing es mit einer Kordel um seinen Hals. Er hatte seine Försterkluft an, die anderen trugen weiße Hemden und mit Lederstreifen verstärkte Cordhosen. Äxte, aber auch Spitzhacken ragten neben den Köpfen auf. Einer von ihnen hatte eine riesige Schieblehre schräg über den Rücken gebunden. Am Ende des Trupps schleppten zwei Männer eine Baumsäge in ihrer Mitte, ähnlich einem Elternpaar, das ihr Kind an den Händen hielt. Den Abschluss bildete ein Pferd, das mit etwas Abstand an einer auf dem Boden schleifenden Leine trottete. Als sich alle um den Stamm der Gelbachlinde verteilt hatten, zeigte der Förster auf den Teil des Waldes, der abgeholzt werden sollte. Alles im Umkreis des flachen Hangstücks in der Mitte, rechts von der Schneise, etwa dreißig Schritt in Breite und Länge, sagte er. Der Mann mit der umgebundenen Schieblehre erteilte Befehle, und der Trupp setzte sich in Bewegung, wobei der Förster mit dem Befehlsgeber wieder zum Dorf zurückkehrte, um die Sammelstelle vorzubereiten. Die Holzfäller schwärmten aus und verteilten sich in Grüppchen auf dem Hang. Junge Bäume mit dünnem Stamm wurden mit Äxten entfernt, bei größer gewachsenen Exemplaren kam die Baumsäge zum Einsatz. Zu zweit sägten sie den Stamm entlang der dem Tal zugewandten Seite so weit an, bis sie zu einem Drittel durch waren, dann schlugen sie auf gleicher Höhe von hinten eine tiefe Kerbe hinein. Es war nur eine Frage der Zeit, bis der Baum nachgab und einknickte. Äste und Zweige wurden abgeschlagen und mit keilartigen Breitschneiden das weißfaserige Holz zutage geschabt. Die kahlen Stämme wurden hangabwärts gestoßen. Mit schlingernden Drehungen entlang der Stammachse und spektakulären Überschlägen landeten sie im Tal und sammelten sich kreuz und quer am Ufer des

Baches. Unten räumten Männer mit Spitzhacken, die seitwärts ins Holz gerammt wurden, das Durcheinander auf und brachten die Stämme ruckartig, Meter für Meter, an der schmalsten Stelle des Bachlaufs in Position, wo das Pferd mit Ketten am Geschirr wartete. Den ganzen Tag wanderte es von dort zu einer wettergeschützten Stelle bei den Holunderbüschen am Fuße des Dorfes und wieder zurück. Der Mann mit der Schieblehre vermaß die Durchmesser der Baumstämme, die vom Förster akribisch auf das Papier am Klemmbrett gekritzelt wurden. Wenn er längere Zeit auf die nächste Ziffer warten musste, ließ der Förster den Blick über das Tal schweifen, in dessen Mitte die Gelbachlinde thronte.

Konrad Pappel verließ sein Versteck erst, als es Nacht geworden war. Er sprang aus dem honiggelben Herbstlaub der Linde auf den Feldweg und steuerte auf das Dorf zu. Einmal blieb er stehen und drehte sich langsam um die eigene Achse, während er den Sternenhimmel ansah. Ein Meisterwerk aus Lichtpunkten und dem fleckigen Halbkreis drehte sich mal im Uhrzeigersinn, dann wieder dagegen, je nachdem, welche Richtung er einschlug. Irgendwann wurde ihm schwindelig. Er versuchte noch, das Gleichgewicht zu halten, driftete aber unkontrolliert nach links und fiel unsanft zu Boden. Die Sterne zogen Linien, und die Welt schaukelte wie bei hohem Seegang. Hellauf begeistert wiederholte er die Drehungen gleich noch einmal. Als sich sein Blick wieder beruhigte, entdeckte er am Dorfrand den Stapel, der tagsüber dort aufgeschichtet worden war und auf den Abtransport wartete. Jedem Baumstamm klopfte er mit Fäusten einen Gruß auf die Schnittfläche. Vor Einsetzen der Dämmerung waren die Holzfäller singend unter ihm vorbeigelaufen. Ein Lied über die Kraft der Sägen, die den Rhythmus ihrer Herzen besäßen oder so ähnlich. Konrad konnte es nicht ausstehen, aber ertappte sich dabei, dass er die Melodie summte, als er bei einer Wäscheleine ankam. Neben den Stallungen des ersten Hofes hingen ein paar Kleidungsstücke zwischen einer großen Anzahl Küchentücher. Er schnappte sich eine Hose und ein Hemd, die ihm beide zu groß waren. Das Hemd war an einigen Stellen geflickt worden, im Gegensatz zu der Hose, die schäbig aussah, verschlissen und abgetragen. Konrad war das vollkommen egal, und er lief die Dorfstraße entlang, bis er bei der Kapelle stehen blieb. Von dort hatte man einen guten Blick über das Gebirge, auch auf das flache Hangstück, auf dem er aufgewachsen war und das im Mondlicht als kahler Fleck deutlich ins Auge stach. Hinter sich hörte er jemanden schnauben. Der Förster saß auf dem Boden, an die Außenwand der Kapelle gelehnt, und grummelte etwas vor sich hin. Zwischen seinen Oberschenkeln war eine Flasche Korn festgeklemmt. Konrad beugte sich zu ihm hinunter. Sie liebt dich einfach nicht, sagte er leise. Um ehrlich zu sein, sie kann dich auf den Tod nicht ausstehen, fügte er hinzu. Der Förster hob den Kopf und schien mit den Augen nach der Quelle zu suchen, aus der die Worte zu ihm drangen. Und das ist fürs Abhacken, sagte Konrad. Seine weit ausgeholte Ohrfeige, ein Volltreffer auf die linke Wange, blies dem Förster augenblicklich die Lichter aus. Er rutschte seitwärts an der Außenmauer entlang und blieb mit angewinkelten Beinen liegen. Aus der Flasche pinkelte ein dünnes Rinnsal auf den staubigen Weg. Die Schuhe des Försters passten Konrad deutlich besser als das Hemd und die Hose. Wie maßgeschustert fügten sie sich um seine Füße. Als er sich die Schnürsenkel zugebunden hatte und wieder aufrecht stand, warf er einen letzten Blick auf die Landschaft. Ein eigenartiges Gefühl hatte sich in seinem Mund breitgemacht. Er hatte Durst.

Wunsch,
Indianer zu werden

Etwa die Hälfte des Holzstapels aus dem Gelbachtal war Feuerholz für die Dorfbewohner. Der Rest kam auf Zweispänner und wurde über die Landstraße nach Holzappel und weiter nach Balduinstein gekarrt, wobei ein Teil davon in die Lahn abgeladen und mit der Strömung nach Westen geflößt wurde, an Nassau vorbei, bis Lahnstein, wo das Holz in den Rhein gelangte. Den anderen Teil verfrachtete man auf Güterwagen, die ostwärts entlang der Lahntalbahn bis Wetzlar rollten und dann nach Frankenberg umgeleitet wurden. In der Schiffermühle von Frankenberg zerkleinerte eine Gattersäge die Stämme mit der Kraft eines Wasserrades in lange Bohlen, die daraufhin zur nächstgelegenen Papierfabrik gebracht wurden. Dort hatte man sich auf die Herstellung von hüfthohen Rollen aus schier endlos aufgewickeltem Zeitungspapier eingerichtet sowie auf scheunentorgroße Kartonagen und Pappen. Der Verschnitt wurde zu Bierdeckeln verarbeitet. Nur ein geringer Teil ging als Bogenpapier an Druckereien, um dann abschließend in Buchbindemaschinen zu landen. Das änderte sich jedoch im Laufe der Zeit, das Wasserrad der Schiffermühle war längst durch eine dampfbetriebene Turbine ersetzt worden, als sich die Bestellungen für derartiges Druckpapier förmlich überschlugen.

In der Nähe des Bahnhofs von Balduinstein, genauer gesagt vor der Auslage einer Konditorei, glotzte Konrad gebannt auf ein Teilchen, das mit Schokoglasur überzogen war. Aber auch das Stück Donauwelle daneben hatte seinen Reiz. Er konnte sich nicht entscheiden. Wenn er das linke Auge zukniff, sah er die Donauwelle, beim Zukneifen des rechten Auges war das Teilchen sichtbar. Welle oder Teilchen, überlegte Konrad und zwinkerte hin und her, sodass er Tom erst bemerkte, als er von ihm angerempelt wurde, nachdem dieser schon dreimal he, Kollege quer über die Straße gerufen hatte. Konrad sah ihn an und bekam ohne Umschweife erklärt, wie man bequem an Klimpergeld herankäme. Dabei rasselte Tom mit der rechten Hand in seiner Hosentasche und lächelte schief, als hätte er einen Grashalm im Mund. Tom war etwas älter als Konrad und konnte sehr gut spucken. Außerdem besorgte er ihm das Teilchen, das Konrad an Ort und Stelle verputzte. Und schon ging es los, die staubigen Straßen entlang, mit dem vollen Stoffbeutel auf dem Rücken, den er von Tom bekommen hatte. Anfangs noch unsicher, bemerkte Konrad mit der Zeit, dass er mit lautem Klopfen oder nervigem Rufen besser durchkam. Warte vor den Häusern, bis die Bewohner von der Arbeit zurückkehren, hatte Tom gesagt, während sie hinter den Bahnhof liefen, sieh in den Hinterhöfen nach, ob dort Wäsche hängt, erkundige dich bei den Nachbarn, wann die Leute wiederkommen, ohne eine Antwort abzuwarten. Ich hätte nämlich auch ein Angebot für Sie, mein Herr, sagte Konrad mit einem zuvorkommenden Grinsen und entschied, je nach Bauchumfang oder Pfeifenlänge, Bartgeflecht oder Haaresdichte, welches der Titelbilder er als Erstes vorzeigen würde. Die Dicken sind ganz scharf auf Indianergeschichten, klärte Tom ihn auf, als sie bei einer Holzhütte angekommen waren, die er *Zentrale* nannte. Vielleicht, weil sie die durchtrainierten Pferde sehen und die muskulösen Oberarme der Reiter, die aufrecht im

Sattel sitzen, den Pfeil tief in den Bogen gespannt, sagte Tom und drückte die Tür auf. Konrad glaubte, es könnte auch an den Federn liegen, die als Kopfschmuck dienten und so leicht waren, wie die im Türspalt stehenden Männer mit ihren Wampen gerne wären. Pfeifenrauchern hatte ich anfangs nur Detektivkram angeboten, verriet Tom und reichte Konrad ein paar Hefte, die sich in der dunklen Hütte stapelten. Egal, ob in der Hocke über eine vom Nebel verhüllte Leiche gebeugt oder sich einem wilden Tier unbekannter Herkunft mit glühenden Augen entgegenstellend, Detektive pafften in jeder Lebenslage an ihrer Pfeife, während im herrschaftlichen Landgut, das weit im Hintergrund abgebildet war, stets ein einzelnes Licht brannte. Aber Pustekuchen, die Reihe mit dem schwarz maskierten Meisterdieb dort hinten, Tom zeigte auf einen Stapel, während er sprach, die kommt bei den Pfeifenheinis hundertmal besser an, glaub mir. Vielleicht stellen die sich vor, wie sie den Dieb anhand einer atemberaubend hergeleiteten Beweiskette selbst zur Strecke bringen, sagte Tom und lachte. Wenn sie nur genug Mumm in den Knochen hätten, fügte er leise hinzu und spuckte. Der Rotz flog zwei Kutschenlängen weit und landete im Staub. Konrad waren die Beweggründe der Kunden egal. Hauptsache, ein Abonnement für die wöchentlich erscheinenden Zehn-Pfennig-Hefte wurde abgeschlossen, und er bekam seinen Anteil jeden Montag in Toms *Zentrale* ausgehändigt, zusammen mit dem Stapel Neuerscheinungen. Genügend Pfennige beisammen zu haben bedeutete, mit breiter Brust in die Konditorei zu marschieren und etwas aus der Auslage zu bestellen. Dafür war er bereit, hartnäckig an den Türschwellen stehen zu bleiben. Ein älterer Herr mit zu Kreisen hochgezwirbelten Schnurrbartenden, dem er eine Abenteuerserie angedreht hatte, die irgendwo in Arabien spielte, unterschrieb nur, damit der junge Mann hier keine Wurzeln schlage, und wusste ja gar nicht, wie doppeldeutig die Redewendung in Konrads Ohren klang. Manchmal wandten sich Kunden, in der Regel solche mit schütterem Haar und dunklen Ringen unter den glasigen Augen, nach innen ins Haus, um zu prüfen, ob sie ungestört reden konnten, und flüsterten Konrad zu, ob es noch etwas anderes gebe, du weißt schon, mein Junge, wurde dann herumgedruckst. Tom nannte es die *Spezialhefte*, und Konrad zog sie bei Bedarf aus der Tiefe des Beutels hervor. Wenn die Dame des Hauses dir die Tür öffnet, sagte Tom, beginnst du am besten mit den Liebesschmonzetten und arbeitest dich ungefragt zu den *Spezialheften* durch, was auch tatsächlich, ganz gleich, wie groß das Kreuz war, das im Halbdunkel der Stube an der Wand hing, sehr gut ankam. Als er so ein Ding zum ersten Mal, von einem Hügel aus, in einer Turmspitze stecken sah, hielt er es für ein Schwert, das mit der Klinge nach unten zeigte, als hätte ein Herrscher es nach einer gewonnenen Schlacht in den Turm gerammt, um ein für alle Mal klarzustellen, wem das Land von nun an gehörte. In den Stuben hing manchmal ein bärtiger Mann mit ausgestreckten Armen an dem Kreuz, manchmal auch nicht. Das musste man nicht auf Anhieb verstehen, und er gab sich auch nicht allzu viel Mühe damit. Menschen waren im Allgemeinen recht seltsam. In letzter Zeit wird das Soldatenzeug immer gefragter, sagte Tom mit verheißungsvoller Stimme und pustete sich eine Strähne aus dem rechten Auge. Er las ihm manchmal aus den Heften vor, was Konrad ziemlich großartig fand. Diesmal ging es um einen jungen Gefreiten, der sich heldenhaft ins Kriegsgetümmel warf. Mit einer Uniform führt man ein edleres Leben, sagte Tom und legte eine Hand auf Konrads Schulter, nicht mehr lange, und dann macht es Kawumms, fügte er hinzu und grinste, als rollte eine Jahrmarkttruppe über die Straße in die Stadt. Ein paar Monate später war es dann so weit. Von allen Seiten hörte Konrad vom Großen Krieg, der endlich gekommen war. Die Menschen waren außer sich vor Freude, wenigstens einige Wochen lang. Die Mobilmachung griff flächendeckend um sich, und junge Männer liefen haufenweise zum Bahnhof, wo sie jubelnd in Güterzüge stiegen. Kurz danach gab niemand mehr Geld für Groschenromane aus. Die Abonnements versiegten, Türen knallten im Sekundentakt zu, von Tag zu Tag wurde Konrad aufgrund seines wehrfähigen Alters misstrauischer beäugt. Auch Tom war eines Tages verschwunden, wie vom Erdboden verschluckt. Kein Klimpergeld mehr für schokoglasierte Teilchen, überhaupt war es besser, nicht mehr unter Leute zu kommen. In den Wäldern war man ungestörter. Die Hefte, auf denen er sitzen geblieben war, benutzte er als Zunder für seine Lagerfeuer. Nur die *Spezialhefte* behielt er noch bei sich und starrte gebannt, bis spät in die Nacht hinein, auf die schwarz-weißen Illustrationen.

Selbst im Schlaf, wenn Konrad im Schutz eines Erdhügels ein Nickerchen machte, schob der Hunger alles beiseite und prügelte auf seinen Bauch ein wie ein Boxer, gegen den man auf dem Jahrmarkt antrat und nicht den Hauch einer Chance hatte. Nach dem Aufwachen, Konrad hätte schwören können, dass die Tannenzapfen, die im feuchten Gras herumlagen, eben noch mit Karamell überzogene Birnen gewesen waren, ging die Suche nach etwas Essbarem weiter. Je nach Jahreszeit gab es Beeren und Bucheckern, aber er war schließlich kein Mensch geworden, um sich wie Federvieh zu ernähren. Manchmal kam er an Bauernhäusern vorbei, die am Ende eines Waldstückes auftauchten, mit schrägen Holzbalken in den Mauern, aus den flachen Schornsteinen stieg Rauch auf. Die Hunde waren kein Problem, sie bellten nie, wenn er sich den Höfen näherte. Sie schnüffelten an ihm herum, hoben ein Bein und kümmerten sich nach dem kurzen Strahl nicht mehr um ihn. Anscheinend roch er immer noch nach Baum. Auf den Zehenspitzen oder sich eine Kiste unterschiebend, warf er einen Blick durch die Fenster, wo er die Familien am Tisch sitzen sah.

Eine Bauersfrau, dunkles Kopftuch und alte Gesichtszüge, war meistens allein mit drei bis fünf Kindern, die wenigsten davon erwachsen. Ab und zu war noch ein Opa zu sehen oder eine bucklige Großtante, die niemand heiraten wollte, noch nicht einmal der bekloppte Bruder der Bauersfrau, der im winzigen Holzverschlag hinter der Küche eingesperrt wurde. Nach dem Amen des Tischgebets tauchten sie schweigsam ihr Maisbrot in einen Teller Kartoffelsuppe. Zum Nachtisch gab es warme Ziegenmilch mit einem Klecks Marmelade aus Johannisbeeren, wenn Konrad sich diesmal nicht in der Farbe geirrt hatte. Er stieg von der Obstkiste und schlüpfte durch eine schmale Öffnung, die in Kniehöhe neben der Stalltür eingelassen war und an der eine Hühnerleiter mit drei kleinen Sprossen lehnte. Daraufhin kroch er durch den dusteren und leeren Stall hindurch, bis er eine Klappe fand, die zur Speisekammer führte. Dort stopfte er einen Mehlsack mit Maiskolben, Kartoffeln und Marmeladengläsern voll. Etwas anderes gab es auch nicht. Auf dem Boden klebten schmutzige Federn in ausgetrockneten Blutlachen fest. Er hob den Kopf, und vor seinen Augen schwebten einzelne Staubkörner aberwitzig langsam durch die schmalen Lichtbalken, die von oben hereinfielen. Die laute Stimme der Bauersfrau drang zu ihm, sie schrie ihren Kindern ins Gesicht, dass es morgen nur vergammeltes Brot und Regenwasser gäbe, wenn sie weiter so halbherzig im Feld arbeiten würden wie heute. Im Leben könne man sich eben nicht alles aussuchen, sie hätte es auch lieber gehabt, wenn der bekloppte Bruder in den verdammten Krieg gezogen wäre und nicht der Vater, Gott habe ihn selig. Das Klatschen danach hörte sich an wie das Abtrennen von Hühnerköpfen, aber es war eine Rute, die hintereinander auf drei bis fünf ausgestreckte Kinderhände flirrte, da war sich Konrad sicher. Durch die Ritzen der Bretterwand konnte er sowohl ins Innere der Küche als auch in den Holzverschlag linsen. Der Nachwuchs stand nebeneinander aufgereiht in der Küche und verschränkte die linke Hand hinter dem Rücken, während der Bruder, er war ungefähr Mitte zwanzig und hatte einen wild abstehenden Vollbart, auf dem Boden hockte und sich mit den Händen die Ohren zuhielt. Seine schmutzigen Fingernägel erinnerten an gebogene Hühnerkrallen. Irgendwann wurde ihm ein Napf hineingeschoben, der Bruder griff sprungartig danach und tauchte drei Finger in einen Brei aus Essensresten. Nicht so schlingen, wollte ihm Konrad zuflüstern, aber es wurde höchste Zeit, dass er aus der Speisekammer verschwand. Die Hunde dösten mit der Schnauze im staubigen Boden neben ihren Hütten oder im Schatten des Gebäudes und verfolgten den sich rennend vom Hof entfernenden Konrad nur mit den Augen. Das Klackern der Marmeladengläser war noch lange im Halbdunkel des Waldes zu hören. Seit einiger Zeit gab es keine Hühner mehr, stellte Konrad fest, als er auf einem Erdhügel eine Pause einlegte und die süße Johannisbeermasse mit zerkauten Maiskörnern vermischte. An Tagen, an denen er nichts erbeutete, stopfte er sich Blätter von einem niedrig wachsenden Strauch in den Mund und kaute auf ihnen. Das half gegen den Hunger. Außerdem kam er sich dadurch eben nicht wie Federvieh vor. Blätter passten besser zu ihm.

Ein Sperling war im Schilf gelandet und stierte in der Art, wie nur Vögel es konnten, in eine unbestimmte Richtung. Im Uferbereich des Flusses stand Konrad über das matte Grau des Wassers gebeugt und zog den rechten Fuß aus dem Fluss, um ihn vorsichtig, mit den Zehenspitzen voran, etwas versetzt wieder einzutauchen. Seine Augen fixierten die sich kräuselnde Wasseroberfläche. Als er wieder sicheren Stand hatte, hob er langsam beide Arme in Kopfhöhe, im Ellenbogen angewinkelt. Der Sperling zuckte zweimal ruckartig mit dem Kopf, als verfolgte er ein Tennismatch in der Mitte des Flusses. Konrad verharrte stocksteif in seiner Position.

Er atmete tief ein, scherte die Hände auseinander und hielt die Luft an, bis der richtige Moment gekommen war. Blitzartig schossen die Hände hinab, packten nach etwas, das sich wehrte und für einen Augenblick zu entkommen schien. Er musste einen Ausfallschritt machen und noch einmal nachfassen. Wasser spritzte in alle Richtungen. Er spannte die Oberarme an und wurde ein wenig zur Seite gezogen, woraufhin alles ruhig wurde. Grinsend zog er eine dunkelbraune Kröte heraus, die kopfüber zwischen seinen Händen klemmte und beharrlich mit den glänzenden Unterschenkeln strampelte. Der Lärm des Spritzwassers hatte den Sperling aufschrecken lassen, er flog in einem Bogen am bewölkten Himmel entlang zur anderen Flussseite, wo er in einem Busch landete. In der Nähe kauerte eine dunkel gekleidete Gestalt am Ufer und applaudierte. Konrad erschrak und geriet für einen Moment aus dem Gleichgewicht. Fast wäre er rücklings ins Wasser gefallen, aber er nutzte den Schwung geschickt für eine halbe Drehung und lief, seinen Fang vor der Brust schützend, mit schnell staksenden Schritten auf das Schilf zu, worin er Sekunden später verschwand.

Konrad war zu faul, um aufzustehen. Er fummelte den Spieß, so gut es ging, ein halbes Mal um die eigene Achse und ließ ihn schräg auf die in den Boden gesteckte Astgabel zurückfedern. Die zwei Schenkel am anderen Ende waren noch nicht knusprig genug. Er blieb an den grasbewachsenen Erdhügel gelehnt und starrte weiter in den Abendhimmel. Wenn man gewisse Sterne mit einer Linie verband, kamen ein Kinderdrachen oder ein Bügeleisen zum Vorschein. Konrad presste seine Handflächen aneinander. An den Handgelenken ließ er einen kleinen Spalt offen, den er über die Spitze des Drachen rauf und runter schob. Dazu stöhnte er, bis er kichern musste, und fing wieder von Neuem an. Allmählich übermannte ihn ein Gähnen, seine Augenlider senkten sich mit einer Leichtigkeit, die Beruhigung versprach und ihn erfolgreich einlullte. Ein Geräusch ließ ihn wieder ein Auge öffnen, dann das andere. Erst nach dem dritten Blinzeln erkannte er eine Gestalt, die sich neben dem Feuer über den Spieß beugte. Mensch, das verbrennt doch noch alles, sagte sie mit hoher Stimme und riss die brutzelnden Schenkel in die Höhe. Konrad griff neben sich, jedoch ins Leere, dein Beutel ist hier, bemerkte die Gestalt, ohne ihn anzusehen, und roch am Krötenfleisch. Im Feuerschein erahnte Konrad die knusprig ausgehärtete Haut mit der saftigen Schicht darunter. Die Gestalt schlug ihren Umhang zur Seite und zog eine dolchartige Klinge hervor. Mit der Breitseite schob sie den unteren Schenkel vom Spieß, der klatschend zu Boden fiel. Damit du nicht verhungerst, murmelte sie, spießte den Schenkel auf und schleuderte ihn zielsicher vor Konrads Füße. Ein Lächeln blitzte auf, dein Feuer hast du gut versteckt, sagte sie und wischte mit der Klingenspitze durch die Luft, wobei ihre schulterlangen Locken golden schimmerten, aber du schnarchst wie ein vollgefressener Dachs, man hört dich noch in Friedberg, fügte sie hinzu und lachte. Bevor er etwas antworten konnte, hatte sie sich umgewandt und war leichtfüßig in die Dunkelheit des Waldes getaucht. Konrad schnappte sich den Schenkel und lief hinter die Feuerstelle, wo sein Beutel wie eine zusammengerollte Katze lag. Seine Sachen waren alle noch da. Er horchte in die Dunkelheit, in der sich nichts mehr regte, und prüfte mit der Oberlippe, ob der Schenkel genügend abgekühlt war für einen ersten Biss. In ihren goldenen Locken, da war sich Konrad sicher, hatte etwas gesteckt, ein dünner Zweig vielleicht.

Einen Ast beiseiteschiebend kam Bruno Blancknagel, seines Zeichens Wachtmeister im Großherzoglichen Hessischen Gendarmeriekorps, zur Mittagsstunde an der abgebrannten Feuerstelle vorbei, klatschte seinem Pferd zweimal stramm auf die rechte Flanke und leitete mit der Bemerkung, wer ein Feuerchen im

Wald macht, meine liebe Schneeflocke, der macht sich verdächtig, sein Absitzen ein. Beim gebückten Abschreiten des wunderschönen Hains unweit des Flussufers murmelte er hier und da unverständliche Satzfetzen, teilweise einem im Mund sitzenden Birkenzweig geschuldet, um abschließend, nicht ohne den Anflug prahlerischen Selbstlobs in der Stimme, lauthals festzustellen, dass aufgrund seiner Kenntnisse im Spurenlesen eindeutig festzustellen sei, dass wahrscheinlich zwei Personen die Nacht hier verbracht hätten. Oder es war jemand mit Schuhen an Händen und Füßen, sagte er und legte eine kurze Pause ein, der auf allen vieren herumläuft, um eine falsche Fährte zu legen. Ein kleiner Witz, den er sich, an den eigenen Bierbauch fassend, erlaubte, und er warf den Kopf vor Lachen derart heftig nach hinten, dass die Pickelhaube kurz in Schieflage geriet. Augenblicklich korrigierte er den Sitz des Helms und wies mit der Hand hinter eine Baumgruppe, sie sind heute Morgen in diese Richtung aufgebrochen, sagte er in einem Ton, als hätte er alles seinem Pferd diktiert, welches die Tatbestände mitschreiben sollte wie ein Hilfssheriff. Die Zügel aufnehmend schwang er sich in den Sattel zurück, in dessen Lederknauf ein doppeltes B geritzt war, was insgeheim für seinen Spitznamen stand, Buffalo Bruno, den außer ihm selbst niemand benutzte, und gab Schneeflocke die Sporen. Einen halben Tag Vorsprung, zischte er am Birkenzweig vorbei, wenn du nicht so herumkriechst wie üblich, dann erwischen wir sie spätestens heute Abend, diese gottlosen Banditen.

Ein schmaler Trampelpfad führte durch hohe Gräser am Fluss entlang. Konrad kaute Blätter und war unterwegs zu einem Bauernhaus, das er länger nicht mehr aufgesucht hatte. Die nächste Windung des Flusslaufs verschwand hinter einem aus dem Gras aufragenden Steinhügel, der von Weitem wie eine riesige Tatze aussah. Drei fast senkrechte Einkerbungen, in ähnlichem Abstand zueinander, drückten vier bucklige Felsplatten derart ins Licht, dass man erwartete, in dem Waldstück, das sich dahinter auftürmte, mit Bäumen dicht zugewachsen, würde sich jeden Moment eine gigantische Raubkatze aus dem Boden graben. Konrad hörte ein Klopfen. Irgendwo tief aus dem Waldstück erklangen die zittrig knarrenden Spitzhammerschläge eines Buntspechts. Buchstäblich aus dem Nichts tauchten Bilder auf, wie aus der Luft gesogen wurden sie durch ein Loch in die Gegenwart hineingeboren. Tausend Kleinigkeiten fielen ihm ein, von früher, aus der Zeit im Gelbachtal, wie die aufgehende Sonne ihn vom Wipfel abwärts berührte oder der feingliedrige Verlauf seiner Wurzeln. Eine Zeit, als er weder tagelang herumlief, um etwas zu essen aufzutreiben, noch einen Gedanken daran verschwendete, sich im Winter warm halten zu müssen. Konrad blieb im hohen Gras stehen und sah hinab in die schwachen Strömungslinien des Flusses, die sich teilten, auffächerten, wieder zueinanderfanden und verschwanden. Die Erkenntnis, dass es dem Wasser genauso ging wie ihm, hätte ihn durchaus eine Weile lang trösten können, aber der Moment wurde von einem Stein unterbrochen, der dumpf in die Strömung plumpste. Konrad verfolgte die Flugbahn zurück und landete mit seinem Blick auf dem Tatzenfelsen. Breitbeinig stand sie obenauf und malte mit ihren Händen eine schwungvolle Welle durch die Luft. Eine Einladung, näher zu kommen. Ihre Locken waren zu einem Zopf zusammengebunden, aus denen ein schwarzer Strich herausragte.

Ein Pinsel, sagte sie und zeigte mit dem Finger auf ihren Haarschmuck, steht mir gut, findest du nicht? Konrad hatte pausenlos gestarrt und hoffte nun, dass sein Mund nicht die ganze Zeit offen gestanden hatte. Er zog die Lippen gedämpft zusammen wie ein Karpfen. Die Aussicht ist atemberaubend, sagte er und fügte hinzu, dass er den Fluss meinte, was sie zum Lachen brachte. Obwohl der Felsen nur unwesentlich höher war, genügte es, um den Blickwinkel auf den Fluss, der in mattem Grau unter ihnen vorbeizog, weit zu öffnen. Zwei Sperlinge balgten sich im Flug, die Rolle des Jägers jeweils abwechselnd. Nidda nennt sich der Fluss, sagte sie, was Konrad mit einem Nicken kommentierte, das weiß ich, setzte er verzögert hintenan, obwohl es eine Lüge war. Ich finde, Menschen ähneln den Flüssen, an denen sie leben, sie sah an Konrad vorbei, die Biegungen der Nidda entlang, dieser hier ist auf den ersten Blick etwas langweilig, grau und träge in der Strömung, aber überrascht einen mit seiner Artenvielfalt. Beim letzten Wort fiel ihr Blick auf Konrad zurück, der etwas sagen wollte, aber ihm fiel nichts ein, und deswegen zog er Rotz die Nase hoch, so wie es Tom getan hätte. Er spuckte, und natürlich wäre es besser gewesen, wenn er in hohem Bogen über den Abhang hinaus den Fluss getroffen hätte, so aber klatschte ein schattiger Fleck mitten auf den warmen Felsen, und das kurze Augenrollen ihrerseits verunsicherte ihn mehr, als ihm lieb war. Ich will dir etwas zeigen, hinter diesem Waldstück, sagte sie, und schon war sie mit ihrem schwarzen Mantel zwischen den Bäumen verschwunden. Konrad war verwirrt, zögerte einen Augenblick und noch einen weiteren, komm mit, hörte er ihre Stimme, die von knackendem Gestrüpp untermalt wurde. Er pustete einmal tief durch, und als hätte ihn jemand von hinten geschubst, setzte er sich in Bewegung.

Bereits nach einem Schritt war er in eine dämmrige Dunkelheit geraten, ein Pfad oder etwas Vergleichbares war nicht zu entdecken. Trau dich, rief sie ihm zu und wich einem glitzernden Spinnennetz aus, das wie ein Käfig um drei Stämme gewunden war. Die Lücken zwischen den Bäumen waren derart eng, dass sie andauernd die Richtung wechseln mussten, um tiefer ins Waldstück zu gelangen. Das führte dazu, dass er sie eben noch auf der linken Seite hinter dem Stamm einer Buche verschwinden sah und seine Frage, wie heißt du eigentlich, von rechts, versetzt hinter ihm kommend, beantwortet wurde. Luda ist mein Name, sie tauchte unter einem tief hängenden, knorrigen Ast hindurch, ich male gerne, und du, fragte sie zurück. Konrad nannte zuerst seinen Vornamen und nach einer Pause, in der ihm ein Zweig fast ins Gesicht geschleudert worden wäre, dass er Groschenromane verkaufe. Im Wald, fragte sie und kicherte, du siehst mir eher aus wie ein Herumtreiber, sagte sie und wiederholte die Bezeichnung noch einmal, nun, als wäre es ein Lob. Sie lief vor ihm durch das Dickicht, etwa einen Meter voraus, ich bin auf dem Weg nach Vilbel, warst du schon einmal dort, fragte sie, indem sie den Kopf leicht zu ihm zurückdrehte. Konrad verneinte, was gibt es dort, kam ihm sofort in den Sinn, wobei er vorsichtig über einen Stumpf stieg, aus dem spitz zulaufende Holzsplitter herausragten. In Vilbel gibt es Mineralquellen, sagte sie und machte sich dünn, um sich zwischen zwei Baumstämmen hindurchzuquetschen, das teuerste Sprudelwasser der Welt. Diesmal erwischte ihn ein Zweig und zog einen tiefen Striemen von der Schulter quer hinunter zum Becken, wie eine dünne rote Schärpe, die er unter dem offenen Hemd trug. Konrad ließ sich nichts anmerken, hört sich gut an, sagte er und suchte nach ihr, nachdem er den Kopf vom Betrachten der Wunde wieder angehoben hatte. Das bedeutet, die Menschen dort sind reich, hauchte sie ihm scheinbar ins Ohr. Konrad erschrak und wollte den Kopf seitwärts wegziehen, aber von weit vorne kam ihre fragende Stimme, wo bleibst du denn? Die Dunkelheit versiegte allmählich und wich einer Helligkeit, die das Ende des Waldstücks ankündigte. Die Bäume standen weniger dicht zusammen, geradeaus zu laufen war wieder möglich. Das letzte Stück überwand Konrad, indem er einen quer wachsenden Ast als Reckstange verwendete, an dem er vor- und zurückschwang, bevor er mit einem weiten Sprung auf der angrenzenden Wiese landete. Hier bin ich, rief er, als erwartete er Applaus, und sah Luda, die am anderen Ende der Wiese in der Hocke saß und von ihm abgewandt in die Ferne blickte. Unterwegs zu ihr holte er eine Handvoll Blätter aus dem Beutel. Hilft gegen Hunger, sagte er und hielt ihr ein paar Exemplare hin, die sie dankend annahm. Schon das zweite Mal, dass du mich durchfütterst, murmelte sie und stockte beim letzten Wort, als wäre ihr die Bemerkung plötzlich unangenehm geworden. Vor ihr fiel die Wiese steil bergab. Was ist das, fragte Konrad und zeigte mit dem Finger über ihren Kopf hinweg, wo sich in der Ferne die Nidda durchs Tal schlängelte. Das, mein lieber Herumtreiber, sagte Luda, als sie aufstand und eine längere Pause einlegte, um ausgiebig auf den Blättern zu kauen, das ist die Wasserburg von Vilbel.

Vier Türme, wie runde Aschenbecher geformt, steckten die Ecken eines ungleichmäßigen Rechtecks ab, das den Grundriss der Burg bildete. In der Mitte ragte das Dach eines Gebäudes heraus, auf dessen Mittelkuppel eine Fahne im Wind flappte, drei rot gezackte Streifen auf gelb-weißem Grund. Die Außenmauern, aus bläulich schimmernden Steinen gebaut, schlossen oben mit eng sitzenden Zinnen ab. Zwischendurch pikten sich ovale Schießscharten durch das Gemäuer. In Bodennähe wand sich ein Steilufer, kaum einen Meter breit, wie ein grün bewachsener Kranz an den Mauern entlang. Die Häuser der Stadt lagen verstreut auf beiden Seiten des Ufers. In diesem dort beim Marktplatz, sagte Luda, die ihren Pinsel nach vorne hielt und mit dem spitz zulaufenden Haar ein sandfarbenes Gebäude umkreiste, da wohnt er. Konrad starrte gebannt auf die minimalen Bewegungen, kaute dabei langsam und nickte, als prägte er sich alles ein. Brod ist ein reicher Mann, die Pinselspitze wippte um den Schornstein des Hauses, ihm gehört die größte Mineralquelle der Stadt. Konrad brummte eine Zustimmung und stopfte sich eines der Blätter in den Mund, an deren bitteren Geschmack er sich schnell gewöhnt hatte. Bald darauf fühlte sich sein Hunger an, als würde jemand eine Glocke aus Ton auf ihm ablassen, unten war er noch spürbar, kam aber nicht mehr laut und deutlich zur Geltung. Weißt du, es ist eine Sache, irgendwo ein paar Kartoffeln mitgehen zu lassen, sagte Luda und ließ den Pinsel sinken, sodass Konrad den Blick von dem Haus auf ihr Gesicht richtete, aber diese Operation ist ein völlig anderes Kaliber. Sie wusste nicht, dass er nur halbherzig zugehört hatte. Er war viel zu sehr damit beschäftigt gewesen, auf die leichten Berührungen ihrer Ellenbogen zu achten, die ab und zu durch die Bewegung des Pinsels herbeigeführt worden waren. Jetzt sah er in ihre klaren Augen, eine Farbe, die ihm bisher unbekannt war, als würde man eine Weintraube gegen die Sonne halten. Woher weißt du das alles, fragte er, obwohl er kaum auf eine Antwort aus war, sondern eher auf die Möglichkeit, ihr weiter in die Augen sehen zu dürfen. Ihr Blick wurde schärfer, eine geschmeidige Falte geriet zwischen die Augenbrauen, gleichzeitig neigte sie den Kopf zur Seite, nur Geduld, es wird noch besser.

Beide lagen bäuchlings am Rand der steil abfallenden Wiese, vor der sich das Panorama des Vilbeler Tals entfaltete, und hatten keine Ahnung, dass am anderen Ende des Waldstücks, das sie eben durchschritten hatten, Bruno Blancknagel schimpfend einen Stofffetzen in der Hand hielt, der im Gestrüpp hängen geblieben war. Verfluchter Mist, für diesen dichten Baumwuchs ist dein Hintern zu breit, Schneeflocke, sagte er und verzog die Mundwinkel, als wollte er einen Kubikmeter Luft aus dem Pferdekörper saugen. Er hatte sich vom Tatzenfelsen aus einen Überblick verschaffen wollen, als ihm der krustige Rand eines ausgetrockneten Rotzflecks unter seinem linken Stiefel auf dem Steinboden auffiel. Den Birkenzweig wegschleudernd, stieg er ab, untersuchte den Fleck, dann die nähere Umgebung, wo ihm der schwarze Fetzen von Ludas Mantel ins Auge gestochen war. Es hilft nichts, wir müssen außen herum, einen Bogen um das Waldstück machen und über die Landstraße nach Vilbel kommen, entschied er, ohne die leiseste Ahnung zu haben, dass eine Kutsche im selben Augenblick einem Schlagloch auf eben erwähnter Straße ausgewichen war, in deren Kabine Carl Brod versuchte, den Zeilen seiner Lektüre zu folgen. Die zwei Dobermänner, die zwischen seinen Füßen lagen, füllten nahezu den ganzen Boden aus und knurrten zeitgleich, als sie mitbekamen, dass ihr Besitzer mit wütender Stimme dem Kutscher aus dem Seitenfenster zurief, verdammt noch mal vorsichtiger zu fahren. Einmal im Monat reiste der wohlhabende Geschäftsmann nach Frankfurt, um dort im Bankhaus der Gebrüder Bethmann seine Geldgeschäfte zu erledigen. Da er zu Beginn des Jahrhunderts durch Bohrungen auf seinem Grundstück auf Quellwasser gestoßen war, das einen hohen Anteil an Kohlensäure aufwies, und es bald darauf in Flaschen abfüllen ließ, die stilvoll etikettiert waren und sogar über die Grenzen des Herzogtums hinaus geliefert wurden, konnte er es sich leisten, über Nacht in einem noblen Hotel in Bahnhofsnähe zu nächtigen. Am folgenden Tag versorgt er sich mit ausreichend Lesestoff für die kommenden Wochen und fährt am späten Nachmittag wieder zurück, sagte Luda, die mit dem Pinsel den Verlauf der Vilbeler Landstraße nachzeichnete, das jedenfalls hat mir eine ehemalige Hausangestellte im Suff erzählt. Sie drückte den Oberkörper ruckartig hoch, ein Knie blieb angewinkelt auf dem Boden, auf das andere stützte sie den Unterarm. Bist du nun dabei oder nicht, fragte sie und zog ihre dolchartige Klinge unter dem Mantel hervor, nur falls der Kutscher versuchen sollte, den Helden zu spielen. Konrad spuckte die abgekauten Blätter ins Gras und stellte sich aufrecht neben sie. Worauf wartest du, fragte er zurück. Hätten die fünf Sperlinge, die sich auf einem der Wasserburgtürme niedergelassen hatten, auch nur das geringste Interesse für das Geschehen in der Umgebung gezeigt, dann wäre ihnen nicht entgangen, dass in der Ferne zwei Figuren, eine schräge Linie ziehend, wie in Zeitlupe den steilen Hügel hinabliefen, während am Fuß desselben die Umrisse einer Kutsche durch die Baumreihen schimmerten, die langsam über die Landstraße in Richtung Vilbel holperte.

Weil ihn alle Kutscherhannes nannten, dachte er den ganzen Tag darüber nach, sich einen anderen Spitznamen zuzulegen. Einen Namen, der abenteuerlicher klang, ihn verwegener wirken ließ, vielleicht etwas Exotisches. Vor allem einer, der nicht sofort seinen Beruf preisgab. Gestern, im schäbigen Teil des Bahnhofsviertels, war er in seine angestammte Schänke gegangen und hatte im Augenwinkel die neue Kellnerin entdeckt, die am hintersten Tisch, neben dem Durchgang zur Küche, leere Krüge einsammelte. Wundervolle Schultern hatte sie, breit und stramm, sodass er sich in die Nähe der Theke setzte und bald ein angeregtes Gespräch entstand. Als beim zweiten Bier jemand zur Tür reinkam, der ihn erkannte und seinen Namen quer durch den Raum verteilte, sah der Kutscher, wie die Kellnerin das Gesicht verzog, als hätte sie in faules Obst gegriffen. Sie bewirtete ihn immer noch höflich, aber ohne einen Funken Interesse. Die Person hatte mit dem freundlich gemeinten Gruß all seine Pläne zerstört. Wahrscheinlich hätten sie sich wenige Monate später verlobt, er und die Kellnerin mit den breiten und strammen Schultern. Sein Humpeln, das sie zunächst nicht bemerkt hatte, hätte sie hingenommen. Sobald sie ihn als Mensch erst einmal ins Herz geschlossen hätte, beim weiteren Gespräch im Halbdunkel der Kneipe, hätte sie das taube Bein akzeptiert, mehr noch, es mit Würde als Herausforderung des Lebens angenommen. Denn eine Sache beherrschte er wie kein Zweiter: aus einem alltäglichen Gespräch in ein Herumschäkern abzubiegen, Komplimente zu verteilen, in angehängten Nebensätzen, sodass sie als solche nicht ins Rampenlicht traten, oder sich genau portionierte Spitzfindigkeiten auszudenken, die eine junge Kellnerin rot werden ließen und zum Kichern brachten. Es war eindeutig notwendig, dass ein neuer Name hermusste, dachte der Kutscher, als es im Geäst über ihm knackte und ein affenartiges Gebrüll ein Fallen in Gang setzte, dessen Verursacher auf dem Bock neben ihm landete. Die vermummte Gestalt schrie, dass dies ein Überfall sei, rutschte seitwärts und zog die Fußbremse an. Glockenhell war die Stimme, der Körper schlank und flink, schon wurde ihm eine Klinge an den Hals gehalten. Beide Pferde blieben stehen und senkten die Köpfe, als gäbe es eine Wiese abzusuchen. Aus den Büschen huschte eine weitere Gestalt heran und öffnete die Kabinentür. Herr Brod würde seinen Dobermännern bestimmt gleich den Reißbefehl erteilen, dachte der Kutscher, was auch prompt geschah. Die Hunde knurrten und bellten furchterregend, fanden aber anscheinend die Waden des Kabinendiebes nicht. Anders konnte sich der Kutscher die ratlos hysterischen Ausrufe Brods nicht erklären, der mehrfach den Satz wiederholte, dass der Dieb doch unmittelbar vor ihnen stehe, ob sie ihn denn nicht sehen würden. Die Hunde wurden ruhiger, winselten wie Welpen, das Geräusch kannte er, es kam nur auf, wenn ihr Herrchen sie am Bauch streichelte. Auch Brod sagte nichts mehr, es wurde so leise, dass die hastigen Atemzüge der vermummten Gestalt, die neben ihm saß, durch seine Ohren pumpten. Aus der Kabine drang noch ein Murmeln, raschelnde Geräusche, dann trat der Kabinenräuber heraus und verschwand zusammen mit der vermummten Gestalt, die geschmeidig vom Bock gesprungen war, in den Gebüschen am Wegesrand. Der Kutscher, der sich sowohl bei Herrn Brod nach dessen Befinden erkundigte als auch seine Pistole unter der Weste herauszog, war im Begriff zu schießen, am besten mehrmals, jeweils den Lauf nach jedem Schuss leicht versetzend, ins schattige Grün der Gebüsche hinein, aber er hatte nie gelernt, wie man die Sicherung löste. Weder sein Vater hatte es ihm gezeigt, ein schamgebeugter Mann, der eines Tages mit der Wäscheleine im Wald verschwand, noch jemand aus dem Haushalt der Familie im Dorf, bei der er geblieben war und in den Nächten auf dem Boden von einer Mutter träumte, die er nie kennengelernt hatte. Er solle doch schießen, der dumme Krüppel, schrie Brod ihn an, der aus der Kabine herausgestolpert war und lauthals den Umstand verfluchte, dass sein früherer Kutscher, ein Waffennarr und ehemaliger Gewichtheber auf Jahrmärkten, gezwungen war, in einem Erdloch an der Westfront darauf zu hoffen, nicht in Stücke gespalten zu werden. Der Kutscher ließ die Pistole langsam sinken und strahlte. Ihm war ein Spitzname eingefallen, der sehr gut zu ihm passen könnte. Kanonenhannes, flüsterte er vor sich hin.

Wie aus dem tiefsten und dunkelsten Kerkerraum der Wasserburg zu fliehen, so fühlte es sich an. Mit Panik in den Bewegungen, den Augen. Die aus Stein gehauene Wendeltreppe hasteten sie hinauf, überblickten gründlich den Innenhof. Gaben sich einen Ruck und rannten um ihr Leben, dem Haupttor entgegen, wo sie den Hebel zum Ablassen der Zugbrücke betätigten. Die schweren Ketten ratterten durch ihre Köpfe hindurch. Eine ohrenbetäubende Angst. Sahen hinter sich, vor Erreichen des gegenüberliegenden Ufers, um sicher zu sein, dass niemand sie verfolgte. Dann endlich, mit einer ungehörigen Vorfreude im Atem, nahmen sie Anlauf und sprangen in den langersehnten Jubel. Konrad und Luda kugelten vor Glück im Gras herum, blieben auf dem Rücken liegen, sahen in den Himmel und lösten sich auf vor Lachen, versickerten wie Regentropfen in der Erde, zwei Rinnsale, die sich durch den warmen Boden schlängelten, tauchten wieder auf, in einem Maisfeld, wo sie sich in Pfützen gesammelt hatten, aus denen sie sich erhoben, erst in die Hocke, dann aufrecht. Der Mais überragte ihre Köpfe um das Doppelte, sie suchten einen Ausweg. Entweder wucherten die Pflanzen im Eiltempo nach oben, oder die Erde schrumpfte mit jedem Schritt, den sie machten, ein Stückchen zusammen. Es war ihnen egal. Im Rücken geriet der Boden in Schräglage, als würde das Maisfeld auf einer Seite langsam ansteigen. Irgendwann ragte es so hoch hinaus, dass sie mit halsbrecherischer Beschleunigung aus dem Feld rutschten, die Arme vor Freude in die Luft gereckt, durch ein Dorf und noch ein Dorf hindurch, in eine abgelegene Waldhütte hinein. Dort blieben sie stehen, die Hände auf die Knie gestützt, völlig außer Atem. Forderten sich heraus, wer länger die Luft anhalten könne, bis die Lungen brannten. Zählten das Geld aus der Lederbörse, tausendeinhundert, oder waren es tausendfünfhundert, begannen von vorne. Flüsterten Zwischensummen, die beim Zusammenrechnen wahrhaftige Konturen bekamen und zur Decke aufstiegen wie Seifenblasen. Unter jedem Geldschein lagen wunderschöne Dinge, die man sich davon kaufen konnte, wie zum Greifen nahe eine goldene Halskette, am Ende baumelte eine Taschenuhr, oder ein Schiff vor Anker, am Riff einer Südseeinsel, mit Tausenden Mandarinen, in Palmblättern gesammelt, dazwischen Teilchen, selbstverständlich schokoglasiert. Beide ließen sich irgendwann erschöpft auf den Boden nieder, lagen nebeneinander oder mit den Armen eng verschlungen, je nachdem, wie der Mond durch die zerbrochene Dachluke fiel. Ein Buch war auch da, eine Papprolle ebenfalls, Konrad hatte beides mitgenommen, einfach aus den Händen gerissen, dem unverschämten Brod. Luda fing an vorzulesen, von einem Mann, der in seinem Bett aufwachte, über Nacht war er in einen Käfer verwandelt worden. Konrad war hingerissen, die Worte waren klar und eindringlich, anders als in den gestapelten Heften in der

Hütte hinterm Bahnhof, wenn Tom ihm vorgelesen hatte. Die Sätze purzelten rhythmisch nach vorne, im Takt der Schläge eines eines Bildhauers, der mit einem Hämmerchen nachdenkliche Gesichtszüge in einen Bronzeblock formt. Konrad dämmerte langsam weg. Er sah, wie das Hämmerchen zu einem Buntspecht wurde, dann zu seiner Faust, die gegen Türen klopfte, die niemand öffnete. Durch die Handlung der Geschichte, die ihm im Ohr herumtanzte, drang eine Berührung, zärtlich und warm, ein Gutenachtkuss und noch ein weiterer, mit weichen Lippen, ein sanfter Schubs in den Schlaf.

Lediglich ein paar Kopfbewegungen und ein mehrfach kurz angesetztes Schnauben benötigte das rechts eingespannte Pferd, um Schneeflocke zu erklären, was vorgefallen war. Sein linker Nachbar, ein erdbrauner Wallach, sagte gar nichts, außer einmal am Anfang, als er durch ein weinerliches Wiehern anmerkte, dass er einen Scheißdurst habe. Ansonsten nickte er die Zusammenfassung des Tathergangs in typischer Pferdemanier ab, sodass es aussah, als kümmerte ihn das alles nicht. Schneeflocke sah in die Büsche am Wegesrand, in die sie gleich eintauchen würde, um die weitere Verfolgung aufzunehmen. Die Gemütsverfassung ihres Futterbesorgers war angespannt, das erkannte sie an der Art, wie seine Stimme vibrierte, während er einen Herrn in feinem Anzugstoff neben der offen stehenden Kabine nach Einzelheiten befragte. Der sternförmige Fleck auf der Schulter, dessen Zacken streifenförmig in fünf Richtungen verliefen und sich strahlend weiß von ihrem nachtschwarzen Fell abhoben, war ein richtiger Hingucker. Vor allem der rechts eingespannte Klopphengst, ein hellgrau gefleckter Araber, legte sich sehr ins Zeug, ihr mit dem Bericht über den Überfall zu imponieren. Den Zusatz, dass er, wenn er nicht hier im Geschirr hängen würde, sofort hinterhergetrabt wäre, um die Banditen zu stellen, nahm sie stumm zur

Kenntnis. Was wusste der schon, dachte sie, tut geradewegs so, als hätte er eine Ahnung davon. Sie hätte antworten können, dass der Futterbesorger, bevor sie eben um die Baumgruppe gebogen waren und die Kutsche auf dem Weg stehen sahen, seine Sporen so tief in ihre Hautschicht am Bauch gehackt hatte, dass es jedes Mal blutig zur Seite spritzte. Dabei rief er ständig, dass sie sich schneller bewegen solle, ob sie vielleicht eine Milchkuh sei, eine fett gewordene. Dabei musste man ihr beim Reiten bloß über die Bugspitze streicheln und ab und zu auf den Widerrist trommeln, damit sie mit Freude ganz von selbst wie ein Blitz nach vorne schoss. Aber wenn die Stimme des Futterbesorgers, die sich von hinten gerade näherte, diese zittrigen Ausschläge bekam, war damit keinesfalls zu rechnen. Die nehmen wir mit, rief er im Vorbeilaufen dem Kutscher zu, der eben noch gedankenversunken auf dem Bock gesessen hatte. Hosenkacker, fügte er hinzu, so wird man dich ab heute landauf, landab nennen, dafür werde ich sorgen. Er blieb neben dem Bock stehen und betonte jede Silbe, Hosenkacker, mit hochgiftig herausgespuckter Abscheu, die den Kutscher schreckhaft zur Seite zucken ließ, als würde ihn eine Schlange in hohem Bogen anspringen. Die Unterarme hatte er reflexartig vor der Brust gekreuzt. Die zwei Dobermänner stoben rechts am Araber vorbei, der ungebrochen von seinen überaus möglich werdenden Heldentaten berichtete, und zogen die Hundeleinen stramm, die an Schneeflockes linkem Vorderbein schabten. Mit gefletschten Zähnen knurrten sie unablässig in Richtung Gebüsch. Der links eingespannte Wallach hob deswegen sogar ein wenig den Kopf, als zeigte er Interesse an den Geschehnissen ringsum. Zum Abschied warf Schneeflocke den Kutschpferden mit dem Kopf eine schwunghaft in die Luft gezeichnete Ellipse zu, und während der Futterbesorger die Hundeleinen um den Sattelknauf mit dem doppelten B wickelte, seinen Stiefel in den linken Steigbügel schob, bereit zum Hochziehen, hatte sie auf einmal das Bedürfnis, einen Satz zur Seite zu machen, in tänzelndem Schritttempo rechtwinklig abzudrehen, mit den Hinterhufen nach ihm auszuschlagen und galoppierend, immer geradeaus, irgendwo in der Unendlichkeit einer abendlichen Landschaft zu verschwinden.

Alles war weiß. Nicht im Sinne einer tief sitzenden Helligkeit, die bezeugt hätte, dass die Sonne bereits seit Stunden aufgegangen war und man den Blick nicht in das blendende Licht heben konnte wie es an Tagen der Fall war, wenn der Himmel wolkenlos blieb. Sobald Konrad die Augen öffnete, war es so, als ließe er sie geschlossen, mit dem Unterschied, dass er kein weltenabdichtendes Schwarz sah. In welche Richtung er auch blickte, weder war eine Körnung zu erkennen noch eine farbliche Abstufung, alles war in dem gleichen matten Weiß gehalten. So fühlt es sich also an, blind zu sein, dachte er und war erstaunt über die ruhige Art, in der er das feststellte. Aus der Magengegend kam ein Blubbern. Wenn er sich die Hand gegen den Bauch hielt, dann spürte er sein Hemd und darunter die Wärme seines Körpers. Immerhin war er nicht tot, kam es ihm erleichtert in den Sinn. Er tastete um sich, da war der Boden, darauf Staub und Krümel aller Art, ab und zu Laub oder ein abgebrochener Strohhalm. Das konnte nur bedeuten, dass er noch immer in der Waldhütte lag. Konrad stand auf und schnappte nach Luft. Ein fauliger Geschmack blieb beim Schlucken zurück. Er tastete in der Luft herum, machte einen halben Schritt und noch einen. Es war warm, wahrscheinlich schon später Vormittag. Ein Luftzug kreuzte seinen Weg, strich an der Haut und den Haaren seiner Unterarme entlang. Konrad folgte ihm, mit ausgestreckten Fingern vor sich her wischend, die irgendwann eine Oberfläche berührten. Sie war in handtellerbreite Abschnitte unterteilt, die rauen Bohlen der Waldhütte. Sich seitwärts weiter vorarbeitend, wo der Luftzug stärker wurde, stieß er nach zwei Armlängen auf eine Kante. Daneben kam nichts mehr, weder Holz noch sonst etwas, eine breite Öffnung nach draußen schien sich aufzutun. Ob es mit den ersten Schritten ins schüttere Gras zu tun hatte oder mit der Sonne, die ihn wärmend empfing, war ihm vollkommen unklar. Brühwarme Flüssigkeit schob sich mit kaum zu fassender Geschwindigkeit nach oben und spritzte schwallartig aus ihm raus. Mit jeder neuen Welle, die würgend heranrückte und sich ergoss, kehrten schattige Bereiche in das matte Weiß zurück. Konturhaft und kaum wahrnehmbar, wie Abdrücke eines Bleistifts auf dem unterliegenden Blatt, die sich schleichend mit mehr Kohlenstaub anfüllten, formte sich in Konrads Blickfeld allmählich ein Bild. Anfangs noch verschwommen, sich aber schon erkennbar von der weißen Umgebung absetzend, erschien das Bild beim nächsten Schwall bereits gestochen scharf. Eine ovale Fläche, in Schwarz-Weiß gehalten, die an den aufgeplatzten Inhalt einer breiigen Wassermelone erinnerte, der sich zwischen seinen Schuhen ausbreitete. Mit Leichtigkeit konnte er die körnergroßen Bröckchen vom Magensaft unterscheiden, vor allem, als nach einem weiteren Schwall die Farben zurückkehrten. Dunkelgrün schwammen sie in der graubraunen Kotze herum. Konrad hob den Kopf an, um zu spucken. Ein gutes Dutzend Sperlinge hatte sich auf der Grasfläche vor der Waldhütte verstreut, stumm und in alle Richtungen blickend, außer in seine. Zwischen ihnen konnte er eine Linie aus Fußabdrücken ausmachen.

Im Morgengrauen aus der Waldhütte zu schleichen war beileibe nicht die eleganteste Lösung, aber jemandem, der von Hunden nicht gewittert werden konnte, dem konnte man nicht über den Weg trauen. Am Ende war sogar Teufelswerk im Spiel. Sie bekreuzigte sich im Laufen und dachte, dass er andererseits wie ein unschuldiger Chorknabe ausgesehen hatte, der von Zuckerwatte träumte, als sie ihm einen Hunderter vorne ins Buch legte, bevor sie sich mit dem Rest davonmachte. Das lag aber daran, dass Menschen im Allgemeinen eine viel bessere Figur abgaben, wenn sie sich nicht mit ihren wachen Gesichtern präsentierten und ein Gespräch in der Öffentlichkeit führten, als Zeitungsverkäufer ihrer Arbeit nachgingen oder sich kurzerhand entschlossen, einen ganzen Kontinent in Schutt und Asche zu legen. Das Bedürfnis, ein kultiviertes Zusammenleben der Barbarei vorzuziehen, hatte sich irgendwann in ausreichend Hass umgestülpt, und wie bei einer Schlittenfahrt gab es ab einem Punkt kein Zurück mehr. Die Gesetzmäßigkeiten des nackten Überlebens hatten dem zivilisierten Europa die Leinentücher übergeworfen, wie es bei Möbeln üblich war, die in einem weit entfernten Sommerhaus standen, das man in den kommenden Jahren vorerst nicht mehr aufsuchen würde. Selbstverständlich war auch sie in den Krieg gezogen. So wie alle ihre Freunde, aber auch Kollegen, vor allem Maler und Bildhauer, war sie mit Herz und Seele winkend durch die geschmückten Hauptstraßen marschiert, das Gewehr über der Schulter. Als die ersten Verwundeten und Toten von den Schlachtfeldern zurückgekarrt wurden, machte sich die ernüchternde Erkenntnis breit, dass dieser Krieg nicht mit Schusswaffe und Säbel ausgefochten werden würde. Sein bevorzugtes Material bestand aus lebendigen Körpern, die er Mensch um Mensch wie ein wild gewordener Halbgott über den rauchverhangenen Gräben hockend in sich hineinschlang.

Während sie auf einen Trampelpfad stieß, der von der Waldhütte wegführte, strich sie über den Pinsel im Haar. Sie hatte ihn damals mitgenommen, als Talisman, aber auch als Erinnerung an ihr Zuhause, das Atelier mit dem schweren Tor, wo sie oft wie eine Fechterin vor den Leinwänden auf und ab hüpfte, mit tänzelnden Ausfallschritten zur Seite, der Pinsel lag wie ein Degen in der Hand, um besser über den nächsten Strich nachdenken zu können oder, wie sie es nannte, um ins Gleichgewicht zu kommen. Sie trug ihn immer bei sich, beim Transport an die Front, während der ersten Wochen, als in ihrem Abschnitt kaum ein Schuss fiel und alle ungeduldig auf eine Kampfhandlung warteten. Auch an dem Tag, als sie einem jungen Soldaten, der im Getümmel auf sie zusprang, das Bajonett vom Kinn aufwärts in schräger Linie bis ins Gehirn schlitzte oder als ein Sergeant ihr, ohne zu zögern, fast eine Granate vor die Füße geworfen hätte. Er sah aus wie ein Dorfschullehrer, der den Kindern noch am Tag vor den Sommerferien eine Glasschale mit Bonbons hingehalten hatte, mit den Worten, jeder dürfe sich einen rausnehmen, die Farbe könne man selbst aussuchen, ihm persönlich würden die grün gefärbten am besten schmecken. Mit angewinkeltem Arm, wurfbereit, stand er auf einmal auf dem Acker, wie aus einer Wolke aufgetaucht, die sie als Kind in den Zaubervorstellungen auf dem Jahrmarkt immer so bewundert hatte, während sie durch das Granatgewitter nach vorne rannte. Die Splitterbombe, die den Sergeant einen Hauch später in tausend Stücke teilte, kam wie aus dem Nichts angeschossen. Sie stand reglos da, den Matsch betrachtend, der von einem Menschen übrig blieb, während das Surren der herankommenden Geschosse und deren Einschläge pausenlos einen ohrenbetäubenden Krawall erzeugten. Sie pickte einen länglichen Granatsplitter vom Boden auf. Noch in derselben Nacht würde sie ihn zu einer dolchartigen Klinge umarbeiten. Eine Woche später, der Mond war günstig angewachsen und baumelte wie eine Funzel über ihrem Kopf, machte sie sich auf den Weg. Die Umrisse von stumm vor sich hin glotzenden Soldaten, die schlammbeschmierten Kompaniefahrzeuge, die neben der Kommandozentrale standen, ein zerbombtes Gebäude, vormals ein Wasserwerk am Rande einer Kleinstadt, von der sie noch nie etwas gehört hatte, sanken mit jedem weiteren Schritt schichtweise in den Boden und verschwanden endgültig. Sie lief an Flüssen entlang, immer die Stromrichtung wählend, die vom Krieg wegführte. In einem Dorf besorgte sie sich Frauenkleidung, Röcke und Kopftücher, die sie gegen ihr Gewehr eintauschte und anstelle der Uniform trug. Dadurch konnte sie auch Landstraßen benutzen, ohne sofort von der Militärpolizei angehalten zu werden. Weiter ging es in Richtung Süden, in die Schweiz hinein, wo sie auf die Aare traf. Deren unsagbar schöne Haut, straff gespannt, hier und da ein mit geschwungenen Linien gezeichnetes Kräuseln, das darauf hindeute, dass unter der Oberfläche starke Strömungen umherzogen, fand sie in den Gesichtern der Menschen wieder. Sie blieb eine Weile, half den Bauern und kämmte sich so, dass sie ein kleines Knäuel am Hinterkopf formen konnte, welches sie mit ihrem Pinsel absicherte, damit die Haare beim Melken der Kühe nicht im Weg waren. Von dort gelangte sie ins Einzugsgebiet der Sava. Ihr Haar war lang geworden und berührte die Schultern der meist schürzenhaften Kleider, die sie dem Schnitt der ansässigen Frauen anpasste und die ihr gefielen, wegen der Lufträume, die sie beim Laufen erzeugten. Die Menschen aus der Region, welche die Stromlinien des Flusses in ihre Handarbeiten webten, kleine Tischdeckchen oder Gardinen mit dicken Borten, tauften sie Luda, weil sie ihr den Namen nicht abkauften, mit dem sie antwortete, wenn sie danach gefragt wurde. Über die Alpen, dem Lauf der Salzach folgend, suchte sie in den folgenden Monaten einen Rückweg, einem tief sitzenden Heimweh geschuldet, vielleicht sogar bis nach Leipzig zurück, wo sich ihr Atelier mit dem schweren Tor befand, das hätte ihr gefallen. Der smaragdartig grüne Fluss, der sich durch Salzburg schlängelte, war dermaßen gläsern, dass sie bestimmt Gesteinsformen am Grund erkannt hätte, wenn sie sich getraut hätte, in den Stadtkern zu laufen und das Wasser vom Brückengeländer aus zu betrachten. Sie erinnerte sich an die kristallklaren Melodien, die in diesem Landstrich komponiert worden waren, und lief, die bekannten Noten der *Zauberflöte* leise vor sich hin summend, um Salzburg herum. Die schäumenden Stromschnellen, die in den Wäldern dahinter an Fahrt aufnahmen, mochte sie besonders. Sie hatte das Gefühl, als käme sie dadurch schneller in die Heimat zurück.

Vor einigen Wochen dann war sie über den Neckar bis an den Main vorgestoßen, wo sie eine ehemalige Hausangestellte von Brod kennenlernte. Diese kam gerade von einer Sammelstelle für Abfälle zurück, die flächendeckend eingerichtet worden waren. Es war ein Versuch, den akuten Mangel an Rohstoffen durch Spenden aus der Bevölkerung einzudämmen. Einen leeren Kartoffelsack hatte sie sich wie ein Kissen unter den Kopf geschoben und döste vor sich hin, als Luda im Unterholz über sie stolperte. Den Gegenwert für die Menge an Kartoffelschalen, den sie bei der Sammelstelle ausgezahlt bekam, hatte sie auf der Stelle in eine Flasche selbst gebrannten Wacholdergeist investiert, aus der sie noch lange gemeinsam tranken. So ergab es sich, dass Luda der Abzweigung der Nidda gefolgt war, an deren Ufern sie hockte, um die Stoppel, die stets aufs Neue wuchsen, ungeachtet, welche Namen oder Kleider sie trug, mit der dolchartigen Klinge zu stutzen, bis sie vor ein paar Tagen einen jungen Kerl bemerkte, der durch den Wald lief und den sie dabei beobachtete, wie er, von Hunden vollkommen unbehelligt, in ein Bauernhaus einstieg und kurz darauf mit der Beute verschwand. Der Trampelpfad endete an einer Gabelung. Luda sah zurück und fragte sich, ob Konrad den Hunderter im Buch bereits gefunden hatte. Die Papprolle hatte sie ihm ebenfalls gelassen. Darin war eine Schalldose für einen Parlographen, mit der Stimme des Buchautors, sofern die handgeschriebene Beschriftung der Wahrheit entsprach. Sie erinnerte sich an ihn,

Kafka, so ein kraftvoller Name blieb hängen. Einer der Freunde aus Leipzig hatte ihn vor dem Krieg erwähnt, vielleicht war er ihr sogar vorgestellt worden, bei einem Kaffeebesuch, wenn sie es sich recht überlegte. Ein schönes, auf schüchtern machendes Gesicht, der Körper ragte schlaksig durch den Anzug hindurch. Sie wechselten ein paar Worte, nichts außer Höflichkeiten, in einem Umgangston, der mittlerweile völlig aus der Zeit gefallen schien. Eine Verlobte wurde erwähnt, die er am Vortag in Berlin besucht hatte. Es wäre sehr angenehm, sich wiederzusehen, vielleicht bei einer erneuten Durchreise, er befinde sich auf dem Rückweg nach Prag und habe einen Zwischenhalt in Leipzig eingelegt, wo sein Verleger wohne. Die Angelegenheit mit der Verlobten wollte sie damals über Dritte noch eingehender in Erfahrung bringen, aber dann verlor sich ihr Interesse bald in anderen Gesichtern. Sobald sie in Leipzig angekommen wäre, würde sie ihm über den Verleger einen Brief schicken, in dem sie ihm herzlich zur Publikation beglückwünschte, dachte sie, während sie beide Wege beobachtete, die sich im Dickicht des Waldes verloren, und nicht entscheiden konnte, welchen sie wählen sollte. Sie kniff das rechte Auge zusammen, dann das linke, mehrmals hintereinander. Es schien verrückt, aber auf dem rechten Weg, genau dort, wo vor einem Moment noch solch eine Ruhe geherrscht hatte, dass sie ihre Staffelei hätte aufstellen und mit einer Studie für eine Naturimpression beginnen können, rannten ihr zwei Hunde entgegen.

Zeit war zu einer Schicht geworden, die sich in der Luft zusammenpresste und umso undurchdringlicher wurde, je näher die Dobermänner der Zielperson am Ende des Weges kamen. Mit jedem Schritt verlangsamten sich die Bewegungen, nicht ihre eigenen, sondern die der Umgebung. Eine Hummel flog quer über den Waldweg, und beide Hunde, in rasendem Tempo unterwegs, hätten wohl die schwarzen Längsstreifen entlang ihres Körpers mehrfach durchzählen können. Sogar die feine Oberflächenstruktur wurde sichtbar, da auf dem Rücken der Hummel ein Haar wie eine Nadel aus dem Fell herausstach. Auch Luda studierte den Hummelflug im Detail, sie war vor allem von den kraftvoll schmetternden Schlägen der Flügel fasziniert, obwohl sie lieber in den linken Weg gestürmt wäre, um sich wenigstens eine kleine Fluchtmöglichkeit zu bewahren. Aber der Boden um sie herum schien klebrig geworden zu sein. Bewegungen waren nahezu unmöglich. Ihre Beine schleppten sich, von den Knien abwärts, durch eine zähflüssige Masse, als hätte die Luft über dem Boden eine sumpfähnliche Struktur angenommen, durch die man nur mit größter Anstrengung dringen konnte. Hinter den Hunden entdeckte sie ein Pferd, das vom Wald aus auf den Weg einbog und ähnliche Schwierigkeiten hatte voranzukommen, aber das schob sie eher dem dickleibigen Reiter zu, der obenauf saß. Beim Einbiegen in den Weg entdeckte Bruno Blancknagel Ludas Gestalt am anderen Ende und konnte dem Schrei, den er dem Pferd zurief, um es anzuspornen, kurz nach Verlassen des Mundes, dabei zusehen, wie er vor seinem Gesicht, als Schallwelle vorwärtsschwappend, allmählich die Hunde einholte. Sein Pferd galoppierte zwar wie ein Blitz an den Bäumen am Wegesrand vorüber, aber es schien sich stets um dieselben Exemplare zu handeln, die an ihnen vorbeizogen. Von außen betrachtet wurde das Schauspiel mehr und mehr zu einem Standbild. Die Rückansicht der vor Schreck starren Luda, die an der Gabelung stand, im dunklen Mantel und den Pinsel im Haar. Dem rechten Weg folgend, auf halber Strecke in den Wald hinein, flog eine Hummel quer vor den Schnauzen der Hunde entlang, deren Lefzen die Zähne bloßlegten. Unscharf im Hintergrund ein Reiter auf einem Pferd, die rechte Hand nach vorne gereckt und anscheinend etwas rufend.

Konrad betrachtete das Bild genauso eingehend, wie er es mit den Illustrationen der *Spezialhefte* getan hatte. Die Farbgebung, der Pinselstrich, das war alles meisterhaft ausgeführt, dachte er, während er in einem Gebüsch hockte, aber was wusste er schon davon. Er war Ludas Fußspuren gefolgt. Von seiner kurzzeitigen Sehstörung zurückgeworfen, holte er schnell auf und behielt sie immer eine Baumlänge vor sich im Blick. Sein verschwitztes Hemd hielt er zusammengeknüllt in der Hand. Ein Blatt kauend und auf einen dicken Stock gestützt, spuckte er zwischen seine Oberschenkel, und es wirkte, als löste der Speichel in dem Augenblick, als er im Gestrüpp vor seinen Füßen auftraf, die Klebrigkeit der Zeit auf, die sich in der Welt ausgebreitet hatte. Er sprang auf, rannte von hinten an Luda vorbei, die ihn überrascht ansah, warf ihr das Hemd zu und rief, schmeiß es dir über, drang weiter in den rechten Weg hinein, wo die Hummel längst verschwunden war, über die Hunde, die ihn nicht beachteten, hinweghechtend, an ihren Leinen entlang, die im Staub schlingerten, bis zum Pferd, dessen Reiter eine Pistole in Hand hielt und einmal feuerte, aber verfehlte, sodass Konrad mit genügend Anlauf in einen Sprung übersetzen konnte und ihm mit einem weit ausgeholten Schlag seines Stocks die Pistole aus der Hand schleuderte. Das Pferd bäumte sich auf und warf den Reiter beim dritten Abstoß der Vorderhufe endlich ab. Bruno Blancknagel landete unsanft auf dem Rücken, schlimm tönende Schmerzensschreie verteilend und unfähig aufzustehen. Konrad hob die Pistole auf, stellte sich vor das Pferd, dem er beruhigend über die Bugspitze streichelte, bevor er sich geschmeidig in den Sattel hob. Luda betrachtete all das durch eine Lücke im Hemdstoff, der sich mit jedem Atemstoß vor ihrem Mund wie eine Blase nach außen wölbte und unter dem sie sich im Schneidersitz versteckt hielt. Die Hunde liefen verwirrt um sie herum, über den Boden schnüffelnd, aber behandelten sie mit demselben Desinteresse, das sie den restlichen Bäumen des

Waldes entgegenbrachten. Konrad ritt ihnen auf Schneeflocke entgegen und gab bei der Gabelung zwei Schüsse ab, schräg in die Baumkronen hinein, die wie Peitschenhiebe auf den Hintern der Dobermänner fungierten. Beide verzogen sich jaulend ins Unterholz.

Luda benötigte einige Atemzüge, um sich etwas zu beruhigen. Währenddessen schob sie das Hemd zur Seite, damit ihr Kopf herauslugen konnte. Vor ihr war Konrad, hoch auf dem Pferd sitzend, er grinste, steht dir gut, mein Hemd, sagte er und steckte die Pistole neben das Buch und die Papprolle in den Stoffbeutel. Sie sah an sich hinunter, es ist ein Fluch, egal, was ich anziehe, es schmiegt sich phänomenal an meine Figur, daraufhin zog sie das Hemd über den Kopf und warf es ihm zu. Konrad legte es sich über die Schulter und hielt ihr seine flach ausgestreckte Hand entgegen, ich finde, mein Hemd ist mindestens die Hälfte der Beute wert. Schneeflocke stieß hintereinander mit allen vier Hufen auf, es klang wie Applaus. Luda stand auf und kramte in den Manteltaschen, das kann man wohl behaupten, sagte sie, während sie ein Bündel Scheine aus der Lederbörse zog und ihm in die Hand drückte. Konrad zerknüllte die Scheine, danke, er stopfte den Batzen ungezählt in den Beutel hinein, eine Frage hätte ich noch. Luda zog die Augen zusammen, es sah ein wenig schmerzverzerrt aus, aber ihr lässiges Schulterzucken gab ihm das unmissverständliche Zeichen, dass er loslegen konnte, wann immer er bereit war. Machst du dich jedes Mal morgens mit der Beute aus dem Staub, eine Unterbrechung entstand, in der er einmal zur Seite blickte, ohne einen Mucks zu sagen. Das Pferd schnaubte laut, als wollte es damit andeuten, dass es die Antwort wusste. Das kommt ganz darauf an, wo man bei geschäftlichen Beziehungen die Grenze zieht, sagte sie in übertrieben ernstem Ton und winkte ab, außerdem war das eine ausgemachte Sache, es war immerhin mein Plan. Er wollte sie ein fieses Luder nennen und sie anschnauzen, nicht solche Unwahrheiten zu verbreiten, stattdessen klopfte er auf Schneeflockes Schulter, genau dort, wo der sternförmige Fleck prangte, und fragte sie mit zusammengekniffenen Augenbrauen, ob sie sich wohlfühle, weil sie überfallartig von einem Hustenanfall attackiert wurde. Sie hob ihre rechte Hand, die sie beschwichtigend durch die Luft wippen ließ, weißt du schon, wo du jetzt hinwillst, fragte sie, als sie sich beruhigt hatte. Nicht genau, sagte er, ohne länger darüber nachzudenken, aber komm doch einfach mit, wir haben bestimmt eine gute Zeit zusammen. Sie strich die Hand einmal quer durch die Luft und schüttelte fest entschlossen den Kopf, ihr Pinsel bewegte sich dabei wie ein Metronom. Ich bin besser allein unterwegs, das war schon immer so. Er nickte schwerfällig und wollte bereits das Pferd herumreißen, doch er zögerte, etwas war ihm noch eingefallen, haben wir uns gestern tatsächlich geküsst, die Wörter zogen sich außergewöhnlich in die Länge, sodass sie ihn mit Leichtigkeit unterbrechen konnte, indem sie den Zeigefinger über ihre Lippen legte. Kümmere dich nicht um alte Geschichten, sagte sie, knabbere lieber etwas weniger an deinen Blättern herum, sie tippte den Zeigefinger gegen ihre Backe, die wirken nicht nur gegen Hunger, sondern machen die Welt auch ein bisschen aufregender, als sie wirklich ist. Sie grinste breit über das Gesicht, man kann sogar blind davon werden, fügte sie hinzu und verdrehte die Augen so weit nach oben, dass die Regenbogenhaut nicht mehr zu sehen war. Konrad äußerte seinen Ekel darüber mit einem lang gezogenen Stöhnen, und für einen Moment lächelten sie sich an, nicht wie Verbündete, aber lang genug, um ein Geheimnis zu besiegeln. Ruckartig drückte sie den Arm durch und zeigte mit dem Finger auf ihn, es war mir ein Vergnügen, mit dir auf Raubzug zu gehen, Herumtreiber Konrad, posaunte sie feierlich. Mir auch, seine Stimme klang heiser, pass auf dich auf. Er trommelte mit den Fingern über Schneeflockes Widerrist, und schon rauschte er davon, mitten durch den Wald, windähnlich an Baumstämmen vorüber, bald auf eine glatt gemähte Heide zu, die von unzähligen Sperlingen übersät war. Tief gebeugt galoppierte er darüber hinweg und scheuchte vorne eine kleinere Vogelgruppe auf, was vom Rest als Flugbefehl aufgefasst wurde. Eine gigantische Welle, gewebt aus Sperlingen, die gemeinsam hinaufflogen, sodass die Landschaft wie ein Bettlaken von der Erde gezogen wurde, zeltgroße Falten in den Himmel werfend, die sich ruckartig zueinander verschoben, als würde man sich unter der Oberfläche eines sturmgepeitschten Ozeans befinden. Darunter kamen die dunklen Umrisse einer großen Stadt zum Vorschein, auf die Konrad geradewegs zuritt, seine Arme um den Hals von Schneeflocke geschlungen, die von Tränen feuchte Wange gedrückt an den zitternden Pferdekopf.

Niemand hatte mitbekommen, wie knapp die Patrone aus der Pistole von Bruno Blancknagel, der sich noch vor Einbruch der Nacht aus dem Wald schleppen konnte und dem eine große Karriere als SA-Offizier bevorstand, Konrad verfehlt hatte und schnurgerade durch die Luft flirrte. Das Projektil drang im weiteren Verlauf geschmeidig durch Hemd und Mantelstoff sowie mehrere Hautschichten mitten in die linke Niere von Luda, wo sie leicht angewinkelt unter dem Lungenflügel wieder austrat und mit einer schräg nach oben führenden Flugbahn in einen Baumstamm einschlug. Wo sich eben noch ein Stück Rinde befunden hatte, war ein Loch entstanden. Hintereinander schlüpften Bilderfetzen wie Larvengeburten in die Welt und schwärmten Luda entgegen. Sie hatte sich den brennenden Schmerz nicht anmerken lassen, vor allem während sie mit Konrad sprach, aber jetzt, da er davongeritten war, konnte sie die Stirn in angemessene Falten legen. Die Hand gegen die blutende Wunde gepresst, entschied sie sich für den linken Weg und humpelte vorwärts. Oben zwischen den Bäumen sah sie einen schmalen Spalt aus blauem Himmel, der sich wie ein Fluss über ihrem Kopf durch die Wipfel schlängelte. Als die Bilderfetzen sie eingeholt hatten und wie Herbstblätter auf sie herabfielen, erinnerte sie sich an Schlittschuhe, den Geruch von Kohlsuppe mit gelben Bohnen, einen Kuss, es musste an einem Sommertag gewesen sein, an schlechten Rotwein und die blauen Lippen, die er hinterließ. Um ihren Hals hing der Anhänger der Großmutter, die gleiche ovale Form wie das Bild im Flur des Elternhauses, an dessen Ende eine Tür angelehnt war. Das schwere Tor ihres Ateliers, in das sie hineinfiel, als hetzte sie gerade in voller Montur über einen zerfurchten Ackerboden und als hätte dieses Mal die Granate die Hand des Dorfschullehrers tatsächlich verlassen und kullerte ihr vor die Füße, sodass Luda im Moment der Explosion von einer möglichen Zukunft eiskalt im Stich gelassen wurde. Sie lief unter dem Himmelsspalt entlang und sah sich Schritt für Schritt dabei zu, wie sie gleichzeitig im Kanonenhagel tiefer ins Erdreich sank. Je mehr Schichten aus Erinnerung und aufspritzendem Schlamm an ihr haften blieben und sie allmählich unter sich begruben, desto eher war sie nicht mehr von der Umgebung zu unterscheiden.

Das Gefühl einer bodenlosen Verunsicherung, das nach dem Raub einsetzte, konnte Carl Brod nie mehr abschütteln. Er war unfähig geworden, dem Lauf seines Lebens zu vertrauen. Zuerst glaubte er, das Zurückkehren der Hunde, auf die er tagelang gewartet hatte, hoffnungslos vor sich hin schluchzend, würde eine beruhigende Wirkung nach sich ziehen. Aber das Gegenteil war der Fall. Hinter jedem Baum und jeder Ecke witterte er neue Angriffe. Selbst in seinem Schlafgemach schlich er nachts nur noch mit vorsichtigen Schritten zum Töpfchen, am Sekretär mit dem Parlographen und den Schalldosen vorbei, einen Schraubstock in der Hand, den er hinterm Rücken vor dem Blick des Einbrechers abschirmte. Es ging so weit, dass er den Gebrüdern Bethmann nicht mehr die Geldgeschäfte überließ, überzeugt davon, dass sie ihn nach Strich und Faden bei der Buchführung hintergingen. Überhaupt verließ er Vilbel nur noch, wenn es sich nicht vermeiden ließ. Seine monatlichen Besuche in den Buchhandlungen fielen weg, er beschränkte sich auf die Schlagzeilen der Tageszeitungen, die vom bevorstehenden Ende des Krieges berichteten. Meldungen über Massengräber oder die neue Revolution in Russland, das alles erschien ihm erträglicher als sein eigenes Leben in endloser Angst. Berichte über eine Sonnenfinsternis, anhand welcher die allgemeine Relativitätstheorie erstmals bewiesen werden konnte, versetzten ihn wochenlang in Panik. Nicht einmal auf Raum und Zeit konnte man sich noch verlassen, sodass er folgerichtig mit dem Schraubstock die große Pendeluhr im Haus zertrümmerte und fortan im Keller übernachtete. Eines Tages, der Frieden in Europa war wie das Licht, das an einer Kordel von der feuchten Kellerdecke hing, längst wieder angeknipst worden, entdeckte er winzige Löcher im Boden. Brod war überzeugt, dass es Raubbohrungen waren. Irgendjemand versuchte, ihm sein Mineralwasser abzugraben. Nächteläng schob er mit den alt und halb taub gewordenen Dobermännern Wache. Von da an sah man ihn vor allem in der Nähe eines Lochs, das sich nach unten hin verjüngte wie eine Eiswaffel und das er nicht mehr aus den Augen lassen wollte, bis er den Strauchdieb gesichtet hätte. Währenddessen wurden die Kutsche und das Haus verpfändet, seine Rechte an der Mineralquelle verschlackten im Sand der neuen republikanischen Bürokratie, aber das war nebensächlich. Er verließ den Keller und folgte der Spur der Erdlöcher, die ihn in die Wälder führte, tief ins Dickicht hinein, wo er für immer abtauchte. Den Menschen der Vilbeler Gemeinde blieb er als *der Broderich* im Gedächtnis, ein wildes Schreckgespenst, das mit zotteligen Haaren und zwei Geisterhunden durch die Nacht irrte und in so manche Gruselgeschichte eingewoben wurde.

In der Strafkolonie

Im Vorführraum heulte der Projektor los. Ein leuchtendes Rechteck kam auf der Leinwand zum Vorschein. Es wurde durchgeschüttelt wie im Taumel eines Erdbebens, sodass der Eindruck entstand, mehrere schwächer leuchtende Rechtecke würden sich ungenau überlagern. Winzige Punkte kamen hinzu, Staubkörnchen auf der Filmrolle, die ihre Position ständig veränderten, wie Schneegestöber in der Nacht. Von Hand gekritzelte Linien fielen plötzlich ins Bild, mal waagerecht, mal längs in der Ausrichtung, aber immer unsicher herumtanzend, bis sie in einem Wisch von der Leinwand geputzt wurden. Auf der schwarzen Grundierung strahlten unvermittelt Buchstaben auf. Geisterhaft zuckende Blitze, manchmal ergaben sie ein Wort, kopfüber oder spiegelverkehrt, fielen aber sofort in sich zusammen und wirbelten fort wie Akrobaten nach einer beendeten Nummer. Im Anschluss übernahm eine Acht den Bildschirm, übergroß leuchtete sie in der Mitte auf, eingerahmt von zwei konzentrischen Kreisen. Den Radius des äußeren Kreises markierend, wischte ein Strich im Uhrzeigersinn darüber hinweg und ließ nach einem vollen Umlauf eine Sieben zurück. So ging das weiter, im Sekundentakt, bis zur Drei, die punktgenau mit dem Strich und den Kreisen aus dem Bild verschwand. Die Gespräche im Kinosaal verstummten, in Gedanken zählte manch ein Zuschauer bis null. Beine wurden überschlagen oder der Hintern zurechtgerückt. Die Leinwand tauchte in ein anderes, tieferes Schwarz. Irgendwo hustete noch jemand, bevor der erste Film des Abends endlich begann.

Nadia Blumenbach hatte stets den Geruch von Kuchenteig in der Nase, wenn sie mit dem Spielen begann. Sie verteilte ihre Finger behutsam über die Tasten des Anfangsakkords und wartete darauf, dass der Titel des Films erschien. Als Kind hatte sie der Köchin oft dabei zugesehen, während diese den Teig für ihren berühmten Haselnusszopf knetete. Aus dem Klaviersalon drangen häppchenweise die Stimmübungen der Mutter. Nadia stützte ihr Kinn auf die damastene Küchentischdecke, einerseits, weil manchmal etwas zum Naschen abfiel, aber andererseits und vor allem, weil sie fasziniert war vom feingliedrig orchestrierten Zusammenspiel der Finger, die sich durch die zuckergetränkte Masse gruben. Zwischendurch lag der Kuchenteig wie ein seltsam gekrümmter Tierkadaver auf dem dicken Holzbrett und wurde in unachtsam hingestreuten Mustern aus Weizenmehl gewälzt. Beim Aufleuchten des Filmtitels *Verschmelzung* griff sie kraftvoll hinein und ließ den dramatischen Akkord wirken. Als die Namen der Schauspieler über die Leinwand flackerten, ersann sie daraus eine getragene Melodie. Nadias Blickwinkel war stark verzerrt, die Buchstaben schienen in ihre Richtung hin zu wachsen. Nachnamen endeten doppelt so hoch, wie sie als Vornamen begannen. Die Orgel stand in der Verlängerung der Leinwand rechts in die Ecke des Kinosaals gedrängt. Eine Funzel leuchtete sparsam auf Hunderte Registerwippen und zwei übereinander verlaufende Klaviaturen, die sich hufeisenförmig um ihren Bauch wickelten. Die Pedale trat sie naturgemäß blind. Ihre Augen waren ohnehin die meiste Zeit auf die Leinwand gerichtet, wo gerade eine Blechkiste eingeblendet wurde, in der zwei winzige Münzen lagen. Ein Mann, schäbig gekleidet, mit verschlissenem Filzhut auf dem

Kopf, der sie an ihren Onkel Erich erinnerte, wartete an eine Hauswand gelehnt. Sein rechter Fuß wippte neben der Blechkiste ungeduldig auf dem Boden herum. Der Oberschenkel des anderen Beins endete in einem Knoten aus Hosenstoff und ruhte auf dem Griff einer Krücke. Ein Arbeiter, mit einem zusammengebundenen Bündel in der Hand, blieb stehen und warf eine Münze in die Kiste. Es folgte ein kurzes Schwätzchen, vielleicht über das Wetter. Onkel Erich schielte währenddessen auf die dritte Münze, die genauso klein war wie die anderen zwei, bedankte sich jedoch mit seiner ihm eigenen Herzlichkeit und warf dem weiterziehenden Arbeiter ein Lächeln zu, das eine fehlende Reihe der oberen Schneidezähne freilegte. Alles halb so schlimm, wollte er mit den hochzuckenden Schultern ausdrücken, obwohl seine wehmütig in die Ferne blickenden Augen etwas anderes erzählten. Ruckartig begann er, sich am Stumpf zu kratzen. Auf einer Binde, die er über dem Mantelstoff trug und die von der Armbewegung in schmale Falten geworfen wurde, waren Hammer und Sichel eingestickt. Als die zittrige Nahaufnahme von einem Zwischentitel abgelöst wurde, *Zur selben Zeit und ganz in der Nähe*, wechselte Nadia unversehens in ein anderes Musikstück. Der Rhythmus wurde gleichmäßiger, die Färbung der Hauptmelodie glitt ins Volkstümliche, ein Marsch setzte ein. *Verschmelzung* lief seit zwei Wochen als Vorfilm, dreimal am Tag. Nadia hatte ihre Einsätze in Abstimmung mit dem Wechseln der Register längst verinnerlicht. Auch wenn sie manchmal die bewundernden Blicke der Zuschauer im Nacken spürte, wusste sie, dass jeder Fingerlauf eines halbwegs anspruchsvollen Klavierstücks höheren Schwierigkeitsgrad besaß und weit mehr Fertigkeiten voraussetzte als das, was sie hier ablieferte. Nie hätte sie sich träumen lassen, irgendwann im Halbdunkel eines Kinosaals zu hocken, um wieder und wieder dasselbe zu klimpern. Während des Studiums am Konservatorium hatte sie Einladungen fürs

Vorspielen bekommen, aus London und Mailand, aber der Krieg platzte dazwischen. Immerhin kam genug für Miete und das Schulzeug der Kinder zusammen. Ein Mann, der nach dem Verblassen des Zwischentitels ins Bild kam, stakste auf Krücken eine Straße entlang. Er blieb an einer ihm günstig erscheinenden Stelle stehen, um seinen Soldatenhelm auf den Boden zu legen. Die Gesichtszüge erinnerten Nadia an die ihres angeheirateten Vetters Ottfried. Der Mann lehnte sich an eine Hauswand, wo er auf Passanten wartete. Im Gegensatz zu Onkel Erich fehlte ihm der rechte Unterschenkel vom Knie abwärts. Nachdem ihm eine wohlhabende Dame mit großer Blume am Revers eine Münze in den Helm geworfen und er sie mit Verbeugungen verabschiedet hatte, schob sich seine Armbinde ins Bild, auf der ein Hakenkreuz zu erkennen war. Erst in der nächsten Einstellung, die eine Straßenecke mit vorbeifahrenden Automobilen einfing, sahen die Zuschauer, dass Erich und Ottfried an den zueinander hinführenden Außenwänden desselben Eckhauses lehnten, ohne zu wissen, dass der jeweils andere buchstäblich nur einen Katzensprung entfernt war. Lautes Gelächter brach beim Publikum aus. Nadia erschuf den Eindruck von Straßenlärm, den sie mit wirr umherspringenden Noten und einer kleinen Hupe, die neben den Orgelpfeifen in einer Halterung steckte, andeutete. Ein dunkel gekleideter Herr mit abstehendem Haar blieb an der Straßenecke stehen und beobachtete das Treiben eine Weile. Sein Gesicht war mit Narben übersät. Er hatte verschlagen dreinblickende Augen, unheilvoll grinste er vor sich hin. Die Musik änderte sich erneut. Eine schaurig Furcht einflößende Melodie sollte den Zuschauern in die Knochen kriechen. Obwohl Nadia den Film schon etliche Male gesehen hatte, befiel sie beim Anblick des Professors jedes Mal aufs Neue Unbehagen. Er machte den Bettlern das Angebot, sie reichlich zu belohnen, wenn sie sich bereit erklärten, Teil eines noch nie dagewesenen Experiments zu werden. Er habe eine Verschmelzungsmaschine erfunden, und er beschrieb, da dem einen das rechte und dem anderen das linke Bein fehlte, wie wunderbar es wäre, wenn es gelänge, beide zu verschmelzen, in einen Menschen, der wieder aufrecht stehen könnte, auf zwei Beinen. Jedem drückte er einen Hunderter in die Hand. Auch wenn die Bettler misstrauisch die Armbinde des jeweils anderen beäugten, willigten sie ein und ließen Blechkiste und Helm auf der Straße liegen, um sich daraufhin zum Professor ins Automobil zu setzen. Noch an diesem Abend wurde das Experiment in dessen Laboratorium, das sich außerhalb der Stadtgrenzen in der Nähe eines Güterbahnhofs befand, in die Tat umgesetzt. Während elektrische Entladungen über die Leinwand hüpften, schüttelte Nadia einen Schellenkranz wild durch die Luft, begleitet von tanzschrittgleichen Fußläufen auf den Pedalen, was ihr insgeheim großen Spaß bereitete, auch wenn sie das niemals zugegeben hätte. Die Verschmelzung der Körper gelang. Der Professor war am Ende seiner Kräfte und betrachtete das Ergebnis, den neu erschaffenen Zwittermenschen, der kreuz und quer durch das Laboratorium lief, noch ungläubig über das wiedergewonnene Gehvermögen. Nachdem er vom Professor mit frischer Hose und einem strahlend weißen Unterhemd ausgestattet worden war, fiel er über das Essen her, das in verschiedenen Schüsseln dampfte. Beim Anheben eines schaumig überlaufenden Bierkruges stockte der Arm in der Bewegung zum Mund. Neben einer Schaltkonsole, oben verlief eine Doppelreihe aus rechteckigen Anzeigen mit ausschlagenden Nadeln, darunter waren spaltenweise Drehknöpfe und Schieberegler im Wechsel angebracht, entdeckte er zwei Kleiderhaufen auf dem Boden. Der Zwittermensch, unfassbar gut dargestellt vom neuen Schauspielstern am deutschen Nachkriegshimmel, stellte den Bierkrug ab und ging vor den Klamotten in die Hocke. Er zog die Armbinden heraus und wollte sie eine nach der anderen anlegen. Aber die rechte Hand weigerte sich, Hammer und Sichel über den linken Arm zu streifen, umgekehrt wehrte sich die linke Hand, das Hakenkreuz über den rechten Arm zu ziehen. Ein Handgemenge entstand, der Zwittermensch schlug sich mit den Fäusten das eigene Gesicht zu Brei. Die Zuschauer lagen auf dem Boden vor Lachen. Nadia verstärkte die Treffer mit exakt gesetzten Anschlägen. Der Professor versuchte einzugreifen, bekam aber im Durcheinander einen Ellenbogen auf die Nase und sank mit rollenden Augen und einer halben Drehung um die eigene Achse aus dem Bild. Ausnahmezustand beim Publikum, manche standen auf und jubelten, andere fassten sich an den Bauch und rangen nach Luft. Der Zwittermensch hielt inne und sah sich blutverschmiert um. Ein Rinnsal zog sich im Zickzack durch sein Gesicht, von der Stirn zum Kinn. Schließlich floh er in die stürmische Nacht hinaus, wo er sich vor einen herannahenden Güterzug stellte. Die Scheinwerfer der Lokomotive vergrößerten sich rasend schnell, Rauchschwaden stiegen trichterförmig aus dem Schornstein zum Nachthimmel empor und verpufften durch den enormen Fahrtwind nach hinten. Nadia verzichtete auf weitere Effekte und spielte zwei Töne im Wechsel, in kürzer werdender Abfolge. Im Blick des Zwittermenschen spiegelte sich die ausweglose Lage mit bahnbrechender Intensität wider, seine verkrampfte Körperhaltung war weder übertrieben noch fehl am Platz. Er stand mitten auf den Schienen, mit ausgebreiteten Armen, bereit zu sterben, doch im letzten Moment schlug ein Blitz auf ihm ein. Ein lauter Akkord schepperte disharmonisch durch den Kinosaal. Der Zwittermensch wurde gespalten, zurück in die zwei Bettler, aus denen er entstanden war, die daraufhin, wieder einbeinig geworden, gerade noch rechtzeitig zur Seite kollerten. Einer nach links, der andere nach rechts. Der Zug raste im Höllentempo hindurch. Die Lichtkreise wuchsen weiter an, verschwammen ineinander und hüllten die Leinwand in gleißendes Weiß. *Ende.* Die Zuschauer applaudierten, erste Unterhaltungen setzten ein, Nadia trällerte ein angenehm schwingendes Stück, von der Art, wie man sie vermehrt in Tanzcafés spielte. Ihre Augen waren geschlossen, es war ihr unfassbar peinlich. Nachdem der letzte Ton ausgeklungen war, warf sie einen Blick über ihre Schulter und sah Konrads rote Schirmmütze, die durch den Vorhang des Kinosaals lugte.

Anfangs schlug sich Konrad mit dem erbeuteten Geld durch, was auch notwendig war, denn es gab keine Arbeit. Wie um einen Teich, der im Sommer austrocknete, standen die Menschen scharenweise auf der Straße, einen Becher für Almosen in der Hand. Mit ausgezehrtem Blick, als beobachteten sie am Ufer den rissig gewordenen Grund, der durch die Hitze von spaltförmigen Furchen durchzogen war, ständig darauf hoffend, dass Regen einsetzte, um den Becher ins Wasser zu tauchen. Konrad schlief sehr viel, auch tagsüber schloss er manchmal die Augen. Im andauernden Trubel von Trambahnen und Automobilen bekam er das Gefühl, dass die Zeit schneller verging. Eine Weile versuchte er sich als Zeitungsjunge, aber es war nicht dasselbe, wie Abonnements für Romanserien zu verkaufen. Ständig musste man auf den Verkehr achten und gleichzeitig Schlagzeilen in die Welt schreien. Außerdem war die Bezahlung mies. An dem Tag, als die anderen Jungs *Marx wird neuer Reichskanzler* riefen, machte er sich aus dem Staub.

Er trieb sich oft am Hauptbahnhof herum, wo ihn eines Tages ein Mann mit Hut ansprach. Ob er gewillt sei, ein Paket für ihn auszuliefern, fragte er. Die Anschrift befinde sich auf der anderen Mainseite, erklärte der Mann, der eine zusammengerollte Zeitung unter die Achsel geklemmt hatte. Er überreichte Konrad das quaderförmige, in braunes Packpapier gewickelte Paket. Es war zusätzlich mit einer Kordel verschnürt. Mit der Bemerkung, den gleichen Stapel bekäme er bei Lieferung vom Empfänger ausgehändigt, hielt er ihm ein dickes Bündel Scheine hin. Konrad benötigte eine Weile, um sich durchzufragen, und hatte Glück, dass der Besitzer eines Wasserhäuschens genau wusste, was gemeint war. Letzten Endes landete er vor einer Kneipe, vor der er unentschlossen stehen blieb. Auf einem Schild war ein bekleideter Schimpanse abgebildet, einen hohen Zylinder auf dem Kopf, in der oberen Zahnreihe blitzte ein Goldzahn auf. Konrad nahm all seinen Mut zusammen und stieß die schwere Tür des Eckhauses auf. Das bewölkte Nachmittagslicht schaffte es kaum durch die Bleiglasfenster. An der Theke saß ein Mann mit blauer Mütze vor einem halb vollen Bierglas, ansonsten war der Laden leer. Die massiven Teppiche, die auf dem Boden ausgelegt waren, dämpften Konrads Schritte. Als die Tür hinter ihm zufiel, wurde der Straßenlärm mit der Wucht eines Guillotinen-Beils abgeschnitten. Die Wände ringsum waren mit Varietéplakaten beklebt. Auf einem zeigte eine Frau ihre nackte linke Brust, eine Tatsache, die Konrad auch nach mehrfacher Überprüfung tief erstaunte. In den Vitrinen hinter der Theke steckte neben üblichem Geschirr allerlei Krimskrams, hochgestellte Skatkarten, alle Buben waren als hämisch grinsende Teufel porträtiert, Postkarten aus fernen Ländern, auch Blechspielzeug, vorwiegend Automobile, und etwas, das aussah wie eine kleine Harfe. Aus dem Nebenraum kam jemand herein, unzweifelhaft der Barmann des Ladens, Hosenträger überm weißen Hemd. Der Laufbursche ist da, stellte er fest, als er Konrad mit dem Paket in der Hand entdeckt hatte, und lief hinter die Theke. Leg das Ding auf den runden Tisch dort, sagte er, während er ein Bündel Scheine aus der Kasse fischte. In der Drehbewegung, Konrad wandte sich zum Tisch und ließ das Paket auf der fettig schimmernden Oberfläche ab, fiel ihm eine Frau im abgedunkelten Nebenraum ins Auge, besser gesagt, ihre übergeschlagenen Beine. Ein leuchtender Punkt erglomm auf

Höhe ihres Gesichtes, das vollständig im Schatten blieb. Es war offensichtlich, dass sie ihn beobachtete. Der Barmann kam um die Theke herum, schüttelte die Scheine durch die Luft, als wären sie Rasseln, und schubste Konrad dreimal in Richtung Tür, bis der wieder auf der lärmenden Straße gelandet war.

Auf dem Rückweg verlief er sich mehrfach, diesen Teil der Stadt kannte er kaum. Beim Laufen fügte er die Frau aus dem Nebenraum in seiner Vorstellung zusammen, wobei sie den Oberkörper, den er auf dem Plakat gesehen hatte, auf die übergeschlagenen Beine gesetzt bekam. Konrad irrte sichtlich zufrieden, aber orientierungslos über Straßen und Kreuzungen in eine verlassene Seitengasse hinein. An einer Friedhofsmauer kamen ihm zwei Burschen entgegen, einer von ihnen pfiff ein lang gezogenes Signal. Die von links nach rechts wippenden Schultern, aber auch die Knie, die sie bei jedem Schritt übertrieben hoch anwinkelten, als gäbe es frisches Sauerkraut zu stampfen, waren unmissverständlich ihm gewidmet. Er sah sich um, hinter ihm waren noch einmal drei von der Sorte. Einer scherte bereits auf die Straße aus, ein stabförmiger Schatten verließ seine geballte Hand. Die beiden vorne schnitten Grimassen beim Näherkommen. Der Linke hob die Hände zu einer fragenden Geste, bist doch ein Laufbursche, sagte er, dann lauf doch, wenn du kannst. Konrad blieb stehen, von allen Seiten zog sich der Kreis enger. Die Friedhofsmauer war zu hoch, um aus dem Stand hinaufzuklettern. Der stabförmige Schatten entpuppte sich als Schraubendreher, wir sind dir seit dem Bahnhof auf den Fersen, sagte derjenige, der ihn in der Hand hielt, anscheinend war er der Anführer. Wie es aussieht, hast du deinen Stoffbeutel gut gefüttert, er grinste einmal in die Runde, sodass ein Kichern aufbrandete. Wie auf Befehl schallte ein Lachen aus vier Mündern, gefüttert mit schöner bunter Knete, ergänzte der Anführer, wobei er die letzten drei Wörter genussvoll in die Länge zog. Hätte er eine andere Beschreibung gewählt, keine so farbenreiche, sondern ohne Umschweife nach dem Geld verlangt, wäre Konrad wohl gar nicht auf die Idee gekommen, die Herbstblätter auf dem Gehsteig, die von überhängenden Ästen der Friedhofsbäume stammten, als Anlass zu nehmen, mit der Hand in den Beutel zu greifen. Ein Flattern, als würde eine Taubenschar auffliegen, verstreute sich pilzförmig über Konrads Kopf, eine weitere Handvoll Geldscheine warf er Sekunden später nach. Die fünf Angreifer verfolgten den Vorgang, erst ungläubig, aber je tiefer die Scheine nach unten segelten, in schaukelnden Pendelbewegungen, desto wollustigere Züge bekamen ihre Gesichter. Spätestens auf Augenhöhe begannen sie, wirr ins fallende Laub zu greifen, hier und da zuckten Lippen, von Zungen befeuchtet, erste Scheine wurden erfolgreich erwischt. Der linke von den Grimassenschneidern bückte sich sogar, um einen der Zwanzigtausender aufzuheben, die bereits auf dem Bürgersteig gelandet waren. Darauf hatte Konrad gewartet. Er hob seinen rechten Fuß auf dessen Rücken, der ihm als Rampe diente, stützte sich ab, um an das moosbewachsene Sims der Friedhofsmauer zu springen, die er krampfhaft mit Fingern umklammerte und durch eine kraftvolle, zur Seite ausgeschwungene Grätsche erklomm. Oben angekommen blieb er auf dem Sims hocken. Blätter verlieren liegt mir irgendwie im Blut, sagte er, und einen Moment lang hatte er einen anerkennenden Applaus für seine Kletterkünste erwartet, sah aber ein, dass es unangemessen war. Die fünf Burschen hatten die Köpfe gehoben, und mit ihren offenen Mündern sahen sie aus wie eine halbrunde Gruppe Spiegelteleskope, die durch ihn hindurch in den Himmel blickten, und noch weiter hinaus, als wären sie gerade dabei herauszufinden, dass neben der Milchstraße noch weitere Galaxien im Weltraum existierten. Eine Entdeckung, die sich tatsächlich Anfang der Zwanzigerjahre ereignete und das herrschende Weltbild in der Wissenschaft grundlegend veränderte, aber keiner der Anwesenden hatte die einschlägigen Berichte in den Fachzeitschriften gelesen. Konrad ließ sich auf die andere Seite der Mauer fallen und lief im Zickzack an den Gräbern entlang, lediglich verfolgt von Beleidigungen, die erst ihm galten, dann aber untereinander verteilt wurden. Zwei oder drei der Burschen stritten sich wohl um einen Schein. In einem Abschnitt des Friedhofs, die Bäume waren dort nicht besonders hochgewachsen, die Büsche kaum ausgeprägt, waren die Grabstellen noch frisch. Die Fotografien an den Gedenksteinen, wie ovale Muscheln, die an Meeresfelsen haften, zeigten überwiegend junge Männer. Eine Frau hob den Kopf, sie hatte ein schwarzes Tuch mit einfacher Schleife unters Kinn gebunden, in der Hand hielt sie eine kleine Harke, als Konrad an ihr vorbeisauste. Am Friedhofstor blickte er die Straße entlang, in beide Richtungen, dabei entdeckte er die Domspitze, die in weiter Ferne in den diesigen Himmel stach und ihm den Weg wies. Je näher er dem Flussufer kam, desto belebter wurden die Straßen. Unweit eines Haltepunktes der Trambahn passierte er ein golden schimmerndes Foyer. Neben den sperrangelweit aufgeklappten Türen befand sich eine Glaskabine, dessen Fensterchen zur Straße hin offen stand. Hinter dem Foyer zog sich ein schmaler Korridor ins Innere, auf einer Seite mit Filmplakaten dekoriert, die sich im Wandspiegel auf der anderen Seite doppelten, und mündete am Ende in die unterste Stufe einer Treppe. Dort stand eine Person und rief Konrad zu, was es hier zu glotzen gebe. Der Eindruck, dass sie kleinwüchsig war, konnte mit dem optischen Effekt des in die Tiefe führenden Korridors zusammenhängen. Konrad zuckte mit den Schultern, nichts Wichtiges, sagte er und wies mit einer Hand hinein, ich frage mich nur, ob Sie vielleicht Arbeit für mich haben. Im folgenden Augenblick, nur durch ein Blinzeln unterbrochen, verloren sich die Filmplakate. Wo sie eben noch an der Wand hingen, konnte Konrad keinen Korridor mehr erkennen, auch das Foyer verschwand. Er neigte seine Hand hin und her, sie war weder imstande, in den Beutel zu greifen, um Geldscheine durch die Luft zu wirbeln, noch in der Lage, sich anderweitig zu rühren, an eine Flucht mit artistischen Kletterkünsten war ganz bestimmt nicht zu denken. Die fünf Gesichter der Angreifer kamen näher, als wäre kaum mehr als eine Sekunde vergangen. In seinem Rücken türmte sich die Friedhofsmauer auf, es hatte den Anschein, dass die Ziegelsteine von innen an Material hinzugewannen und rasant anwuchsen. Der Anführer rauschte mit einem Satz auf ihn zu, er hatte dunkel faulende Vorderzähne und hielt ihm die rostige Spitze des Schraubendrehers so lange an den Hals, bis Konrad das ganze Geld hervorgeholt hatte. Blutige Schlitze zeichneten sich in die Haut. Ein paar Backpfeifen und Arschtritte später rannte Konrad durch Häuserschluchten und blieb wieder vor dem goldenen Foyer mit den sperrangelweit aufgeklappten Türen stehen. Die Person, es war eine Frau Mitte fünfzig, hatte inzwischen den Eingang erreicht und stand vor ihm. Ihre Nasenspitze hätte ihn geradewegs in den Bauchnabel piken können, dachte Konrad, und bevor er auf ihre Frage, wer ihn denn so schlimm zugerichtet habe, antworten konnte, hatte sie ihn schon hineingebeten.

Die *Wochenschau* eröffnete mit einem Bericht über den Präsidenten von Amerika. Glatt rasiert und schief grinsend, zückte er seinen Hut, stolzierte im Kreis von Ministern über einen weitläufigen Platz. Die Männergruppe, aber auch die Automobile im Hintergrund bewegten sich wie Blechspielzeug, bei dem das Federwerk zu stark aufgezogen worden war. Nadia begleitete den Ringelpiez mit einem flotten Walzer. Als Nächstes wurde zu einem Reitturnier in Paris geschnitten. Kutschen und blumenbesteckte Pferde, darunter sechs eingespannte Schimmel, zogen unter tosendem Applaus durch das Grand Palais. Der Wettbewerb startete, und eines der Pferde formte die Bewegungen im Sprung genauso kraftvoll aus wie Schneeflocke. Konrad schob den Vorhang zum Kinosaal weiter auf und wartete darauf, in einem der folgenden Kameraausschnitte den sternförmigen Fleck zu entdecken. Vor einem Hindernis warf das Pferd seinen Reiter ab, der auf dem mit Erde bedeckten Boden landete und mehr Aufmerksamkeit bekam als das Pferd, das unscharf im Hintergrund blieb. Sähe ihr ähnlich, dachte Konrad und sah sie schnaubend den Kopf zur Seite werfen, wild und voller Trotz den Reiter ignorierend, der inzwischen aufgestanden war und nach den Zügeln schnappte. Als Konrad damals, am Tag nach dem Raub, die Außenbezirke der Stadt erreicht hatte und von Schneeflockes Rücken stieg, nahm er ihr das Geschirr ab. Aus den Nüstern dampfte ihr Atem in zwillingsgleichen Sprühwolken. Nachdem er den Sattel am Bauch aufgeschnallt hatte, kippte der seitwärts unter ihren Hufen in den Schlamm. Er verabschiedete sich mit einer Berührung auf dem Sternenfleck, die Finger waren weit auseinandergespreizt. Schneeflocke wieherte aufgeregt und trabte davon. Konrad sprang, dem Schlamm ausweichend, von einem Grasbüschel zum nächsten und erreichte einen Schotterweg, der bald schon gepflastert war. Die Stadt erwuchs in höher werdenden Schichten wie ein Steilwandmassiv aus der Landschaft. Ihre Kuppeln und Turmspitzen im Zentrum schoben sich als schattenhafte Gesteinsformationen vor den Abendhimmel. Einmal blickte er zurück und sah, dass Schneeflocke über die nebelverhangenen Heiden galoppierte, beim zweiten Hinsehen war sie bereits verschwunden.

Etwas schlug ein, kometenhaft rauschte es von hinten ins rechte Schulterblatt. Er solle nicht träumen, schnatterte eine Stimme. Konrad zog den Vorhang zum Kinosaal ganz auf, wo er Nadia einen stummen Gruß zusandte, während die *Wochenschau* weiterlief. Erst danach drehte er sich um und sah in das Gesicht von Frau Rippberger, die hinter ihm stand und schmatzend nach Luft schnappte. Die Zunge eines Schuhlöffels fuchtelte vor seiner Nase herum. Dazwischen zischte die Tirade hindurch, warum er hier herumtrödele, verfluchter Eckenpiss, die Leute unten müssen reingelassen werden. Konrad wusste, dass sich Falten in ihrem Nacken auswölbten, während sie sprach, weil sie den Kopf anheben musste, um ihm ins Gesicht zu blicken. Er nickte ihr zu, sehr wohl, Madame Gnom, dachte er und gab sich alle Mühe, an den Ausbuchtungen des schwarz gesteppten Hauskleides vorbeizukommen. Im blank polierten Edelstahl des länglichen Löffels, mit dem sie zum Treppenabsatz wies wie ein Verkehrspolizist, spiegelten sich Teile seines Gesichts verzerrt wider. Oft genug bekam er das Ding kreuz und quer übers Fell gezogen. Vor allem, wenn er eine seiner tausend Aufgaben nicht rechtzeitig und zur vollen Zufriedenheit erledigte. Die reichten vom Säubern des Kinosaals über die Instandhaltung der Toiletten bis hin zu Tätigkeiten, die denen eines persönlichen Assistenten gleichkamen. Mit der Kautschukhand, die am anderen Ende des Schuhlöffels steckte, war Konrad angehalten, an Tagen, wenn sich Frau Rippberger verspannt fühlte, über deren Rücken zu fahren. In diagonal verlaufenden Linien, so drückte sie es aus. An Stellen, wo sie ein Glucksen von sich gab, als wäre die kleine, bernsteinfarbene Hand dort auf eine Goldader gestoßen, verlangte sie nach kreisenden Massierungen. Da war es eindeutig angenehmer, in ihrem Büro ein Grammofon der Marke Lindström anzukurbeln und daneben stehen zu bleiben, um den Vorgang bei Bedarf zu wiederholen. Wie ein Zinnsoldat, sagte sie gewöhnlich und lachte jedes Mal über die Wortwahl. Während sich Schlagermusik aus den Rillen der Schellackplatten über Nadel, Schalldose und Tonarm durch den blütenartig gewundenen Trichter im Raum ausbreitete, schrieb Frau Rippberger Briefe oder kritzelte Beträge ins Bilanzbuch. Nach Feierabend kletterte Konrad hoch in den zweiten Stock, wo er in einer Bodenkammer schlief, wenn sie nicht anderweitig vermietet wurde, an Wanderarbeiter oder zur Faschingszeit. Dann musste er sein Lager bei Nadia und den Kindern aufschlagen, eine willkommene Abwechslung. Nadia brachte ihm die elementarsten Handgriffe bei, die man zum Kochen benötigte, und schwärmte währenddessen mit strahlenden Augen von Klaviermusik. Vor dem Schlafengehen las sie ihren Kindern wundersame Geschichten aus einem Buch vor. Konrad lauschte an der Tür, was Nadia irgendwann mitbekam. Sie bat ihn herein, er zierte sich und winkte ab, aber nach weiteren Einladungen kam er vorsichtig näher und saß dann jeden Abend dabei, mit gespitzten Ohren, genauso verzaubert wie die Mädchen. Von einer Schöpfung war die Rede und von furchtbaren Heuschreckenplagen. Eine große Wanderung begann, durch Meer und Wüste, dennoch gab es ausreichend Essen und Trinken für alle, ein Teilaspekt der Geschichte, der Konrad am besten gefiel. Nur dumm, dass man bei Nadia nicht rauchen durfte. Sie verabscheute den Gestank, sonst wäre er wohl länger geblieben als nur für ein paar Übernachtungen. Vor dem Eintreten in die Bodenkammer zog er den Kopf ein. Die Matratze lag in Brusthöhe auf einer eingezogenen Zwischendecke, darüber verengte sich die Kammer spitzförmig. Tief gebückt, die Beine leicht geknickt, schob er sich zu einem winzigen Fenster vor, an dem er Zigaretten rauchte, bis Frau Rippberger die glühend rote Aufschrift *Harmonie*, die an der Hausfassade montiert war, im Keller eigenhändig ausknipste.

In seinen Träumen glich die Stadt einer schattigen Sumpflandschaft. Über Straßenlaternen und Strommasten wucherten Moos und darmartige Schlingpflanzen mit haarigen Lianen und Blättern, groß wie Elefantenohren, beim Berühren krümmten sie sich schamhaft zusammen. Die Einwohner steckten bis zur Hüfte im Schlamm fest und arrangierten sich damit, ein Leben als Mischwesen zu führen, halb Mensch, halb Erde. Sie riefen sich Witze und Anekdoten zu, knabberten am Getier, das zufällig an ihnen vorbeizog. Bei Regengüssen hoben sie den Kopf und tranken mit offenen Mündern das wenige Wasser, das durch die dichte Urwalddecke tropfte. Konrad kletterte an Hausfassaden nach oben, der Sonne entgegen, die fleckenhaft durch das Blätterwerk schimmerte. Bei starkem Wind drangen wild tanzende Lichtbalken bis an den Boden, wie Suchscheinwerfer tasteten sie die kellerartigen Plätze und Straßen ab. Über Dachfirste balancierend, an Giebel und Schornsteine geklammert, einem Flughund ähnlich, der zur gegenüberliegenden Regenrinne segelte, kämpfte sich Konrad zum Kirchturm vor. Das einzige Bauwerk, dessen Spitze durch die Kronen der Urwaldriesen ragte. Manchmal begleitete ihn Luda. Ihr Mantel flatterte lautstark am Rücken, wie eine Schwanzflosse, die sie kräftig voranschob. Weiter oben, an einem bunt gescheckten Kirchenfenster mit dem Abbild einer Heiligen blieb sie stehen und blickte zu ihm zurück. Er sei immer noch langsam wie eine Schnecke, rief sie ihm entgegen und lachte, aber die Stimme klang, als käme sie auch von innen, als spräche Luda die Worte in seiner Brust. Oft verstand er sie nicht, dann war ihre Sprache ein Rauschen, das schäumende Stürzen eines Bergbachs zur Frühlingsschmelze, in dem sich ihr Körper plötzlich auflöste und als Wasser in die Tiefe sank, von der schwammhaften Dunkelheit aufgesogen. Jedes Mal, wenn Konrad das finale Stück nach oben kletterte, einen letzten Ast mit ausufernd großen Blättern zur Seite bog, an den Fingern spürte er Sonnenstrahlen, das Kreuz der Kirchturmspitze konnte man bereits erahnen, es war nur einen Katzensprung entfernt, wachte er schlagartig auf. Mit einem tiefen Atemzug sog er Luft in alle Winkel seines Brustkorbs und bäumte sich auf, die Hüfte durchgedrückt, seine Lungen brannten, als wäre er nach langem

Tauchgang durch eine Wasseroberfläche gestoßen. Beim Ankleiden, draußen lärmte die Trambahn in Richtung Lokalbahnhof, ein Bauer pries seine Rüben und Kürbisse mit jaulenden Rufen, schob Konrad das aufgeschlagene Buch von Kafka unter sein Hemd, mit dem Einband zur Haut gewendet. Der Buchrücken fügte sich passgenau in die schmale Furche zwischen den Schulterblättern. Durch die aufgeschlagenen Doppelseiten wurden mögliche Einschläge des Schuhlöffels abgefedert. Die Anzugweste fixierte die Konstruktion, er knöpfte sie eng anliegend in die letzte Lochreihe. An diesem Morgen zwängte er außerdem ein Päckchen unter die Weste, das in dunkelblauen Stoff geschlagen war. Er warf die pfirsichrote Anzugjacke drüber, korrigierte die Schirmmütze mehrmals entlang der Haarlinie und zögerte an der Tür, ins geräuschlose Treppenhaus lauschend, bevor er hinunterstieg.

Manche Zuschauer stießen erst zum Hauptfilm dazu und warteten draußen auf den Einlass. Es war ein angenehmer Frühlingsabend. Die Zerstörungen des Hochwassers, das im Winter über die Stadt hereingebrochen war, hatte man größtenteils beseitigt. Tagelang hatten sich wolkenbruchartige Regenfälle entleert, Straßenzüge in Flussnähe waren teilweise nur über Boote erreichbar, das seien venezianische Verhältnisse, spotteten die Anwohner. Im Parterre angekommen eilte Konrad den schmalen Korridor entlang, an dessen Wand die Reihe mit Filmplakaten hing, darunter auch das Exemplar für den Vorfilm *Verschmelzung*. In stechendem Gelb gehalten, kleckerten tropfenbreite Bahnen vom Filmtitel herunter wie flüssiges Wachs, das aus den Buchstaben rann. Darüber stand der Name des Hauptdarstellers, in Blockschrift und ohne Wachseffekt, fast ein Drittel des Plakats ging dafür drauf. Im unteren Bereich riss dieser den Mund auf, das monströs aufgesetzte Gesicht, das er machte, während der

Zug heranrollte. Konrad, der während der Vorführungen durch den Vorhang linste, war fest davon überzeugt, dass er die Rolle besser rübergebracht hätte. Er hatte den Schauspieler schon in mehreren Produktionen erlebt. Der minimale Höhenunterschied der Augenpartie ließ ihn vielleicht ein wenig verwegen aussehen, aber das war auch schon alles. Konrad sah ihn einmal inmitten einer Menschentraube stehen, er gab Autogramme vor einer Premiere. Eine junge Frau fiel in Ohnmacht und musste weggetragen werden. Ein völlig angemessenes Verhalten, dachte Konrad, ihm wäre in dessen Anwesenheit auch schlecht geworden. Im Korridor blickte er zur Spiegelwand, in der sich die Plakate doppelten. Vor der *Verschmelzung* hätte er gerne kurz angehalten, wäre ein wenig in die Knie gerutscht und zur Seite abgetaucht. Nach minimalen Korrekturen des Kopfes hätte sich sein Gesicht butterweich in das Plakat hinter ihm eingefügt und den Hauptdarsteller verdeckt. Wenn niemand hinsah, vertrieb er sich die Zeit mit verschiedenen Grimassen, von hässlichen Verknotungen der unteren Gesichtszüge über voll aufgeblähte Backen bis zur breit ausgestreckten Zunge. Darüber hinaus übte er ausdauernd, wie man übertrieben stolz oder sinnlich aussah. Dann malte er sich Blitzlichter aus, eine Karriere als neuer Schauspielstern, an der einen Hand eine blonde Schönheit, die andere winkte der jubelnden Masse.

Er schob das Fensterchen zur Seite, nannte einem Herrn mit Fliege den Preis für eine Karte, für alle Plätze gleich, fügte er automatisch hinzu und bekam eine Münze, fünfzig Rentenpfennig, passend in die Hand gedrückt. Mit Einführung der neuen Währung war die aberwitzige Geldentwertung der letzten Jahre eingedämmt worden. Einmal zeigte die *Wochenschau*, wie eine Familie aus dem Ruhrpott stapelweise alte Scheine anstelle von Brennholz in den Küchenofen stopfte. Ein Anblick, der Konrad an die Nächte erinnerte, als er in den Wäldern seine Groschenromane verfeuern musste. Das Leben fühlte sich an, als hätte man ihm die Flügel gestutzt, die Freiheit der Wälder rann nicht mehr durch seine Adern. Er hätte das Gefängnis von heute für den Hunger von damals jederzeit in Zahlung gegeben, auch wenn er nicht sicher war, ob er noch wusste, wie man ein Feuer machte, nur mit Stein oder Stock. Aus der Hemdtasche fischte er eine zerdrückte Kippe und wartete noch eine Gruppe Studenten ab, deren Schuhabsätze hastig über den Gehweg klackerten. Völlig außer Atem kamen sie an, das Glas der Kabine beschlug, während er das Geld kassierte. Nachdem der Letzte bezahlt hatte, zog er das Fensterchen zu und schloss die Kabine hinter sich ab.

Die Studenten schoben sich hintereinander den Korridor entlang. Neben der *Verschmelzung* hing das Plakat für den Hauptfilm. Ein Liebespaar war abgebildet, die Augen des Mannes hatte man rot eingefärbt, den Blick in die Ferne gerichtet, sein Lächeln war lässig und verdächtig zugleich. Die Frau trug eine Federboa, ihr Kopf war an seine Schulter gelehnt, sie strahlte vor Glück. Darunter der Titel, inmitten von aufsteigenden Rauchschwaden: *Im Rausch der Leidenschaften*. Konrad drehte sich zur Spiegelwand und prüfte den Verlauf seines Schnauzbartes. Sein Bartwuchs hatte erst vor einigen Monaten eingesetzt und führte im Wesentlichen dazu, dass er von Herrschaften auf der Straße manchmal mit einem Kopfnicken bedacht wurde, noch bevor er selbst gegrüßt hatte. Einmal bildete er sich ein, eine junge Frau hätte ihm verstohlen hinterhergeblickt. Das war aber seitdem nicht mehr passiert und musste demnach auch nicht zwingend mit dem Bart zusammenhängen, dessen Linien er mit zwei Fingern nachzog. Der Zigarettenrauch ließ sein Gesicht geschmeidiger erscheinen, jedenfalls kam ihm das so vor. Von oben drang die Erkennungsmelodie für das Ende der *Wochenschau*, die Nadia für gewöhnlich in die Tasten hämmerte. Konrad trat die Zigarette aus, trabte den Korridor entlang und schielte auf halber Treppe durch das Geländer. Madame Gnom war nicht zu sehen. Im Kinosaal hatten die Zuschauer ihre Plätze eingenommen, nur die Studentengruppe schob sich noch gebeugt durch eine der vorderen Sitzreihen. Ihre Körper warfen hügelige Schatten über einen Trupp mitteleuropäischer Wildjäger, die im afrikanischen Dschungel mit Eingeborenen über eine erlegte Elefantenkuh verhandelten. Nach dem Handschlag, im Großformat eingefangen, der weiße Handrücken war im Vordergrund zu sehen und verdeckte die schwarze Hand fast vollständig, wurde die Leinwand dunkel. Nadias Schlussakkord verebbte, und Konrad schlug den Vorhang zu. Im Vorführraum wurde das Band mit dem Hauptfilm in schlaufenartigen Bahnen um mehrere Zahnrollen geführt, bevor es festgespannt wurde und der Projektor wieder losheulte.

Das Klopfen an der Tür war kaum zu hören. Falk Jennings starrte vom Bett aus an die Decke. Die feinen Risse im Putz kreuzten sich wie das Straßengewirr auf einem Stadtplan. Sein Zimmer, ehemals das Lager einer Fleischerei, hatte er vor einem Monat bezogen. Es gab keinen Strom, aber dafür fließendes Wasser. Wenn er sich morgens den strengen Scheitel kämmte, der sich wie eine tiefe Narbe durch das Haar zog, fügten sich seine Gesichtshälften nicht bündig zusammen, ein Höhenunterschied blieb übrig. Ein diagonal verlaufender Sprung teilte den Spiegel über dem Waschbecken. Das Klopfen wurde wiederholt, nun lauter. Falk stand auf und rief, dass nicht abgeschlossen sei, woraufhin ein Mann mit kurzem, glänzend schwarzem Vollbart und einer Matrosenmütze auf dem Kopf ins Zimmer trat. Nach der Begrüßung, kaum mehr als ein förmliches Händeschütteln, krempelte Falk den linken Ärmel seines Hemdes hoch, und der Matrose entschied, dass sie den Tisch am Fenster nutzen sollten, da sei das Licht günstig. Kurz darauf lag ein holzbraunes Kästchen mit eingelassenem Schlitz, tief genug für einen Finger, aufgeklappt auf der Tischplatte. Daneben eine Kaffeetasse mit sumpfschwarzer Tinte und eine Glaspatrone, an der Bruchstelle gemustert wie ein geköpftes Frühstücksei. Falk beobachtete seine Blutstropfen, die sich mühsam aus den mückenartigen Einstichen entlang der Haut zwängten. Die Hand des Matrosen, ein ausgedienter Seemann der Kaiserlichen Marine, der oft im *Affenzahn* herumhing, führte die Tätowiernadel und zog in aller Ruhe die vorgezeichnete Rose nach. Selbst wenn ihm in Größe und Form nicht alle Blütenblätter gleich gut gelangen, auch der Stiel knickte einmal unnatürlich zur Seite, kamen die Dornen immerhin gut zur Geltung. In den kommenden Tagen solle er die Stelle mit Eigenurin einreiben, riet ihm der Matrose, das sei auf Neuguinea, wo er lange vor Anker gelegen habe, ein traditionelles Mittel gegen Entzündungen. Falk nickte, er war mit dem Ergebnis mehr als zufrieden, und überreichte den vereinbarten Anisschnaps, aus der südlichen Türkei, erklärte er dem Matrosen, der den angesetzten Staub von der Flasche wischte, erst zögerlich, dann mit der vollen Handfläche, in schwungvollen Wiederholungen, bis sie ganz sauber war. Falk sah ihm wortlos und bedauernd dabei zu. Im Wegdrehen, um die Verabschiedung einzuleiten und die Zimmertür zu öffnen, bemerkte Falk, dass der Matrose die Flasche am Hals umklammert hielt wie den Knochen einer Schweinekeule, und er merkte an, dass man sich wahrscheinlich später noch sehen werde, die Hand wie einen Wegweiser in den Flur gestreckt. In der Tat saß der Matrose an der Theke, ein halb volles Bierglas vor sich, als Falk am Abend die Tür zum *Affenzahn* aufstieß und die Kneipe nach Rosa absuchte. Sie rauchte im Nebenraum und war nicht sehr beeindruckt von seinem Unterarm. Verwundert rümpfte sie die Nase, das stinkt irgendwie nach Pisse, stellte sie fest. Sie war mit dem Gesicht sehr nah an die Tätowierung gerückt, im spärlichen Licht der Kneipe waren die Umrisse schwer auszumachen. Wie noch gleich sein Name gewesen sei, wollte sie wissen und führte die Hand mit der Zigarette an den Mund, deren Rauch ihr Gesicht kurzzeitig verhüllte. Falk, sagte er und ergänzte, sie seien letzten Montag einmal ins Gespräch gekommen, er wohne seit kurzer Zeit in der Gegend und sei erst zum zweiten Mal hier, wobei seine Hand durch die verrauchte Luft wischte. Rosa schien zu überlegen, fragte dann mit einem Blick auf den Unterarm, ob sie nun gezwungen sei, sich im Gegenzug einen Raubvogel stechen zu lassen. Sie zog lange an der Zigarette, ein ernstes Gesicht machend, bevor sie laut auflachte und sich am Rauch verschluckte. Das Bild, wie Rosa nach Atem rang und kicherte, das kasperhafte Schütteln des Kopfes, der Rauch flockte ihr in Wölkchen aus dem Mund, bekam er nicht mehr aus dem Sinn. Weder am nächsten Morgen, nachdem er auf Knien, Perle für Perle, drei volle Umläufe am Rosenkranz herabgebetet hatte, noch in den folgenden Tagen, als er versuchte, so weit wie möglich auf feste Nahrung zu verzichten. Eine Woche später nahm er seinen ganzen Mut zusammen und fing Rosa vorm Schumanntheater ab. Für ein üppiges Trinkgeld hatte ihm der Barmann vom *Affenzahn* gesteckt, dass sie dort arbeitete, als Revuegirl im Varietéprogramm. Rosa drängte sich mit gebücktem Kopf durch die Menschenmenge am Ausgang. Ihre Haare wanderten in wellenartigen Strömungen an der Stirn entlang, am Ohr vorbei, in die Unendlichkeit der Silhouetten ringsum, die das Theater ebenfalls verließen und unschlüssig auf dem Gehweg stehen blieben. Als sie Falk auf seinen mehrfachen Zuruf hin wiedererkannte, nachdem er ihr außerdem mit einer zusammengerollten Zeitung zugewinkt hatte, fragte sie ohne Umschweife, ob er enttäuscht sei, die Federboa, die sie auf der Bühne trage, bleibe jeden Abend im Spind. Er schüttelte den Kopf und erklärte, dass er ihr gerne anbieten wolle, sie auf dem Heimweg zu begleiten, und winkelte den Arm an. Im Schein der blinkenden Leuchtreklamen wechselte sein Gesicht im Sekundentakt die Farbe. Sie kniff ihm in den Ellenbogen, jedoch ohne das Angebot anzunehmen, sich bei ihm einzuhaken. Gegen etwas Gesellschaft habe sie allerdings nichts einzuwenden, sagte sie und setzte sich mit einem aufmunternden Nicken in Bewegung. Ihre rote Flanelljacke strahlte wie eine Fackel durch die abendliche Dämmerung. Ihr schmal zulaufendes Gesicht wandte sie ihm bereitwillig zu und kramte mit Fragen, die ihr über die scharfkantig geschminkten Lippen rutschten, nach Auskünften. Wo er ursprünglich herkomme, wollte sie wissen, was er beruflich mache oder welchen Musikstil er bevorzuge, stets ungeduldig, kaum seine Antworten abwartend. Sie blieben an einer Garküche stehen, um einen guten Preis für zwei Pfannkuchen auszuhandeln. Vor dem Krieg hätte die Straße noch Rosengasse geheißen, wunderte sich Falk, als er das Straßenschild entdeckte, das im Schein des Ofenfeuers zittrig leuchtete. Neben Rosas Gesicht, die keine Erklärung für die Namensänderung hatte, spiegelten sich die Huren vom gegenüberliegenden Gehweg in einer großflächigen Wasserpfütze. Wie Fledermäuse hingen sie kopfüber vom Bordstein herunter. Ob ihm die Vorführung gefallen habe, wollte sie wissen und wischte sich Puderzucker aus dem Mundwinkel, doch er musste ihr mit Bedauern erklären, dass große Menschenmengen ihm zu schaffen machten und es ihm daher unmöglich war, ihrer Darbietung beizuwohnen. Sie winkte ab, auf der Bühne sähen alle Mädchen gleich aus, inmitten der anderen sei sie ohnehin schwer auszumachen, woraufhin sie sich zur Seite drehte, die zerknüllte Serviette mitten in die Pfütze warf und zum ersten Mal längere Zeit schwieg. Auf dem Eisernen Steg erzählte er ihr von seiner Leidenschaft für Fotografie, dass ihm sein Apparat in den Jahren der Kriegsgefangenschaft nicht abgenommen worden sei, habe ihm das Leben gerettet, und wie schlimm es gewesen sei, ihn nach der Freilassung verpfänden zu müssen, um etwas zu beißen zu haben. In der schwierigen Zeit, in der man wieder in die Zivilgesellschaft zurückgestoßen wurde, was sich genauso angefühlt habe, als bekäme man gewaltsam den Kopf unter Wasser getaucht. Sie wichen einem Mann aus, der einen Karren voller Blechbüchsen hinter sich herzog, das verblassende Scheppern untermalte eine lang anhaltende Gesprächspause. Auf ihren Vorschlag hin bogen sie zur Uferpromenade ab, da sei es in der Regel ruhiger, sagte sie und suchte seinen Arm, um sich einzuhaken. Rosa trällerte ein Lied, eines über ein Mädchen, das große Sehnsucht nach ihrer Familie hatte, die sie verlassen musste, als Falk aus heiterem Himmel der Einfall kam. Im Hintergrund stachen konturhaft die Überreste der Holzbrücke aus dem Wasser, die während des Hochwassers im Winter eingestürzt war, wieder schüttelte Rosa kasperhaft den Kopf, doch jetzt kamen keine Rauchwölkchen aus ihrem Mund, aber dafür haufenweise Rotz, der ihr aus der Nase rann. Falk quetschte ihren Hals mit beiden Händen so fest es ging. Ihr Röcheln war kaum zu hören. Einmal brach es laut heraus, unterschied sich aber kaum vom Gequake der Gänse, das vom Fluss aus heranwehte. Der Ausdruck, mit dem sie ihn ansah, beruhigte ihn dermaßen, dass er leise auflachen musste. Gleichzeitig kam er ihr mit dem Gesicht so nah, für einen Passanten hätte es sicher ausgesehen wie ein leidenschaftlicher Kuss. Als sie sich nicht mehr wehrte, ein endgültiges Zucken fuhr als gewaltiger Glockenschlag durch ihren Körper, sackte sie liebevoll in seine Arme, und beide ließen sich ins Gras niedersinken, nahe der Ufermauer, mit Blick auf den Dom. Anfangs lehnte sie noch an seiner Schulter, nach Mitternacht schließlich, sie hatten ausführlich über die gemeinsame Zukunft gesprochen, legte sie den Kopf in seinen Schoß. Er fuhr ihr mit den Fingern durchs Haar, und sobald er ineinander verwickelte Haarspitzen ertastete, spreizte er diese behutsam auseinander. Die Promenade war menschenleer geworden, ein frischer Wind zog auf. Falk erhob sich, ohne darauf zu achten, ihren Kopf zu stützen, sodass dieser unsanft auf den Boden klatschte. Mit zwei Umdrehungen wuchtete er den kalt gewordenen Körper an die Kante der Ufermauer heran. Ein weit ausgeholter Tritt in den Hintern reichte aus. Rosa kippte in den trüben Fluss, wo sie bäuchlings mit ausgestreckten Armen auf der Wasseroberfläche liegen blieb und allmählich davontrieb. Falk bemerkte, dass ein pochender Schmerz durch seine Hände pumpte. Er streckte die Finger aus, ein Zittern war nicht auszumachen. Als die rote Flanelljacke sich vollgesogen hatte, versank ihr Körper ansatzlos im Wasser. Von einem Moment auf den anderen war sie verschwunden, als hätte der Fluss mit dem Maul eines Raubfisches nach ihr geschnappt. Falk atmete tief durch und nahm einen verwinkelten Umweg nach Hause.

Im *Affenzahn* brannte noch Licht. An einem Rundtisch hockten drei junge Männer mit dünnen Oberlippenbärten, sie würfelten um Geld. Der Matrose saß wie immer an der Theke, ein halb volles Bierglas vor sich. Aus dem Nebenraum drang laute Musik herüber. Der Barmann nickte knapp in Falks Richtung und fragte, ob er wie neulich einen Wasserriesling wünsche, was Falk zögerlich bejahte. Während der Barmann ein Weinglas unter dem Hahn der Spüle auffüllte, kratzte sich der Matrose wiederholt am Unterarm, teilweise so gewalttätig, als versuchte er, sich durch die eigene Haut zu graben. Beim Zurückkehren flüsterte der Barmann, dass man sich von der Mütze nicht täuschen lassen dürfe. Mit den Augen deutete er auf den Matrosen. Er sei nie bei der Marine gewesen, geschweige denn im Krieg, der arme Krüppel war früher mal Kutscher und bekommt Tobsuchtsanfälle, wenn man ihn nach seinem Namen fragt. Falk blickte auf das Weinglas, das vor seinen Augen zu schweben schien und in dem sich das spärliche Licht der Kneipe überschlug. Winzige Reflexionen, in denen er seine Albträume gespeichert sah, die endlich, und sei es nur für den Bruchteil eines Gedankens, aus seinem Leben verbannt waren. Ohne recht darauf gefasst zu sein, rührte ihn der Anblick. Wie ein nach oben schaukelnder Eimer, der Brunnenwasser geschöpft hatte, aus tiefen Erinnerungen, die wenigen Tropfen, die über den Rand schwappten, tauchten an der Innenseite seiner Augen auf, liefen die Nasenwände entlang, wo er sie schnell wegwischte, bevor er sich einmal laut schnäuzte, als die Tür zum Nebenraum aufgestoßen wurde. Rosa stolperte hinein, eine junge Frau im Schlepptau, die ständig kicherte und dasselbe unverständliche Wort vor sich hin plapperte, was wiederum Rosa zum Quieken brachte. Im Lärm und Zigarettenqualm wirkten ihre Körper wie vom Rest der Kneipe abgeschirmt, auch ihr anschließender Kuss und die Arme, die sie sich schlangenhaft um Rücken und Schenkel wickelten. Der Fuß des Weinglases klackte auf die Theke, letzte Runde, ihr Teufel, rief der Barmann den Gästen zu, und beim nächsten Mal wäre es besser, du bestellst ein Getränk, das etwas kostet, zischte er Falk ins Gesicht, ich bin nicht von der Heilsarmee. Falk nickte, ich bekomme morgen meinen ersten Lohn ausgezahlt, sagte er in eifrigem Ton und trank das Glas Wasser in einem Zug leer. Rosa hatte sich neben ihn an die Theke gestellt und verlangte nach zwei Anisschnäpsen, aber den türkischen, nicht den billigen Fusel, kommandierte sie. Sie aus dem Augenwinkel betrachtend, vermutete Falk, dass immer noch Puderzuckerreste unter ihrem linken Nasenloch hafteten, er dankte dem Barmann und verduftete. Draußen wurde es langsam hell. Das Pochen in den Händen hatte nachgelassen. Obwohl er sicher war, dass keine Rose auf seinen Unterarm tätowiert worden war, überraschte es ihn doch, dass er damit recht behielt. In manchen Nächten, wenn Gedanken von der Zimmerdecke hingen, in diffusen Fäden, die sich im Kreis drehten und allmählich zu einem Strick verdrillten, breit genug für den eigenen Hals, zog er es vor, aufzustehen und durch die Stadt zu wandern, bis der nächste Tag anbrach. Eine Zeitung, die er beim Spaziergang vor dem Bahnhof aus einem Gitterkorb gefischt hatte, ragte zusammengerollt aus dem zerschlissenen Innenfutter seines Anzugs. Lesen half ihm, die Stunden zu überbrücken, bis er bei den *Harmonie-Lichtspielen* anfing, wo er seit Anfang des Monats im Vorführraum den Projektor bediente. Er kam schon mittags, nahm die neu gelieferten Rollen der Filmverleihe entgegen und stellte das Objektiv scharf für die Filme, die im Laufe des Tages gezeigt wurden. Als Konrad von außen gegen die Tür des Vorführraums klopfte, hatte der Hauptfilm des Abends, *Im Rausch der Leidenschaften*, gerade begonnen.

Normalerweise ließ Jennings niemanden herein, aber heute bot er Konrad den kleinen Hocker an. Gerade so laut, dass es das Flirren übertönte, bevor sein Kopf wieder hinter dem Projektor verschwand. Konrad zückte das Päckchen unter der Weste hervor, ich lege sie hierhin, wenn es recht ist, sagte er und deutete neben eine Reihe übereinandergestapelter Blechrollen. Jennings warf einen Blick auf die Stelle, aber sei vorsichtig, dass du nichts umstößt, sagte er, ich gucke mir das gute Stück gleich aus der Nähe an, woraufhin er sich dem Objektiv widmete, um die Schärfe eines Zwischentitels auf der Leinwand nachzubessern, die er durch ein handspiegelgroßes Fenster zum Kinosaal hin beobachten konnte. Konrad verfrachtete das dreieckig geformte Päckchen auf das Tischchen, hob noch eine Zeitung vom Hocker, bevor er Platz nahm und den Rücken gegen die Wand lehnte. Das Ding ist hoffentlich nicht geladen, vergewisserte sich Jennings, ohne dass sein Gesicht aufgetaucht wäre, was Konrad in beruhigendem Ton bestätigte, bin ja nicht von vorgestern, platzte es aus ihm heraus. Eine Anspielung, deren Doppeldeutigkeit Jennings nicht verstehen konnte, und um einen weiteren Witz zu machen, erklärte Konrad, dass sich dadurch aber nichts am Preis ändern würde, was Jennings mit einem Brummen kommentierte, wobei nicht herauszuhören war, ob er die Bemerkung lustig fand. Die Doppelseite im Mittelteil der Zeitung war halb aufgeschlagen auf Konrads Schoß liegen geblieben. Eine Zeichnung fiel ihm ins Auge, auf der ein Mann mit winziger Melone und eine Frau mit Spitzenhäubchen einer Teetasse in deren Mitte zugewandt waren. Im Verhältnis zum Geschirr waren Mann und Frau auf die Größe von Mäusen geschrumpft. Dampfend und ihnen an die Brust reichend, baute sich die Tasse zwischen ihnen auf. Beide waren außergewöhnlich kugelrund, das Übergewicht hatte sich ballonartig in alle Richtungen des Körpers ausgedehnt. Der Mann reckte sich auf Zehenspitzen, um eine Probe des Getränks aus der Tasse zu schöpfen, während die Frau schon einen Schluck zu sich nahm. Ein Banner unter der Tasse hätte Konrad in breiter Kursivschrift erklärt, dass es sich um Entfettungs-Tee handelte, der sowohl angenehm im Geschmack als auch gut bekömmlich sei und nach dessen Einnahme eine schlanke und graziöse Figur garantiert wurde, wenn er das Kleingedruckte am Ende der Anzeige hätte lesen können. Das galt auch für die kurze Nachricht in der Spalte links neben der Zeichnung, die man mit einer Streichholzschachtel hätte verdecken können. In winziger Schrift wurde dort das Ableben des Schriftstellers Franz Kafka vermeldet, dessen Leben und Werk in wenigen Worten nüchtern umrissen wurden. Konrad war jedoch bereits damit beschäftigt, die Seite zu Jennings zu drehen, und tippte mit dem Finger auf die Frau mit Spitzenhäubchen, schauen Sie mal, Madame Gnom hat es in die Zeitung geschafft. Jennings war gerade um den Projektor herumgekommen und griff nach dem Päckchen. Während er die Ecken des Stofftuchs aufschlug, schielte er einmal auf die hochgehaltene Zeitung. Ein Lächeln verwischte seine üblichen Gesichtszüge, ich kannte mal einen, der war genauso fett, sagte er und strich mit dem Finger über den kühlen Lauf der Pistole. Eine Parabellum, erklärte Konrad, waschechte Polizeibewaffnung, noch original aus der großherzoglichen Zeit, und steckte den Geldschein von Jennings sofort in die Hosentasche, zum Monatslohn dazu, den er vorhin bekommen hatte. Gerne hätte er mehr über den Fettsack erfahren, es versprach eine lustige Geschichte zu werden, aber es kamen keine weiteren Einzelheiten. Da ist noch eine Papprolle im Stofftuch, die möchte ich behalten, sagte Konrad und fügte geschäftsmäßig hinzu, es sei denn, Sie haben Interesse daran. Herr Jennings reichte ihm das Stofftuch samt Inhalt zurück und schüttelte schweigend den Kopf, während er die Pistole von allen Seiten wie ein Schmuckstück inspizierte.

Die Ausgabe der *Wiener Morgenzeitung* wurde Ende der ersten Juniwoche an einem Straßenstand in der Nähe des Salzburger Bahnhofs erworben. Der Reisende, ein gewiefter Geschäftsmann, im Kurierwesen tätig, blätterte im Zug nach München kurz darin, bevor er sich den Hut ins Gesicht schob und ein ausgiebiges Schläfchen machte. Erst in München, dort hatte er drei Stunden Aufenthalt, nahm er die Zeitung in einem Kaffeehaus genauer in Augenschein. Mit gewisser Bestürzung entdeckte er im Mittelteil neben einer karikaturistischen Anzeige für eine schlank machende Teesorte die Kurzmeldung, dass Franz Kafka nach langer Krankheit in einem Sanatorium verstorben war. Dessen damalige Verlobte, Felice Bauer, kannte der Reisende recht gut aus seinen Berliner Zeiten. Vor dem Krieg, damals war er noch Nachtwächter, durfte er einmal den Schriftsteller leibhaftig kennenlernen, als er ihn und das Fräulein Bauer auf das Gelände der Lindström AG ließ, einer Firma, die sich auf die Herstellung von Grammofonen und anderen sogenannten Sprechmaschinen spezialisiert hatte. Fräulein Bauer, als Prokuristin dort angestellt, klopfte wie besprochen um Mitternacht gegen das Tor an der Großen Frankfurter

Straße. Ihr Gesicht lugte hochkant durch den Schlitz, nachdem er die schweren Riegel zur Seite geschoben hatte, mit der Bemerkung, dass sie nicht länger als eine Stunde bleiben könnten, dann komme seine Ablösung. Den Geldschein, den ihm der freundlich dreinblickende Schriftsteller zusteckte, nahm er mit einer angedeuteten Verbeugung entgegen. Er blickte ihnen nach, wie sie über den Innenhof des Fabrikgeländes schlenderten, gigantische Schatten auf die Backsteinfassade der Fertigungshalle werfend, in der sie daraufhin verschwanden. Als die Stunde nahezu verstrichen war, wurde er allmählich unruhig und machte sich auf die Suche. In der Fertigungshalle war keine Spur von ihnen, in den Vertriebsräumen ebenfalls nicht. Er wollte gerade zum Innenhof zurückkehren, als er eine Stimme vernahm. Geisterhaft strömte sie heran und wich, in der Lautstärke abflauend, wieder zurück, wie eine Brandung in windstiller Nacht, die in sanften Wiederholungen an einen Kieselstrand schwappte, in diesem Fall über schweigende Grammofone hinweg, die in Holzwolle verpackt auf den Abtransport warteten. Am Ende eines Korridors schimmerte Licht durch das Milchglas einer Tür. Erst beim Näherkommen schoben sich die Umrisse des Schriftstellers in den Spalt der halb offen stehenden Tür. Er saß leicht nach vorne gebeugt an einem Tisch, einen schwarzen Trichter in der Hand, in den er hineinsprach. Über einen Schlauch war der Trichter mit einem Parlographen verbunden, ein massives Diktiergerät, das den Umfang einer Nähmaschine besaß und in dessen Mitte eine Walze rotierte. Darauf war eine sogenannte Schalldose montiert, mit einer Schicht aus Wachs überzogen, in welcher die Stimmaufnahme mit einem Sporn eingeritzt und gespeichert wurde. Fräulein Bauer stand daneben, eine Hand lag auf der Schulter des Schriftstellers. Er beobachtete das Geschehen eine Weile, dann musste er ihnen zugerufen haben, dass die Stunde sich dem Ende neige oder etwas in der Richtung, jedenfalls überquerten sie einige Minuten später den Innenhof. Der Schriftsteller sagte keinen Ton, beim Laufen hielt er den Kopf merkwürdig schräg, als würde er etwas am Boden vermessen. Vor dem Tor verabschiedeten sie sich voneinander, Fräulein Bauer schüttelte ihm sogar die Hand und bedankte sich für diese *nächtliche Exkursion*, eine Papprolle mit aufgesetztem Deckel, die zur Aufbewahrung von Wachswalzen verwendet wurde, lag gut sichtbar in ihrer Handtasche. Ist für einen Sammler aus Hessen, sagte sie kleinlaut, der zahlt eine horrende Summe dafür, aber er kann es sich auch leisten, macht ein Vermögen mit Mineralwasser, nach einer Pause fügte sie hinzu, es klang wie eine Entschuldigung, ich musste Franz lange überreden. Der Schriftsteller stand bereits auf der Straße und wartete von ihnen abgewandt, die Hände hinterm Rücken gekreuzt. Schwungvoll knickte der Reisende die Zeitung über dem Falz nach vorne und stellte fest, dass er sich beeilen musste, um den Anschlusszug nicht zu verpassen, der pünktlich abfuhr. Ein weiteres Schläfchen wurde nur vom Schaffner unterbrochen, der durch den Waggon lief und die Fahrkarten abknipste. Später nahm er ein Abendessen im Restaurantwagen zu sich, sodass er satt war, als er abends in Frankfurt am Main ankam und sich am Ausgang des Hauptbahnhofs umsah, wo er mottenhaft den leuchtenden Reklametafeln des Schumanntheaters folgte. Es war abgemacht, dass die nächste Kokain-Lieferung mit dem Nachtzug aus Rotterdam eintreffen würde. Bis dahin hatte er genug Zeit, die leicht bekleideten Revuegirls zu genießen und danach einen Abstecher in die ehemalige Rosengasse zu machen. Morgen früh würde er wie üblich einen Laufburschen auftreiben, der das Zeug in der Stadt verteilte. Bevor er die Straße zum Theater überquerte, nahm er die zusammengerollte Zeitung aus der Umklammerung seiner Achsel und ließ sie in einen Gitterkorb sinken, wo sie noch im Laufe der Nacht von Falk Jennings aufgesammelt wurde.

Trichterförmig schoss das Licht einer winzigen Kohlebogenlampe im Inneren des Projektors durch die zügig hinablaufenden Einzelaufnahmen der Filmrolle. Die bewegten Bilder, vom Objektiv korrigiert, wurden durch den staubigen Kinosaal geschickt und enorm vergrößert auf die Leinwand geworfen. Sie fielen auf die Netzhaut der Zuschauer zurück, die in die Sitze gedrückt dem Geschehen des Filmes folgten. Demzufolge war die Kohlebogenlampe ein Stern, der durch das ausgeströmte Licht der Menschheit auf der Erde seine Geschichte erzählte, sobald es auf die Augen eines Astronomen traf, der durch ein Teleskop ins Weltall blickte. Und tatsächlich, nur wenige Monate nach dem Brand in den Harmonie-Lichtspielen würde erstmals beobachtet werden, dass Galaxien sich bewegten, und zwar in alle Himmelsrichtungen voneinander weg, wie Rosinen in einem ewig aufgehenden Kuchenteig. Eine bahnbrechende Entdeckung, die niemanden großartig interessierte und die man später als Geburtsstunde der Urknalltheorie klassifizieren würde. Ob die Pistole letzten Endes doch geladen war und ein Schuss sich löste, der krachend in den Projektor einschlug, oder ob die Kohlebogenlampe eben noch funktionstüchtig ihre Aufgabe erfüllte und im nächsten Moment ohne Fremdeinwirkung mit einem schief abfallenden Pfeifgeräusch durchbrannte, blieb ungeklärt. Außer Frage stand, dass die Filmrolle Feuer fing, das sich an den Zahnrollen vorbei durch den Projektor fraß. Mit einem Knall sprengte das Gehäuse auf und verteilte sich über Funken sprühende Splitter und Kleinteile weitläufig im Vorführraum, der sofort in Flammen stand. Jennings packte Konrad am Arm und riss die Tür auf, wodurch das Feuer in Windeseile auf den Flur übergriff. Sprunghaft breitete es sich im Kinosaal aus, den die Zuschauer kreischend und in Panik um sich schlagend verließen. Im Inneren brannten die Kopfstützen der Sitzreihen wie Kerzen einer Hochzeitstorte. Teile des Büros waren schon verschlungen worden, vom Grammofon schmolz die Schellackplatte zungenförmig hinunter, als Frau Rippberger hustend herausstolperte und hinter Nadia, die als Letzte den Kinosaal verließ, die lodernden Stufen hinunterrannte. Von den Plakaten im schmalen Korridor hatte die sengende Hitze nicht viel übrig gelassen, und spätestens als die Treppe unter explosionsartigem Druck einstürzte, wobei die Glaskabine am Eingang in tausend Schollen einer dünn gewordenen Eisfläche zersprang, hatte die Feuersbrunst in solch einem Maß die Kontrolle übernommen, dass die Einheit der Löschbrigade, die vor dem Gebäude in der Dreieichstraße Stellung bezogen hatte, nur darauf bedacht war, die angrenzenden Gebäude zu schützen. Konrad stand auf der anderen Straßenseite und verfolgte den rußschwarzen Qualm, der wirbelnd in den Nachthimmel zog. Als er den Kopf noch tiefer in den Nacken stützte, sah er vereinzelte Sterne, die sich schwach von der Dunkelheit abhoben. Das Geld in der Hosentasche vorne, hinten das blaue Stofftuch mit der Papprolle und das Buch von Franz Kafka unterm Hemd waren ihm als einzige Habseligkeiten geblieben. Jennings, der sich ununterbrochen neben ihm bekreuzigte, hatte die Parabellum am Kreuz hinter den Gürtel geschoben. Nadia stand auch bei ihnen, sie wiederholte ein und dieselbe Frage, was machen wir denn jetzt, während Frau Rippberger den Feuerwehrmännern fassungslos ins Gesicht brüllte, welch einer armseligen Bande von Armleuchtern sie gegenüberstehe. Konrad bemerkte, dass ihm eine Ecke der *Wiener Morgenzeitung*, von allen Seiten dunkel angesengt, an den Fingern haften geblieben war. Im Dunkel der Nacht konnte er die Umrisse nicht genau ausmachen. Erst als er den Schnipsel gegen das brennende Kinogebäude hielt, erkannte er den Hochseedampfer. Schwarzer Rauch pumpte aus den Schornsteinen, vorne schoss eine schäumende Bugwelle kraftvoll in die Höhe, daneben der Schriftzug einer Hamburger Reederei, die Fahrten nach Übersee anbot, unter anderem nach, in breit gezogenen Großbuchstaben schimmerte das Wort feuergolden vor seinen Augen: AMERIKA.

Die Schellackplatte, die im Büro von Madame Gnom liegen blieb und durch die Gluthitze an der Oberfläche erst Wellen schlug, bevor das Material flüssig genug wurde, um an der Seite des Grammofons hinabzusickern, enthielt die Aufnahme des beliebten Operettenliedes *Warte, warte nur ein Weilchen*, ein leichtfüßiger Schlager zum Mitsingen. Konrad konnte jedes Wort auswendig aufsagen. So häufig, wie er nachkurbeln musste für das Lied, war das auch kein Wunder. Der Liedtext wurde später landläufig umgeschrieben, als die Bevölkerung von den Gräueltaten eines Serienmörders erfuhr, der seine Opfer nach Hause lockte, dort erdrosselte und verstümmelte. *Mit dem kleinen Hackebeilchen* lautete die Zeile in der entstandenen Neuversion. Der Serienmörder verarbeitete einen Teil der abgetrennten Körperteile zu Wurstwaren, die Reste versenkte er auf dem Grund der Leine oder verscharrte sie im Schlossgarten von Hannover. Am dortigen Hauptbahnhof sprach er seine Opfer an, in der Regel waren es junge Burschen, denen er eine Unterkunft für die Nacht anbot. An dem Abend, als Konrad in Hannover aus dem Zug stieg und auf seinen Anschluss nach Hamburg wartete, der planmäßig erst am nächsten Morgen abfuhr, schenkte der Serienmörder ihm keine Beachtung, obwohl sie Schulter an Schulter am Ausgang der Bahnhofshalle aneinander vorüberglitten, es mochte sogar eine leichte Berührung stattgefunden haben. Das Desinteresse des Serienmörders lag maßgeblich an Konrads ausgeprägtem Schnauzbart. Eine Woche später wurde er von der Polizei verhaftet. Während der Verhöre gestand er mehr als eine Handvoll Morde und wurde vom Gericht zum Tod durch Enthaupten verurteilt. Ein Schicksal, dem Falk Jennings zuvorkam, indem er am zweiten Weihnachtsabend des ausklingenden Jahres die Parabellum in die Hand nahm, auf sein Gesicht im gesprungenen Spiegel über dem Waschbecken zielte, mit der Kimme ein Kreuz in die Luft malte, sich den Lauf wie einen Stopfen tief in den Mund steckte und prompt abdrückte. Niemand deutete seinen Selbstmord als letzten Ausweg aus den Albträumen, die ihn wie ein mit Fackeln durch die Straßen ziehender Mob bedrängten, deren Kreis sich täglich enger zog. Jahre später inszenierte eine der ersten deutschen Tonfilmproduktionen packend die Fahndung nach einem Serienmörder. In der Anfangsszene bediente sich der Film am umgeschriebenen Liedtext. Eine Gruppe von Kindern sang ihn als Abzählreim. Ein *schwarzer Mann* würde kommen, hieß es, der mache *Schabefleisch aus dir*. Für die Zuschauer, die nach der Premiere in Ovationen ausbrachen, war zu dem Zeitpunkt, da das Licht im Kinosaal anging und der Projektor im Vorführraum verstummte, noch nicht absehbar, dass die grausame Ermordung von Millionen Menschen im Auftrag eines Diktators, dessen schwarzer Schatten Europa verdunkeln würde, unmittelbar bevorstand.

Rosa Kaprun war als Revuegirl oder, wie sie sich selbst lieber bezeichnete, *Tänzerin und Kopfverdreherin*, nie über den Grad einer lokalen Szeneberühmtheit hinausgewachsen. Ihr junges Herz, es schlug wie das Jahrhundert erst seit dreiunddreißig Jahren, setzte am Tag der Machtergreifung des Diktators unvermittelt aus. Es kann davon ausgegangen werden, dass die zeitliche Überschneidung hier eher dem Zufall als einer persönlichen Absichtserklärung zuzuschreiben war. Trotz der Wiederbelebungsversuche ihrer Partnerin in der Küchenstube der gemeinsamen Wohnung kehrte das Herz nicht mehr in einen pumpenden Rhythmus zurück. Ob der Stillstand eine Spätfolge der ausgeprägten Alkoholabhängigkeit war, in Verbindung mit exzessivem Kokainkonsum, der in den zurückreichenden Lebensjahren radikale Ausmaße angenommen hatte, selbst der Barmann im *Affenzahn* verbot ihr zeitweise den Zugang zum Nebenraum, konnte nie ermittelt werden. Auch nicht, ob es an einer körperlichen Veranlagung zur Herzschwäche lag, die sich wie ein blutig roter Faden durch die familiären Linien zog. Eine Fotografie von ihr, schwarz-weiß, der Rauch einer Zigarette zerstäubte als feinmaschiger Schleier halbseitig über das Gesicht, eine Federboa wuchs im Hintergrund unscharf empor, stand jahrzehntelang in der Vitrine neben einer Postkarte mit dem Abbild der schäumenden Niagarafälle. Die neuen Besitzer des *Affenzahns*, abgesehen davon, dass sie dem Laden einen neuen Namen gaben, strebten ein anderes Gastronomiekonzept an und trennten sich in einer ersten Maßnahme von dem ganzen *kitschigen Zeug*, das kistenweise zu einem Ramschhändler transportiert wurde. Dort angekommen, in den Hallen einer ehemaligen Seifenfabrik, wurde die Fotografie auf der Rückseite mit einem Bleistift auf eins fünfzig ausgepreist und zu einem Stapel mit weiteren Porträts aus der Zeit sortiert. Fast hundert Jahre später, aus Kopfhörern drang ein gedämpfter Beat, fischte eine Studentin der Erziehungswissenschaften die Aufnahme heraus, betrachtete das Gesicht, wendete das Foto, um den Preis zu erfahren. Dabei rutschte es ihr aus den Fingern und landete zwischen ihren Joggingschuhen. Beim Aufheben schlug sie sich eine einzelne, dünn zum Zopf gebundene Strähne aus dem Blickfeld und steckte das Foto verhältnismäßig regungslos wieder in den Stapel zurück. Beim Anblick der Erscheinung von Rosa Kaprun fand kein Aufflammen im Herzen der Studentin statt, eine Erfahrung, vor der sich das Revuegirl insgeheim ihr Leben lang gefürchtet hatte.

Amerika

Einem Elektron ähnlich, das mit ausreichend Energie angeregt werden muss, damit es durch einen Quantensprung auf eine höhere Kreisbahn um den Atomkern gelangt, ertrug Felice Bauer, wie so viele andere auch, die staatlich koordinierten Schikanen und Erniedrigungen im Alltag, bis sie irgendwann die Schnauze voll hatte und mit ihrem Ehemann sowie den gemeinsamen Kindern Nazideutschland auf einem Hochseedampfer mit Zielhafen New York verließ. Rückblickend konnte sie nur Vermutungen anstellen, aber sie ging davon aus, dass es die Blicke waren, die ihr eine Blumenfachverkäuferin eines Morgens zuwarf. Eine Mischung aus abschätzigem Prüfen und offensichtlichem Ekel. Das war der Moment, der sprichwörtlich das Fass zum Überlaufen brachte beziehungsweise das Elektron zum Quantensprung anregte. In einem von ihren Koffern lagen, in einer Ledertasche gut verpackt, Stapel von Briefen, die ihr Kafka im Laufe der Jahre zugesandt hatte. Die einzige Erinnerung, die ihr an die Beziehung zu ihm geblieben war. Ein über mehrere Jahre sich hinziehender Todestanz aus Anziehung und Abstoßung, der lange vor dem Ableben des Schriftstellers zum Stillstand gekommen war. Felice Bauer ließ den Koffer von einem der Träger verschlossen unter das Bett verfrachten. Mit ihrer Familie bezog sie eine luxuriöse Kabine, ihr Ehemann war ein höchst wohlhabender Geschäftsmann, was sich an Bord schnell herumsprach.

Auch Bodo hörte davon. Seine rissigen Hände umklammerten den Griff einer Schaufel. Er war dabei, sie in den schwarzen Kohlenberg zu stoßen, als Konrad mit Neuigkeiten von *oben* wiederkam. Das war schon was, denn zu den staubig dunklen Kohlenbunkern im tiefsten Inneren des Schiffes drang normalerweise weder Tageslicht noch Frischluft. Hier unten schaufelte man Kohle auf die Schubkarre oder schlief in seiner Koje, immer im Wechsel, einmal pro Schicht gab es eine Mahlzeit. Der Fraß war immer gleich, irgendein wässriger Brei, manchmal waren kleine Bröckchen drin. Das fahle Licht der kleinen Funzel über der Holzbank bei den Kojen reichte kaum aus, um festzustellen, woraus die Bröckchen bestanden. Konrad tippte auf getrocknete Rattenkacke, dann biss er absichtlich laut hinein und lachte, sein Mund war noch voll, ein Breifaden rann ihm am Kinn entlang. Die Tischmanieren, die er bei Nadia und den Kindern gelernt hatte, waren in der ewigen Dunkelheit schnell verloren gegangen. Wie lose Münzen rutschten sie nach und nach durch einen winzigen Riss in der Hosentasche. Zwischen den Kohlebrocken waren sie nicht mehr auffindbar. Bodo machte sich für gewöhnlich nichts daraus und schob unbeeindruckt einen weiteren Löffel nach. Hier *unten* war er bekannt dafür, seine Schubkarre geschmeidig über die Holzbohlen und die engen Korridore zu manövrieren. Selten verlor er mehr als ein paar kleinere Kohlestücke auf dem Weg zum Kesselraum. Jedenfalls nie mehr, als in seine Schiebermütze passten. Die anderen Schipper nannten ihn deswegen Panther, was Konrad völlig übertrieben vorkam. Vor allem, wenn er mit dem Schrubber in der Hand vor dem Loch hockte, sein dunkelblaues Stofftuch fest um Mund und Nase gebunden. Wer die meiste Kohle verloren hatte, musste den Abort putzen. Meistens war es Konrad. Die anderen hatten ihm den Spitznamen Baron verpasst, weil ihm niemand seine Erlebnisse glaubte, von denen er erzählte. Den Gendarmen vom Pferd gestoßen, rief einer und staunte, während alle im Bunker schippten, und den Gaul dann mitgenommen, ein Weiterer und lachte, immerhin besser als eure lahmen Frauengeschichten, ein Dritter. Dazu kam, dass er zu Beginn der Überfahrt einen Kartoffelsack mit Kohlestücken aufgefüllt hatte, den er in einer Nische vor dem Kesselraum versteckt hielt. Wenn er unterwegs viel verloren hatte, füllte er die Schubkarre kurzerhand wieder auf und kam mit voller Ladung in den Kesselraum stolziert. Selbst der fette Götz, Chefheizer an Bord, nickte ihm anerkennend zu. Konrad erinnerte sich gerne an diese Blicke. Als die Sache mit dem Kartoffelsack aufflog, gab es ordentlich Prügel. Jeder Schipper bewarf ihn einmal aus nächster Nähe mit einem dicken Kohlestück, dabei beschimpften sie ihn als *Pissnelke* oder *faulen Lümmel.* Bodo warf auch, aber er sagte nichts und zielte absichtlich schlecht. Seitdem hatte Konrad den Ruf als Lügner weg und musste den Abort schrubben. Allerdings ohne Schrubber. Er krümmte sich in jener Nacht in seiner Koje und umklammerte das Buch von Kafka und die Papprolle unter seinem Kissen. Vor allem die Treffer in den Lenden hatten es in sich gehabt. Irgendwann kam Bodo während seiner Schicht vorbei und schob ihm eine abgenutzte Ofenbürste unter die Decke. Der fette Götz darf aber nichts mitbekommen, sagte er und verschwand wieder.

Umso überraschter war Konrad, als der fette Götz während der Schicht seinen Namen rief, um *oben* Meldung zu machen. Er zögerte erst ungläubig. Im dunklen Kohlenbunker kam die Stimme plötzlich aus dem Nichts und klang geisterhaft und brutal. Als würde Gott mit ihm reden. Aber warum sollte Gott so klingen wie der fette Götz, hatte sich Konrad gedacht, denn seiner Meinung nach musste Gott viel bessere Umgangsformen besitzen als der Chefheizer. Er konnte sich beim besten Willen nicht vorstellen, dass Gott sich bei jeder Gelegenheit am Hintern kratzte. Viel wahrscheinlicher war allerdings, dass es sich um einen Streich handelte, eine hundsgemeine Falle, in die er tappen sollte, und dann würden alle loslachen wie besoffene Idioten. Als würde der fette Götz ausgerechnet ihn nach *oben* schicken, um der Brücke zu melden, dass ein Kessel wegen eines Risses in der Umwälzpumpe außer Betrieb sei. Was ist los, fragte die Stimme des fetten Götz', ich schicke gleich jemand anderen, meinetwegen auch Panther. Konrad blieb nichts anderes übrig, als die Schaufel an die halb volle Schubkarre zu lehnen. Er salutierte, Glückauf, Jungs, und beeilte sich, den Kohlenberg hinunterzukommen. Nicht so hastig, sonst gibt's noch einen Rutsch, rief ihm Bodo zu, ein Grinsen lag unverkennbar in seiner Stimme. Tatsächlich kam es manchmal vor, dass Teile des Kohlenbergs nachgaben und lawinenartig nach unten rutschten, aber Konrad kannte das nur aus Erzählungen der älteren Schipper. Unten angekommen rotzte er ein paarmal in sein Stofftuch und wischte sich damit über das Gesicht, aus dem Schnauzbart war ein nie nachgestutztes Ungetüm mit kahlen Stellen entlang der Wangen geworden, alles klar Chef, bin so weit.

In geduckter Haltung liefen sie zum Kesselraum, der fette Götz voran. Die röhrenartigen Korridore durchzogen diesen Teil des Schiffes wie kreuz und quer gewundenes Gedärm. Jeden Augenblick erwartete Konrad, dass der fette Götz stehen blieb und sich umdrehte, während zwei oder drei Heizer aus einer dunklen Nische heraussprangen, vielleicht dort, wo er zu Beginn der Überfahrt den Kartoffelsack versteckt hatte. Sie würden ihn festhalten, eine Holzplanke läge für den fetten Götz schon bereit auf dem Boden. Man erzählte sich, er hätte schon mal jemanden totgeprügelt, angeblich eine Tunte oder so was. Mit der schmalen Seite voran käme der erste Stoß ins Gesicht. Hoffentlich wäre er dann schon bewusstlos. Was danach käme, wagte sich Konrad gar nicht erst auszumalen. Irgendwo bei den Kesselöfen käme er wieder zu sich und würde in das ewige Feuer blicken, das darin loderte. Vielleicht zöge man ein Schmiedeeisen heraus, mit einem Zeichen, das ihm tief in die Stirn gebrannt werden würde. Ein Anker, der aussah wie ein auf dem Kopf stehendes Kreuz. Die Geräusche des Kesselraums kamen näher, es wurde zunehmend wärmer. Bei der nächsten Biegung machte der fette Götz kurz halt und wandte sich halb zu ihm zurück. Hat es dir die Sprache verschlagen, fragte er, was ist los mit dir? Konrad wollte antworten, hatte aber nicht genügend Spucke im Mund.

Wäre der fette Götz unterwegs abgebogen, zum Beispiel in den Gang, der zum Abort führte, mit den Worten, warte hier, bis ich wiederkomme, hätte Konrad so lange in der Gegend herumgeglotzt, bis er vor Langeweile einmal um die nächste Ecke gestiefelt wäre, wo sich der Eingang zu den Kojen der Heizer befand. Dort waren die Betten größer, es gab sogar eine geräumige Sitzbank und einen Kocher mit verbeulter Kaffeekanne. Selbst das Licht der kleinen Laterne schiene heller, wenn Konrad sie angeknipst hätte. Das Bett vom fetten Götz spränge ihm sofort ins Auge, die Matratze hätte die tiefste Mulde. Wenn er nah genug herangekommen wäre und sich am Kopfende draufgesetzt hätte, nicht, um sich hinzulegen, sondern, um beispielsweise unter das Kissen zu greifen, um zu sehen, welches Buch dort läge, nämlich eines über Hundezucht, dann hätte er bäuchlings beim Absteigen vielleicht die Fotografien entdeckt, die entlang der Bordwand hinter eine Reihe runder Nieten geklemmt waren. Auf einer sah man eine ernste Frau und drei Kinder, die neben einer Hakenkreuzfahne posierten, auf zwei weiteren denselben Schäferhund, einmal vor einer Hundehütte, einmal neben der gleichen Fahne. Daneben steckte eines, an einer Stelle hochkant eingerissen, auf dem der fette Götz absichtlich ein dämliches Grinsen präsentierte. Er war jünger, und die Militäruniform machte ihn noch rundlicher als sonst. Rechts und links von ihm, die Arme über seine Schultern geworfen, standen zwei Soldaten, einer rauchte, der andere tippte sich von unten an die Mütze. Ein weiterer verdeckte die Füße, er lag quer ausgestreckt im Gras, im Moment der Belichtung auflachend, den Kopf auf den Ellenbogen gestützt. Im Hintergrund war ein Stacheldrahtzaun zu erkennen, davor eine Baracke, auf deren Türrahmen *XVII* mit Kreide geschrieben stand. Wenn Konrad die Fotografie hinter der Niete hervorgezogen und die Unterschrift auf der Rückseite hätte entziffern können, wäre ihm klar geworden, dass sie mit der Kamera von Falk Jennings geschossen worden war, der die Worte *Lagerkoller* und *für den Kameraden Götz »Götterspeise«* draufgekritzelt hatte. Aber Konrad zog das Foto nicht hervor, geschweige denn, dass er jemals einen Blick in die Kojen der Heizer geworfen hätte, unabhängig von der Tatsache, dass der fette Götz unterwegs nicht abbog, sondern zielgerichtet durch die Korridore lief, bis sie bei den Kesselöfen ankamen, wo Konrad die Treppe nach *oben* stieg, um der Brücke Meldung zu erstatten.

Eine halbe Stunde später kehrte er zurück in den Kohlenbunker und sprach so laut, dass alle es hören konnten. Die Sonne hätte geschienen, rief er, der Himmel sei regelrecht tiefblau gewesen und der Ozean so was von ruhig, das Schiffchen brummt da hindurch wie eine gestreichelte Katze. Und Frauen, meine Güte, halb nackte Weibsbilder laufen da überall herum. Eine hat mir sogar zugewinkt, in einem weißen Badeanzug mit roten Punkten. Konrad sah Bodos Zahnreihen, die sich gegen die Dunkelheit abhoben, und kam auf den reichen Typen zu sprechen, der mit seiner Familie nach Amerika auswanderte. Wahrscheinlich einer von denen, bemerkte Bodo und zeichnete mit dem Finger einen Zacken über seinen Nasenrücken, woraufhin er seine Schaufel wieder packte. Eine Sache ist allerdings eigenartig, fügte Bodo hinzu, der Schwager vom Eugen, der in der Küche arbeitet, war eben im Kesselraum, weil der Eugen doch Geburtstag hat heute. Er zog einen Haufen Kohlestücke heraus und hielt die Schaufel eine Zeit lang über der Schubkarre, ohne sie abzuladen. Der hat erzählt, *oben* ist es kurz nach Mitternacht.

Konrad stocherte schlecht gelaunt mit der Schaufel im Kohlenberg herum. Was war schon dabei, wenn er seinen Kurzbesuch an Deck etwas ausgeschmückt hatte? Jeder hätte das getan. Das Gelächter der anderen hatte sich eine abscheuliche Ewigkeit gehalten. Viel zu übertrieben. Außerdem hatte es etliche Gelegenheiten gegeben, es ausklingen zu lassen, aber sobald ein Schipper wieder ein Stichwort seiner Geschichte in die Dunkelheit rief, hallte es unverzüglich auf. Vor allem die Kombination *weißer Badeanzug mit roten Punkten* erwies sich als sichere Bank, um das Lachen von Neuem anzufachen. Selbst Bodo war mit eingestiegen. Auch Konrad musste einmal schmunzeln, aber das hatte zum Glück niemand gesehen. Dem rhythmischen Scharren der Schaufeln, das nach den letzten leisen Lachern wieder das vorherrschende Geräusch im Kohlenbunker wurde, traute Konrad bis Schichtende nicht mehr über den Weg. Er nahm sich vor, nicht wie sonst zu den Kojen zurückzukehren, sondern die Schiebermütze absichtlich bei der Schubkarre zu lassen, damit er den anderen weismachen konnte, dass er sie vergessen hatte. Er würde zurückkehren und sie holen, danach aber durch die niedrigen Korridore zum Kesselraum schleichen und dem fetten Götz die Zunge herausstrecken, während der mit anderen Heizern um den kaputten Kessel stand und maulte, es sei an der Zeit, dass der

Kahn endlich verschrottet werde, wobei er sich mal wieder am Hintern kratzte. Am Ende des Kesselraums war die Gittertreppe, die dritte und siebte Stufe müsste er überspringen, weil sie lose waren und schepperten. Oben würde er die Tür zu den Laderäumen aufstoßen, das bekam man aber nicht leise hin. Deswegen müsste er im Anschluss so schnell wie möglich durch die Gänge rennen. Erst an den bis zur Decke gestapelten Holzkisten vorbei, dann an den gelagerten Fässern. Ab und zu würde er in einen Seitengang abbiegen, für den Fall, dass ihn jemand verfolgte. Beim abgestellten Lastenkran waren Sprossen in die Wand eingelassen, über denen sich eine Luke befand. Konrad würde hindurchsteigen und die quadratische Holzplatte in die Aussparung zurückfallen lassen. Am Ende des schmalen Ganges müsste er zwangsläufig an der Schlachterei vorbeilaufen. Um sich nicht anmerken zu lassen, wie sehr er außer Atem war, würde er versuchen, die Fleischer zum Lachen zu bringen. Vielleicht mit dem ausgestreckten Arm nach vorne stolzieren, wie es seit Neuestem üblich war, aber dann würde die Hand unvermittelt nach unten sausen und ein Hackebeil nachahmen, das die Finger der anderen abtrennte. Das fänden die Fleischer bestimmt lustig, jedenfalls hoffte er das. Wenn jemand fragen sollte, warum er schon wieder nach *oben* müsse, würde er bloß abwinken, als wäre die Antwort nicht der Rede wert. Die aufgebrachten Gänse und Hühner in den Gitterkörben im Hintergrund bekämen auch einen Gruß. Das laute Gackern erinnerte sehr an die Kundgebungen zu Hause, wo die Menschen sich an den Wochenenden versammelten, die Köpfe so rot wie die haushohen Fahnen, deren Hakenkreuze sich in abertausend Augenpaaren widerspiegelten. Einen Apfel, einen grüngelben, würde er aus einem der angrenzenden Provianträume mitgehen lassen und im hinteren Bereich die morsche Holzleiter benutzen, um zur Küche hinaufzuklettern. Eugens Schwager wäre gerade dabei, Kohlköpfe zu zerteilen, und würde ihn nicht bemerken. Vielleicht läge das auch an Konrads Auftreten. Er konnte schwören, dass der Geschmack des saftigen Apfels seinen Gang verändert hatte. Die Schritte waren langsamer und dadurch zielsicherer, auch sein Blick war herausfordernder. Im Vorbeigehen nickte er einigen Passagieren der zweiten Klasse freundlich zu. Sie saßen an großen Tischen des Zwischendecks und aßen oder spielten Karten. Dahinter standen Stockbetten in langen Reihen, die sich irgendwo im Halbdunkel des Schiffsinneren verloren. Gegenüber vereinbarte er beim Barbier noch einen Termin, indem er eine Uhrzeit fragend in den Laden hineinrief, als würde man sich bereits kennen. Der Barbier, sichtlich verwirrt, gab sich ungern die Blöße, einen Kunden nicht wiederzuerkennen, und antwortete, dass gerade ein Stuhl frei geworden sei, ob der Herr vielleicht die Gelegenheit nutzen wolle, was Konrad mit einem Lächeln quittierte. Ein Schwätzchen über dies und das, die momentane Weltlage, das anhaltend gute Wetter, beidseitiges Schwärmen über belgische Zigarren. Am Ende der Rasur noch der galante Versuch, Informationen über die Frau im weißen Badeanzug mit roten Punkten einzuholen, und zwar in gewissenhaft formulierten Nebensätzen, nicht frei heraus. Der Barbier flüsterte ihm beim Wegziehen des Kreppbandes den gewünschten Namen ins Ohr. Konrad begutachtete sich im Spiegel, zog den Kopf nach oben und schwenkte ihn mehrmals von links nach rechts, dabei schielte er bei jedem Wechsel zufriedener auf das fertige Werk. An der Tür versetzte er dem Barbier einen Klaps auf die Schulter, mit dem Hinweis, dass er alles auf die Rechnung setzen solle, wie beim letzten Mal, das Trinkgeld steckte er ihm wie selbstverständlich in die Westentasche. Unterwegs war er weniger überrascht von einem Fleck am Revers seines Mantels, wahrscheinlich nur ein Tropfen Rasierwasser, der bald trocknen würde, als über das Vorhandensein eines Mantels an seinem Körper, in dessen Taschen loses Kleingeld klimperte. Bevor Konrad sich weiter darüber wundern konnte, wurde er vor dem Fahrstuhl von einem Herrn in Abendgarderobe herzlich begrüßt. Wie sich während der Fahrt in die nächsthöhere Etage herausstellte, handelte es sich um einen ehemaligen Geschäftspartner, der eben noch, wie er in hastigen Sätzen wiedergab, in der Poststelle dringende Telegramme abgeschickt hatte. Als die Fahrstuhltür vom Liftboy aufgeschoben wurde, begleitete Konrad ihn ohne Umschweife in den Rauchsalon. Für das Abendessen sei es ohnehin zu früh, vergewisserten sich beide, und obwohl der Salon keine belgischen Zigarren führte, was Konrad sauer aufstieß, blieb er in dem dunklen Ledersessel sitzen und paffte den minderwertigen Tabak, der dort angeboten wurde. Der Herr erzählte ihm, dass er mit seiner Frau und den Kindern unterwegs sei, um in Amerika ein neues Leben zu beginnen, an der Westküste, um genau zu sein, sagte er und stieß eine Rauchwolke aus. Konrad widmete sich dem Gespräch nur halbherzig und nickte an den Stellen, die ihm passend erschienen, so aufmunternd, dass der Herr seine Erzählung unbeirrt weiterführte. Konrads Zigarre glomm währenddessen im marmornen Aschenbecher, der Rauch war ein bläulich schimmerndes Band, das sich durch den Raum nach oben wand. In Gedanken malte er sich einen Spaziergang über das Promenadendeck aus, im Blick den endlos gekräuselten Wellengang des Meeres. Ab und zu blieb er stehen, auf den Silberknauf seines Spazierstocks gestützt. Am Ende stieg er die breite Wendeltreppe zum Sonnendeck empor, wo er geschickt, ohne sich etwas anmerken zu lassen, nach der Dame im weißen Badeanzug mit roten Punkten Ausschau hielt. Wahrscheinlich sonnte sie sich auf einer Liege, den Sonnenhut aus hellem Bast hätte sie über das Gesicht gelegt. Konrad ging geradewegs auf sie zu und merkte an, dass es eine japanische Lilie gebe, deren weiße Blütenblätter mit roten Punkten verziert seien. Während sie die Hutkrempe nach oben drückte und blinzelte, um sich an das Sonnenlicht zu gewöhnen, entschuldigte er sich für seine forsche Art, und zwar in akzentfreiem Französisch. Er habe sich nicht verwehren können, diese Koinzidenz anzusprechen, aber sie müsse selbst zugeben, der Umstand, dass sie ebendiesen Badeanzug trage und gleichzeitig Liliane heiße, stehe in einem bemerkenswerten Zusammenhang zu der Blume. Sie musterte ihn eingehend und versuchte mühevoll, sich daran zu erinnern, wo sie sich begegnet sein könnten. Konrad von Pappel, würde er sagen und die Hand austrecken, wir kennen uns noch nicht persönlich.

Konrad stocherte schlecht gelaunt mit der Schaufel im Kohlenberg herum, als der Boden ohne triftigen Grund nachgab. Kurz zuvor war das Lachen der Schipper ausgeklungen, und das rhythmische Scharren der Schaufeln überwog wieder. Konrad sah, wie sich eine Mulde zwischen seinen Füßen bildete, und hatte sogar noch Zeit, überraschend Huch zu rufen. Als die Mulde sprungartig zu einem dunklen Loch wurde, begriff er, dass er gerade Zeuge eines Rutsches wurde. Er sah dem Loch zu, wie es sich trichterförmig und in Windeseile in den Kohlenberg bohrte, versuchte noch, sich an der Schubkarre festzukrallen, irgendwie oben zu bleiben, aber alles, was er zu fassen bekam, gab sofort nach und fiel mit ihm zusammen in den Abgrund. Ein staubiger Schlund hatte sich aufgetan und war dabei, ihn mit Haut und Haaren hinunterzuschlucken. Konrad überschlug sich einmal und klatschte kopfüber in einen Haufen scharfkantiger Brocken. Gleichzeitig verschwand sein linkes Bein bis zum Oberschenkel im abwärtsfließenden Kohlestrom. Oben und unten waren nicht mehr auseinanderzuhalten, aus allen Richtungen dröhnte das Kreischen von aneinanderschabenden Kohlestücken, bis ein Donnern das Hinabsinken jäh unterbrach. Er kam erst wieder auf der Krankenstation zu sich.

Bis auf den Husten war er glimpflich davongekommen. Wilde Kratzspuren im Gesicht, nicht tief und daher nicht von Dauer, dazu ein blaues Auge, das sich wie eine erntereife Pflaume um den Tränensack ausgebreitet hatte. Am Bauch musste er an zwei Stellen genäht werden, es sah aus, als hätte er eine Messerattacke überlebt. Schließlich ein paar unbedeutende Blessuren an den Beinen. In der ersten Woche zog er das linke Bein etwas nach, aber das hätte auch daran liegen können, dass er das Bett kaum verließ. Schlimm war nur der Husten, der explosionsartig einsetzte, als wäre ein wütender Kobold in seine Brust eingedrungen, der mit nackten Fäusten um sich schlug und nicht von ihm abließ, bis Konrad den Kopf ermattet zur Seite hängen ließ, schreckhaft und pfeifend um Luft ringend, Speichel rann ihm aus dem Mundwinkel über den weiß gestärkten Kopfbezug. Der Doktor vermutete, dass sich feinster Kohlestaub massiv in den Lungen festgesetzt hatte. Er kam einmal am Tag vorbei, ein Mann mit astreinen Manieren. Gefolgt von einer Krankenschwester, die ein Tütchen hochhielt und schüttelte, nicht größer als eine abgepackte Zuckerportion in einem Café. Es war das unmissverständliche Zeichen, dass die Spritze vorbereitet wurde. Er war heilfroh darüber, denn er bemerkte, wie eine neue Feuersbrunst sich vorbereitete, die auflodern und sich durch beide Lungenflügel fressen würde wie durch zwei trockene Reisigbesen. Der Inhalt des Tütchens wurde in Chloroform und reinem Alkohol aufgelöst. Um den pelzigen Nachgeschmack zu überdecken, verwendete die Schwester eine Pfefferminztinktur. Die von der Pipette herabfallenden Tropfen zählte sie penibel ab. Währenddessen bereitete der Doktor die Pinselspritze vor. Das Ende des rüsselartig vorne abfallenden Endoskops, dünn und grau wie gebogener Eisendraht, desinfizierte er gründlich und bestückte es mit einem winzigen Wattebausch, den er daraufhin in die Petrischale tunkte, die ihm von der Schwester gereicht worden war. Der Doktor wandte sich zum Krankenbett, ein Nicken reichte aus, damit Konrad wusste, dass es an der Zeit war, den Mund, so weit es eben ging, aufzusperren, mit tief in den Nacken gedrücktem Kopf. Im kreisrunden Spiegel, den sich der Doktor auf die Stirn gesetzt hatte, vollführte ein Trapez aus Tageslicht einen Schamanentanz. Der Doktor kam näher und führte das Endoskop mit zusammengedrückten Augen an Konrads Unterlippe, dem es so vorkam, als verkleinerte sich das Krankenzimmer. Die Wände rückten heran, von allen Seiten, wie ein stummes, aber fachkundiges Publikum beugten sie sich herüber, um seine Behandlung zu begutachten. Vom Stirnspiegel fiel ausreichend Licht in Konrads Mundhöhle, ein Sichtkontakt zum Rachen war hergestellt, sodass der Doktor den vollgesogenen Wattebausch vorsichtig in den Mund tauchte und ihn entlang der Zungenrinne zentimeterweise voranschob. Auf Höhe des Gaumenzäpfchens machte er kurz halt und flüsterte Konrad zu, dass es jetzt losgehen würde. Bis zum Zäpfchen verlief der Eingriff problemlos, aber sobald das Endoskop im Begriff war, die Rachenhinterwand hinabzusteigen, setzte das Zucken und Recken von Konrads Kopf ein, der nach Luft japste, als würde er an einem Knebel ersticken, was die Schwester mit beruhigenden Worten abzumildern versuchte, bis Konrads stockend anspringender Würgereflex so mächtig wurde, dass er sie mit Blicken dafür verfluchte. Seine Hände griffen krampfhaft ins Bettlaken, er war drauf und dran, den Mund zu schließen, als wollte er durch einen Suppenknochen beißen. Der Schwester blieb nichts anderes übrig, sie packte seine Kiefer und hielt mit aller Gewalt dagegen, wie bei ausschlagenden Fensterläden, wenn ein Gewitter aufzog. Zusätzlich fixierte sie zwei hellfaserige Holzkeile in den Mundwinkeln. Dem Doktor musste es trotzdem gelingen, den Draht mit dem Wattebausch ohne gröbere Verletzungen tiefer im Hals zu versenken, um endlich beim Kehlkopf anzukommen. Nur nach einer erfolgreichen Pinselung der dortigen Schleimhäute waren die Stimmlippen und Stellknorpel für ein paar Stunden lahmgelegt. Sprechen wurde so gut wie unmöglich, aber auch der lästige Husten verschwand.

Unglaublich, dass sich beim Barbier, neben einem geschnitzten Stierkopf an der Wand, der verborgene Eingang zu einem Hinterzimmer befand, das sich als Opiumhöhle entpuppte. Eine wunderschöne Filipina mit sagenumwobenen Drachenzeichnungen auf der Haut bediente die Pfeifen und fächerte den erschöpften Gästen auf den Liegen mit einem Palmblatt frische Luft zu. Manchmal schlenderte Konrad zum Zwischendeck, blieb an einem der Tische stehen und zeigte den Passagieren der zweiten Klasse ausgefallene Kartentricks, die jedes Mal Beifall und Jubelschreie entfachten. Oder er machte einen Abstecher auf das Sonnendeck, wo Liliane lag und auf ihn wartete. Nach lediglich einem Drink stolperten sie, benebelt von ihrer Leidenschaft, sich gegenseitig mit Küssen bekleckernd, in Lilianes Kabine, wo er die Träger ihres Badeanzugs mit rollenden Bewegungen an den Schultern herabstrich. Durch eine blitzschnelle Halbdrehung wandte sie ihm den Rücken zu, hilf mir bitte, sagte sie, und er zog die Schleife auf. Die Kordel lockerte sich entlang der Ösen, sie schlüpfte mit den Armen und dem Oberkörper heraus und versuchte, mit einem Wackeln der Hüften den Badeanzug an den Beinen entlang abzuschütteln. Das klappte nicht so wie erwartet, sie fing an zu lachen, auch ein wenig aus Verlegenheit, warte bitte, sagte Konrad und ging behutsam in die Knie. Dabei streifte er den Anzug über Steiß und Hintern bis an die Knöchel herunter, sodass sie nur noch einen Fuß nach dem anderen leicht anheben musste. Sie wandte sich zurück, und Konrad, noch immer in der Hocke, befand sich auf gleicher Höhe mit ihrem Schambereich. Er schielte nach oben und sah, wie sie ihn anlächelte, den Zeigefinger über dem Mund. Sie machte einen kurzen Schritt auf ihn zu und schloss damit die Lücke zum Gesicht. Der sahnige Geruch der Haare am Schamhügel und der sich süßlich auf der Zunge verteilende Film ihres Scheidensekrets beendeten in aller Regel die Bekanntschaft. Konrad zuckte mehrmals in der Beckengegend und ließ so leise wie möglich das angestaute Stöhnen frei. Das ausgebreitete Bettlaken bedeckte seinen Körper unterhalb des Bauchnabels wie ein aushilfsmäßiger Rock. Aus dem Speisesaal drang die Musik einer Blaskapelle durch die offene Luke in sein Zimmer. Das Leben auf der Krankenstation war nicht zu verachten. Es gab regelmäßige Mahlzeiten, saubere Wäsche und Zeit zum Nachdenken. Einmal überlegte Konrad, wie es wäre, wenn jeder Mensch auf der Welt diese Art der Grundversorgung genießen könnte. Dann hätten die Brüllaffen in der Heimat nicht so leichtes Spiel damit, die Massen um sich zu scharen, dachte er, aber sein Gedanke segelte schon im nächsten Augenblick als Papierflieger über die unzähligen Köpfe der Menschenmenge hinweg, im Slalom an den schwarz-roten Flaggen vorbei, und stieg zu einem Podium empor, wo er im weit aufgesperrten Maul eines haarigen Affenkopfs in Uniform landete, der sein Brüllen beendete, indem er die Zahnreihen heftig zusammenbiss.

Baron Konrad von Pappel saß alleine an einem Tisch im Rauchsalon. Von den Gesprächen an den anderen Tischen nahm er kaum Notiz, hier und da schnappte er einige Satzbrocken auf, kümmerte sich aber nicht weiter darum. Die abgeschickten Telegramme beschäftigten ihn. Ein Versuch, erste Geschäftskontakte auf dem neuen Kontinent zu knüpfen. Der richtige Zeitpunkt war dabei das Wichtigste. Unter keinen Umständen sollte der Eindruck eines Gefallens entstehen, um den ersucht wurde, daher entschied er, die Telegramme erst während der Fahrt abzusenden. Das vermittelte den Empfängern eine Ungezwungenheit, die man gerade in Amerika sehr schätzte. Auch inhaltlich ging er nicht auf geschäftliche Absichten ein, es waren lediglich Grüße oder Glückwünsche, verbunden mit dem Angebot, sich unverbindlich auf einen Drink oder ein gemeinsames Essen in Downtown zu verabreden. In den besten Restaurants der Stadt, das blieb aber unausgesprochen. Luxus war für ihn keine Abwägung des Preises, sondern angeborene Selbstverständlichkeit. Gleich nachdem er in Ruhe seine Zigarre aufgeraucht hätte, würde er aufstehen, so wie er es jeden Abend vor dem Essen machte, und an anderen Tischen das Gespräch suchen. Mit einer griffigen Bemerkung oder prompt mit einem Wetteinsatz, denn nichts ließ das Herz von Geschäftsleuten höherschlagen als die Aussicht auf einen Gewinn, und wäre er noch so gering. Er blies den Rauch durch ein kleines kreisrundes Loch, das er mit den Lippen formte, nahezu geradlinig hinaus. Ein schmaler Strahl, der eine Armlänge später in eine Halbkugel mündete, als wäre er in der Luft auf etwas gestoßen. Es erinnerte stark an einen waagerecht wachsenden Atompilz, der zu dieser Zeit allerdings noch gänzlich unbekannt war. Zwar war mit der Entdeckung des Neutrons die Grundlage für eine Kettenreaktion bei der Spaltung von Atomkernen gelegt worden, aber geglückt war das Experiment erst Jahre später bei einer wissenschaftlichen Versuchsreihe, die schließlich zum ersten Einsatz einer Atombombe führte. In dem Moment, als Konrad von Pappel sich aus dem Sessel erhob, um neue Geschäftskontakte im Rauchsalon zu knüpfen, konnte er diese Zusammenhänge zweifellos nicht erahnen.

Nachdem er eine Gruppe von Diplomaten begrüßt hatte, geriet er am nächsten Tisch an eine illustre Gesellschaft. Zwei Handelsvertreter und ein Architekt saßen zusammen, alle lauschten gebannt der Geschichte eines schlaksigen Mannes. Er behauptete, Degenfechter zu sein, und war sofort angestachelt, als Konrad von Pappel eine Wette ins Spiel brachte. Sie überboten sich gegenseitig mit Einsätzen, was von den Tischnachbarn mit gedämpftem Zuspruch befeuert wurde. Am Ende setzte der Degenfechter die Goldmedaille, die er bei den Sommerspielen in Los Angeles gewonnen hatte, gegen eine Kuriosität aus Konrad von Pappels Besitz. Eine Schalldose mit der einzigen Stimmaufnahme des Schriftstellers Kafka. Die Würfel sollten entscheiden, zwei an der Zahl, der Wurf mit der höheren Summe würde gewinnen. Ein lederner Becher wurde an den Tisch gebracht, dazu ein mit Samt ausgelegtes Tablett. Konrad von Pappel warf zuerst. Die elfenbeinfarbenen Würfel stiegen durch den Zigarrenrauch, stießen in der trüben Luft knirschend aneinander, wie zwei junge Hunde schnüffelten sie dem anderen ums Hinterteil herum, bis sie in verschiedenen Flugbahnen auseinanderstoben, der erste landete in einer Ecke, fünf Punkte aufzeigend, der zweite zog noch eine Kreisbahn, blieb dann mit der Sechs liegen. Elf, verkündete eine tiefe Stimme aus dem Männerpulk, der sich rasch um den Tisch gebildet hatte. Die Anerkennung für den überraschend hohen Wurf griff als ausschweifendes Gemurmel um sich, das erst enden wollte, als der Degenfechter beherzt nach den Würfeln griff. Atemberaubende Stille, in ihrer schärfsten Zuspitzung, fegte alle Laute herrisch zur Seite. Die Würfel in der offenen Hand summte der Degenfechter eine Melodie über sie hinweg, ein Glückszauber, wie er später den Journalisten zu Protokoll gab. Diesen habe er vor Kämpfen auch stets seinem Degengriff vorgesungen. Dass er die Doppelsechs gewürfelt habe, eine glatte Zwölf, freue ihn sehr, aber mehr noch die Tatsache, von hier aus weiter nach Los Angeles zu reisen, wo es ihm während der letzten Olympischen Spiele sehr gefallen habe, sagte der Degenfechter freudestrahlend und hob die Schalldose dem Blitzlicht der Fotografen entgegen. Es sollte seine letzte große Schlagzeile werden. Er zog sich bald darauf bei einem Schaukampf eine komplizierte Beckenverletzung zu. Als die Geldreserven schwanden, verhökerte er Stück für

Stück seine Auszeichnungen, erst Pokale, dann Medaillen. Auch die Schalldose ging an einen Filmproduzenten, der ungeniert seinen Vorteil daraus zog, dass der Degenfechter, vollkommen verarmt, in einem schäbigen Viertel wohnte, gar nicht weit von den glitzernden Hollywood Hills entfernt.

Der Degenfechter überreichte ihm die Papprolle in der Küche des niedrigen Holzbaus, nachdem sich der Produzent von der Unversehrtheit der Schalldose überzeugt hatte. Er konnte diesen auf der Stelle nicht ausstehen. Die Beleidigung *Arschgeige* ratterte ihm ständig durch den Kopf, während er die Hände hinter dem Rücken faltete. Im Hinterzimmer schwiegen seine Frau und drei Jungs, er hatte ihnen befohlen, beim Verkauf nicht anwesend zu sein. Zum Anhören brauchen Sie allerdings, bemerkte er, doch der Produzent unterbrach ihn, das weiß ich, und schüttelte den Kopf, als wäre die Bemerkung des Degenfechters anmaßend gewesen. Ich habe einen Parlographen in meinem Arbeitszimmer stehen, gnädiger Herr, sagte er, wobei er die letzten Worte auf Deutsch aussprach, überzogen mit einer dicken Puderschicht aus amerikanischem Akzent. Er warf ihm ein Bündel mit Geldscheinen zu, das ungenau in seine Richtung flog, der Degenfechter musste halb in die Knie gehen und mit beiden Händen danach greifen, damit es nicht auf den Boden klatschte. Der Produzent wog die Papprolle in der einen Hand und machte eine entschuldigende Geste mit der anderen, die ihm der Degenfechter aber nicht abnahm. Falls Sie noch weitere Stücke für Ihre Sammlung brauchen, sagte er daraufhin, ich hätte da noch eine schöne, *Arschgeige* wäre ihm fast herausgerutscht, aber er rettete es noch zu einer *Armbanduhr*. Der Produzent schüttelte angewidert den Kopf. Sie verabschiedeten sich ohne Händedruck, der Degenfechter begleitete ihn auch nicht hinaus zu seinem cremefarbenen Buick, den er in der Hofeinfahrt abgestellt hatte. Nach dem Anlassen des Motors ertönte zweimal die Hupe. Über die Chromkappen der Räder zog ein glänzender Strich aus reflektiertem Sonnenlicht. Sie waren gerade neu poliert worden. Der Produzent war durch die stetig wachsende Popularität von Film-Musicals zu Wohlstand gelangt. Eines Tages, er wollte gerade in einen Donut beißen, hatte er die Vision, ein Museum zu eröffnen. Es sollte sich mit der Geschichte der Klangerzeugung beschäftigen. Mit Leihgaben von Symphonieorchestern und Big Bands, aber auch bestückt mit privaten Funden, die er im Laufe seines Lebens erworben hatte. Darunter Kostbarkeiten wie eine Stradivari-Bratsche und ein Oktavspinett aus dem achtzehnten Jahrhundert. Auch eine Schwarzwälder Kuckucksuhr war dabei und eine Quijada aus dem Süden Guatemalas, bei der man mit einem Holzstäbchen über die Zahnreihen des Unterkiefers eines Bullen schabte. Daneben schwebte ihm auch ein gut ausgeleuchteter Raum vor, der sich ausschließlich mit ihm und seinem Werk befassen sollte. Eine Bronzestatue, die in der Raummitte stehen würde, war bereits in Auftrag gegeben. Er würde in heroischer Pose mit einem Megafon in der Hand porträtiert werden. Der Architekt, den er für den Bau des Museums engagiert hatte, erzählte ihm, von den Bauplänen aufblickend, dass es ihn vielleicht interessiere, wie er auf einer Schiffsüberfahrt Zeuge einer völlig verrückten Wette geworden sei. Eines führte zum anderen, und der Produzent ließ nicht locker, bis er den Besitzer der Schalldose ausfindig gemacht hatte.

Zu Hause angekommen, wollte er sich direkt an den Hörtrichter des Parlographen hängen und in die Aufnahme reinhören, aber er war spät dran, eine wichtige Dinnerparty stand noch an. Hinter einem Gemälde hatte er einen Safe in die Wand des Arbeitszimmers einbauen lassen. Das Motiv, ein Mississippi-Dampfer, der in schwammiger Linienführung gemächlich das breite Flussbett entlangschipperte, schwenkte zur Seite. Die Schalldose, in der Papprolle verpackt, kam neben zwei sorgfältig aufgeschichteten Türmchen aus Geldscheinbündeln auf den Deckel einer roten Schatulle mit Familienschmuck. Der Bilderrahmen klickte in die Halterung zurück. Er rückte seine Krawatte zurecht, verließ den Raum und schlendert die ausladende Treppe zum Erdgeschoss hinunter. Dem Gang nach zu urteilen, war er beschwingt und guter Dinge. Draußen kippte der kalifornische Himmel in seine einzigartigen Abendfärbungen. Obwohl die Dinnerparty nur zwei Straßenwinkel entfernt stattfand, nahm er den Buick. Das Anwesen befand sich in Santa Monica, einem kleinen Städtchen, dessen südlicher Küstenabschnitt bei Gutverdienern aus Hollywood sehr beliebt war. Ein Postbote, der am nächsten Morgen die übliche Route durch das Viertel entlangfuhr und sich über die angelehnte Haustür wunderte, fand den Produzenten tot auf. Er war rücklings über die Brüstung im ersten Stock gestürzt, wo er mit einem gehörigen Aufprall den Steinboden der Eingangshalle ruiniert hatte. Jemand hatte ihn durch eine gestreckte Armbewegung nach unten befördert. Der Safe stand offen. Er war vollkommen leer geräumt.

Mit Sicherheit war es nicht der Gastgeber der Dinnerparty. Dort hatte man den Toten zuletzt lebend gesehen. Der Produzent kam ein bisschen zu spät und konnte anscheinend gar nicht genug bekommen von dem Limettenpunsch, der im Garten serviert wurde. Ganz zu schweigen von dem Gastgeber selbst. Ständig hakte der Produzent wegen irgendeiner Sache nach und lachte herzhaft über jeden der armseligen Witze, die der andere wie auswendig gelernt vortrug. Was sagt eine Nazibiene zur anderen, fragte der Gastgeber, den Drink in der rechten Hand und mit dem Unterarm auf das angewinkelte Knie gelehnt, den Slipper aus italienischem Leder auf eine Steinbank gestützt. Keine Ahnung, sagte der Produzent und grinste erwartungsvoll über das ganze Gesicht bis zu den blonden, kurz geschorenen Haaren hinauf. Honey Hitler, erklärte der Gastgeber, wonach er ein süffisantes Bienensummen hinzufügte, welches der Witz eigentlich nicht nötig hatte, aber die Vibrationen in der Luft verfehlten ihre Wirkung auf den Produzenten keineswegs. Jedenfalls gab das eine Bedienstete zu Protokoll, die den Gästen Punschgläser gereicht und kleine Häppchen auf einem Tablett serviert hatte. Durch den Farbkontrast zur strahlend weißen Arbeitsbluse wirkte ihre ausgestreckte Hand wie eine abgetrennte Gliedmaße, als der Detective, der den Fall übernommen hatte, sich mit einem Nickel für ihre Auskünfte bedankte. Er hatte sie zufällig auf dem Anwesen abgefangen, beim Billardraum neben den Garagen, als er unterwegs war zum Pavillon im Garten, wo er mit dem Gastgeber verabredet war. Bestürzt über die Nachricht, sank dieser im Morgenmantel auf die Steinbank und gab bereitwillig die Namen der Partygäste preis. Es sei notwendig, dass er ihm mitteile, wo er zur Tatzeit gewesen sei, klärte ihn der Detective auf. Sein Alibi war lupenrein und glaubhaft.

Auch der Mechaniker war es nicht, der die Chromkappen des cremefarbenen Buicks poliert hatte. Er hatte eine Halbglatze und einen festen Händedruck, es wäre eigentlich nicht meine Aufgabe gewesen, sagte er dem Detective, aber meine Söhne sind leider stinkfaul, heutzutage nennt man das gemütlich. Er steckte seine Daumen hinter die Träger seines Blaumanns und sah über den Hof zur offenen Tür der Autowerkstatt. Hey, ihr zwei, macht ihr es euch wieder mal gemütlich, brüllte er hinüber und lachte etwas zu laut über die eigene Frage, die unbeantwortet blieb. Noch konnte man nicht ahnen, wie prophetisch diese Stille war, denn der jüngere Sohn wird nach dem Kriegseintritt der USA von einer Gewehrkugel genau ins linke Auge getroffen werden, wenn er in Soldatenmontur über einen Bauernhof schleicht und um die Bretterwand eines Stalls lugt, aber vom sizilianischen Hofeigentümer für einen hundsgemeinen Hühnerdieb gehalten wird. Der ältere Sohn wird es bis zum Unteroffizier bei den Luftlandetruppen bringen, sein letzter Brief wird aus einem Kaff in Frankreich, von dem der Vater noch nie vorher gehört hat, kommen. Der Mechaniker, der kein Tatmotiv hatte, zog die Mundwinkel lapidar nach unten, spielen wohl wieder am Radio rum, sagte er und wünschte dem Detective einen schönen Tag. Der lief zu seinem Auto und kam noch einmal wieder. Er zeigte dem Mechaniker den Taschenkalender des Toten, wo der Termin für die Politur des Wagens um drei Uhr nachmittags festgehalten war. Ob er etwas mit dem späteren Eintrag anfangen könne, wollte der Detective wissen. Neben der Uhrzeit war nur ein Wort vermerkt, *Kafka*, aber der Mechaniker schüttelte den Kopf und zuckte mehrmals mit den Schultern.

Blöderweise schied auch der Architekt aus, obwohl es sich perfekt angeboten hätte. Wie man hörte, waren sie vor einem Monat über unstimmige Details in den Bauplänen in Streit geraten. Dessen Anwesen lag am Rande der Stadt, und die Hausdame, eine schrullige Alte mit grauen Strähnen in den Haaren, ihre Zähne waren von Essensresten bedeckt, erklärte, dass der Señor mit seiner Familie seit letzter Woche in den Rocky Mountains Ferien mache. Der Detective verabschiedete sich auf Spanisch und stieg in sein Auto, einen muffigen Lincoln. Im Fußraum sah man durch einen Schlitz den Straßenbelag vorüberziehen, und die Stoßstange hinten war abgefallen, aber der Wagen sprang immer einwandfrei an. Durch das offene Fenster brummte der Fahrtwind ihm angenehm in den Ohren. Die Landstraße war kaum befahren, und die untergehende Sonne bedeckte den Asphalt mit einem hitzigen Schleier, die langen Schatten der Nadelbäume quer darüber.

Im Schritttempo näherte er sich einer Bodenspalte, aus der eine Holzstange schräg herausragte, oben war ein rotes Fähnchen angebunden worden, das Zeichen für einen Erdbebenriss.

Nachdem er Downtown wieder erreicht hatte, schaufelte er eine Portion Dampfnudeln in sich rein. Die Frau am Essensstand, sie grüßte ihn mit flach aneinandergepressten Handflächen und griff, wie mit fünf Eidechsenzungen, nach dem Geldstück, das er über die bauchige Pfanne hinübergereicht hatte. Die Schale war bis an den Rand mit Suppe gefüllt, warm und preiswert, auf mehr kam es ihm nach einem langen Tag nicht an. Während er Nudeln um die Stäbchen wickelte, warf er einen Blick auf die Zeitung, deren Artikel sich wieder mal übertrafen mit dunklen Vorahnungen, ein neuer Krieg würde ausbrechen, noch furchtbarer und tödlicher als der vergangene. Schnell blätterte er die Seiten weiter, um einen Blick auf die Sportmeldungen und die Quoten fürs nächste Pferderennen zu werfen. Ein Comicstrip hob sich deutlich von den ringsum gedruckten Textspalten ab. Eine neue Folge *Submarine Sam*. Den mochte er besonders gern. Es ging um einen kleinen Jungen, Matrosenlook und blonder Seitenscheitel, der mit einem Miniatur-U-Boot allerlei Streiche anstellte, sehr zum Ärger von Kapitän Schnitzle, Zweifingerbart und Stahlhelm, Kommandant an Bord eines deutschen Zerstörers. Der Detective kaute die kalt gewordene Nudelmasse und sah, dass Sam auf dem ersten Bild den Kopf aus der Luke seines U-Boots steckte. In der Hand hielt er ein Kuchenstück, in dessen Mitte eine kleine weiße Flagge gesteckt war. Dem Kapitän rief er zu, dass er den Kuchen nicht allein aufessen könne und ob er ihm ein Stück davon abgeben dürfe, was den Kapitän, der an der Reling seines Schiffes stand, erst einmal skeptisch werden ließ. Im zweiten Bild streckte der Kapitän, den Mund voller Speichelfäden, ein langes Ruder in Richtung U-Boot, damit Sam das Kuchenstück auf das breite Ruderblatt legen konnte. Im dritten schlug sich der Oberst den Bauch voll, glücklich und zufrieden schmatzte er vor sich hin. Sam zog währenddessen die Luke wieder zu und tauchte mit einem diebischen Grinsen zurück in die Tiefe. Im letzten Bild feuerte er eine Ladung Torpedos gegen die Breitseite des Zerstörers, den Blick entspannt zum Leser gerichtet, *Defeating germans is a piece of cake*, stand in der Sprechblase. Der Detective lachte und verschluckte sich fast an den Nudeln. Etwas war ihm eingefallen. Für den morgigen Tag hatte er einen Verdächtigen vorgeladen, der auf der Dinnerparty gewesen war. Ein Exil-Deutscher, in letzter Zeit gab es immer mehr davon. Er blätterte sein Notizheft durch und fand die Namensliste. Unter dem Namen des Deutschen waren zwei dicke Striche.

Am nächsten Morgen weckte ihn ein Schweißtropfen im Auge. Vom Fenster ragten Streifen aus Sonnenlicht schräg ins staubige Zimmer. Der Detective duschte lange unter kaltem Wasser und erschien mit breitem Lächeln an der Rezeption der Wohnanlage, wo er sich erkundigte, warum die Putzfrau nicht mehr kam, die Hand in der Hosentasche, in der etwas Wechselgeld und das zerknüllte Silberpapier eines Kaugummis steckten. Sie werde der Sache nachgehen, sagte die junge Frau mit Sommersprossen über den breiten Wangenknochen, um den Hals trug sie ein Totemwolf als Kettenanhänger. Sie betrachtete die Fünf-Cent-Münze in ihrer Handfläche, als wäre aus heiterem Himmel ein bunt gesprenkelter Schmetterling dort gelandet. Der Detective bedankte sich für die Mühe und lief mit behäbigen Schritten zum Lincoln. Es war erst halb neun morgens und bereits brütend heiß. Während er durch die Straßen fuhr, verfluchte er die Tatsache, dass er seine Sonnenbrille im Apartment gelassen hatte. In einer Seitengasse, die Augen zu schmalen Schlitzen zusammenkneifend, fand er eine Lücke für den Wagen, besorgte sich an der Straßenecke noch Zigaretten bei einem Blinden, der einen Bauchladen führte, und grüßte zwei oder drei Kollegen beim Hereinkommen ins Polizeirevier. Einer von ihnen machte ihn darauf aufmerksam, dass er bereits Besuch habe, mit dem Kopf in Richtung Verhörraum weisend. Der Detective nickte und zog seinen Notizblock hervor, während er die Reihe aus niedrigen Aktenschränken passierte. Bevor er eintrat, räusperte er sich. Der Verdächtige, er saß drinnen am Tisch und wartete, warf ihm einen freundlichen Blick zu.

Konrad von Pappel hatte keine Ahnung, warum die Polizei ihn vorgeladen hatte, und war daher voller Zuversicht, dass er in kürzester Zeit das Revier wieder verlassen dürfte. Er nippte am Kaffee, den man ihm gebracht hatte, und betrachtete die Kratzer im Holztisch. Einen davon zog er mit dem kleinen Finger nach, als er hörte, wie sich jemand draußen räusperte. Der Detective, Ende fünfzig, ein Bartschatten umspielte das zur Seite stehende Kinn, die Zigarette hinterm Ohr verlieh ihm Gelassenheit und fügte sich noch besser ins Bild, als er die Anzugjacke auszog und über die Stuhllehne warf. Das Hemd war nicht gebügelt, eventuell war es sogar bereits am vorigen Tag getragen worden. Von Pappel grüßte ihn mit den Worten, dass er ihm einen freudigen Morgen wünsche, er selber warte voller Ungeduld darauf, zu erfahren, welchen Umständen er seine Vorladung zu verdanken habe. Die einzige Frage, die ihm der Detective daraufhin stellte, nachdem er einmal völlig überraschend in den Ellenbogen nießen musste, was mit dem Gebläse der Klimaanlage zusammenhing, bestand darin, ob er etwas über die Todesumstände eines Filmproduzenten wisse, dessen Namen er zweimal wiederholte. Von Pappel grübelte, der Name sage ihm etwas, mit Verlaub, der Detective solle ihm sein Zögern verzeihen, aber falls das Gedächtnis ihn nicht im Stich lasse, was es gemeinhin selten täte, könnte er schwören, dass er einer Person, die diesen Namen trug, kürzlich vorgestellt worden sei, auf einer Dinnerparty, erklärte er in perfektem Oxford-English. Der Detective kratzte sich unter der Polizeimarke, die an der Hemdtasche befestigt war, ging unvermittelt um den Tisch herum, feuerte den Notizblock gegen den Kopf des Verdächtigen, und unter höchst gottlosen Beschimpfungen fing er an, dessen erstauntes Gesicht mit Faustschlägen derart gezielt zu bearbeiten, dass schon bald die Haut um die Augenpartie herum aufplatzte und mit jedem neuen Treffer dünne Blutfontänen emporschossen, die sich in parabelähnlichen Flugbahnen im Raum verteilten. Von Pappel wehrte sich kaum und war glücklicherweise schnell bewusstlos.

Als er wieder zu sich kam, wusste er nicht, dass er mehrere Stunden in einer Lache aus Speichel und Blut gelegen hatte. Die Unterschrift auf dem Geständnis, in dem er den Mord an dem Produzenten zugab, erschien ihm wie das Gekritzel eines Fünfjährigen. Im Hintergrund nahm er die Umrisse von zwei oder drei Beamten in dunkelgrauen Anzügen wahr. Mit dieser Unterschrift ist die Sache wohl aufgeklärt, Freundchen, sagte der Detective, als er das Geständnis begutachtete, wobei er das letzte Wort widerwärtig in die Länge zog. Ein Kollege streckte den Arm vor und nahm ihm das Papier kommentarlos aus der Hand, wobei ein silberner Manschettenknopf am Hemdsärmel aufblitzte. Im nächsten Moment war das Geständnis aus der Hand des Mannes verschwunden. Es war nicht mehr dort, wo es eben noch gewesen war. Konrad wollte seine Überraschung über diesen Vorfall äußern, aber war sich nicht mehr ganz sicher, welchen Ausruf man verwendete, um das zu tun. Das machte ihm zu schaffen. Er war es nicht gewohnt, dass ihm eine Vokabel fehlte. Ähnlich wie der Manschettenknopf und der dazugehörige Arm des Mannes, der eben noch das Geständnis an sich genommen hatte. Die fehlten ebenso. Wo der Arm bis vor Kurzem noch ausgestreckt durch das Zimmer geragt hatte, war nichts mehr zu sehen, um genau zu sein, der ganze Mann war mittlerweile verschwunden. Jetzt hätte Konrad wirklich gerne etwas dazu gesagt, aber er merkte, dass er mittlerweile keine Begriffe mehr in seinem Kopf abrufen konnte, die er hätte aussprechen können. Es war ihm unmöglich geworden, seine Gedanken zu formulieren. Er blickte sich um, die anderen Beamten in den dunkelgrauen Anzügen waren auch schon weg, nur der Detective war noch da, aber der blieb ebenfalls nicht lange. Dem Tisch erging es genauso, ebenso dem Stuhl, auf dem Konrad gesessen hatte. Als die Wände mitsamt der Zimmerdecke verschwanden, hatte er erwartet, weitere Räume des Polizeireviers zu sehen, aber die kamen nicht zum Vorschein. Er sah an sich hinunter und konnte keinen Körper mehr entdecken. Die Frage, wie er trotzdem noch etwas sehen konnte, als reinen Gedanken festzuhalten, fiel ihm immer schwerer, bis er selbst innerhalb des nächsten Augenblicks nicht mehr vorhanden war. In diesem allgegenwärtigen Nichts war die Zeit als Einzige übrig geblieben und breitete sich in alle Richtungen aus, vorbei an Erinnerungen und Wünschen, die völlig ungeordnet und weit verstreut in strahlenden Kapseln schwebten. Jedenfalls erweckte es den Anschein, als wären es Kapseln. Es gab schließlich keinen räumlichen Bezugspunkt mehr, dem man trauen konnte. Aus geringerer Entfernung wurde indessen klar, dass die Kapseln eine Haut aus glibberiger Eiweißpampe besaßen und durch hauchdünne Fäden miteinander verbunden waren. Fäden aus reinem Licht. Dadurch verhielten sie sich bei Bewegungen stets zueinander, trieben in molekularer Abhängigkeit dahin, durch unzählige Verästelungen miteinander verstrickt. Innerhalb eines zur Ewigkeit gedehnten Augenblicks geriet ein winziges Leck in einen Lichtfaden, niemand wusste, warum, geschweige denn, wieso genau dort. Wo eben noch ein Leck fehlte, existierte einen Moment später eines, oder eben spiegelverkehrt. Unverzüglich begann ein Rinnsal aus Licht herauszufließen. Eine birnenförmige Figur blähte sich auf und erweiterte kontinuierlich ihre Umrisse. An anderen Fäden tauchten ähnliche Gebilde auf, aus manchen schossen Fühler heraus, heranwachsende Tentakel, die wie die Finger eines Blinden das umgebende Nichts durchsuchten. Wenn sich zufällig zwei berührten, wurde der Hohlraum dazwischen auf der Stelle mit nachrückendem Lichtmaterial aufgefüllt. Das Licht verteilte sich immer schneller. Es wuchs unaufhaltsam wie ein aufgehender Hefeteig, der ringsum alles verschluckte, und nahm fluchtartig gigantische Ausmaße an, bis alles in eine Welt aus Licht geflossen war. Als die letzten Zwischenräume zur Unendlichkeit hin vervollständigt waren, härtete das Licht plötzlich aus. Niemand hatte eine Erklärung dafür. Wo es eben noch zähflüssig durch das Nichts geschwappt war, hatte es sich im nächsten Moment in eine undurchdringliche Substanz verwandelt. Licht in fester Form war nämlich das härteste Material im Universum, was auch nicht allzu schwierig war, denn momentan war es das einzige Material weit und breit. Doch das änderte sich innerhalb einer Zeitspanne, die streng genommen von unvergänglicher Dauer gewesen wäre, wenn sie nicht kurz entschlossen und relativ undramatisch geendet hätte. Gleichzeitig entstand aus heiterem Himmel eine Sphäre außerhalb der Lichtwelt, eine Gasschicht, die wie eine Orangenschale alles umschloss und in watteähnlichen Dunst hüllte. In der Sphäre kam es zu einer fürchterlichen Explosion, danach zu noch einer und vielen weiteren. In regelmäßigen Abständen prallten Druckwellen gegen die äußere Hülle der Lichtwelt, die bei jedem Kontakt etwas mehr ins Wanken geriet, als wäre sie ein Schiff, das der Brandung eines windgepeitschten Ozeans ausgesetzt war. Es bildeten sich erste Risse, feine Bleistiftkritzeleien, die sich kreuz und quer in die feste Lichtmasse ritzten. Die Explosionen brachen nicht ab, und mit jedem Auftreffen einer neuen Druckwelle zersprangen die Kritzeleien in ein noch engmaschigeres Netz. An manchen Stellen waren einzelne Brocken im Inneren schon zu abertausend kleinen Splittern zerrieben worden, die ihrerseits bald kristalline Strukturen aufwiesen. Irgendwo inmitten dieses Gewebes pulverisierte schließlich ein winziger Span aus gehärtetem Licht und stieß ein putziges Geräusch beim Verpuffen seines Staubwölkchens aus. Eine Lücke blieb übrig, kaum größer als ein Sandkorn. Damit war wieder ein Bezugspunkt im Raum entstanden, ein Rückzugsort, in den die Unendlichkeit mit aberwitzigem Tempo hineinstürzte und für immer verschwand. Die Zeit bekam wieder einen Anfang und nahm die Arbeit in gewohnter Richtung auf. Endlich konnte sich das Wummern der Explosionen einen Weg durch die Lichtwelt bahnen, erst gedämpft, dann jedoch, als alles lawinenartig in sich zusammenfiel, setzte die brachiale Hustenattacke ein, die Konrad fast aus dem Krankenbett geschmissen hätte. Er stützte sich ab, und bevor ein weiteres Abhusten druckvoll durch die Brust heraufstieg, legte er sich fest, dass nur der verarmte Degenfechter als Täter infrage kam.

Zu seiner Erleichterung ließen die Attacken nach. Die tägliche Behandlung zeigte Wirkung. Cocainisierung, so nannte der Doktor die Pinselung mit dem Wattebausch. Eine bewährte Methode, erklärte er bei einem seiner letzten Besuche der Krankenschwester, als gesichert schien, dass der Husten vollständig abklingen würde. Seinerzeit, bevor ihn die Wirtschaftskrise zum Schiffsarzt herabgewürdigt hatte, war es ihm vergönnt gewesen, dieselbe Art der Behandlung einem großen Prager Schriftsteller angedeihen zu lassen. In einem Sanatorium nahe Wien, verkündete er stolz. Mit penibler Sorgfalt sei er damals zu Werke gegangen, dennoch sei die Genesung des Patienten glücklos verlaufen. Es hatte sich, das wollte er angemerkt wissen, um ein weitaus komplizierteres Leiden gehandelt als solch eine lästige Bronchialentzündung, wobei er auf Konrad wies, der stumm an die Decke glotzte, enttäuscht darüber, dass er keinen Fuß auf amerikanischen Boden gesetzt hatte. Nur die goldene Fackel konnte er beim Ansteuern des Hafens erkennen, der Rest der Freiheitsstatue blieb in sumpfigen Nebel getaucht. Er würde keinen Blick auf die Felsenlandschaften der Rocky Mountains werfen, nie den breiten Flusslauf des Mississippis ermessen oder in den endlosen Straßenschluchten von Downtown Los Angeles verloren gehen. Unvergessliche Eindrücke in Schwarz-Weiß, die er als Kartenabreißer auf der Kinoleinwand hautnah hatte miterleben dürfen. Nach mehrtägigem Aufenthalt an einem Pier in Manhattan hatte der Hochseedampfer die Rückfahrt nach Europa angetreten. Es waren kaum Passagiere an Bord, aber umso mehr Frachtkisten. Eines Morgens, es war nach dem Frühstück, Konrad hatte sich prächtig von den Folgen des Rutsches erholt, die Krankenschwester wünschte ihm alles Gute, stieg er folgerichtig nach *unten* in den Kohlenbunker zurück.

Er grüßte alle, erzählte dieses Mal aber nichts, weder von der Verpflegung noch von der Musik, die abends herangeweht kam. Der fette Götz teilte ihn kommentarlos für die nächste Schicht ein, auch Bodo klopfte ihm bloß auf die Schulter, mit der Bemerkung, auch wieder da, und erklärte ihm kurzerhand, dass er einen neuen Spitznamen habe. Panzer, sagte er, die Schubkarre anhebend, gefällt mir besser. Er ruckelte die Ladung über die erste Holzbohle und rief beim Laufen, ohne hinter sich zu blicken, so einen kann nichts aufhalten. Nach Schichtende streckte sich Konrad in seiner Koje aus, schob die Hände unter das Kissen, die linke flach auf das Buch von Kafka, die rechte griff um die

Papprolle, deren Oberfläche ihn stutzig machte. Sie hatte eine haarige Struktur bekommen, außerdem war sie breiter als früher. Er schlug das Kissen auf und schrie gegen den Ekel an, der ihn packte und von der Pritsche hochschleudern ließ. Eine Ratte, sie lag auf der Seite, die Beinchen baumelten schlaff vom Körper herunter, das Genick war offensichtlich gebrochen. Konrad suchte, nachdem er sich vom Schreck erholt hatte, jeden Winkel nach der Papprolle ab, ohne Erfolg. Natürlich hatte er die Schipper im Verdacht, der Chefheizer kam ebenso infrage. Vielleicht hatten sie die Papprolle sogar gemeinsam verschwinden lassen, über Bord geworfen oder verkauft und den Gewinn aufgeteilt oder in Schnapspullen umgemünzt, aus denen sie reihum soffen, während sie sich lauthals lachend bei den Heizöfen auf die Oberschenkel klopften. Beim Durchblättern des Buches tauchte ein sechszackiger Stern auf, derselbe wie auf dem Einband des Buches, aus dem Nadia den Kindern vorgelesen hatte. Jemand hatte ihn mit einem spitzen Kohlestück und unruhiger Hand mehrfach quer über den abgedruckten Text gekritzelt. Konrad band sich das Buch zu Schichtbeginn mit einem Schnürsenkel um die Wade. Das Tuscheln, wenn er mit der Schubkarre vorbeilief, sollte schon bald normale Gesprächslautstärke annehmen, mit ungehobelten Beleidigungen gespickt, klar und deutlich in die Höhe geworfene Sticheleien, damit er sie auch mitbekam. Manch einer bevorzugte es, ihm den Weg zu versperren und *Judenfreund* geradewegs ins Gesicht zu brüllen, dem Zuspruch der anderen gewiss, als hätte es gehörigen Mut gekostet. Der fette Götz brummte ihm Doppelschichten auf, dafür bekam er nur die halbe Essensration zugeteilt. Das sei für einen Verräter wie ihn mehr als ausreichend, pfefferte ihm der Chefheizer entgegen und schnauzte ihn an, weil er die Frechheit besessen hatte, zu hinterfragen, warum er die Koje aufgeben und auf dem Boden schlafen müsse. Niemand machte sich die Mühe, die Füße anzuheben, wenn er im Weg lag. Irgendwann bekamen Konrads Erinnerungen Flecken wie von verschüttetem Kaffee, der unvorsichtig vom Kocher gehoben wurde, noch brühend heiß.

Als der Dampfer in Hamburg an den Landungsbrücken andockte, hatte sich Konrad versteckt und wartete ab, bis die überschaubare Passagiermenge und große Teile der Servicecrew ausgestiegen waren. Bevor das Schiff auf die letzte Reise geschickt wurde, zum Abwrackhafen, wo es von Schneidbrennern in Einzelteile zerlegt werden würde, verkrümelte sich Konrad über das Geäder aus Holzstegen und Liegeplätzen. Schleppkähne mit umgelegten Schornsteinen, Motorschiffe und mittelgroße Frachter surrten durch die engen Hafenbecken. Eine Lagerhalle stand offen, voll mit Arzneikisten und Kautschukballen. Einmal musste er den Kopf einziehen, als er unter dem Schleppnetz eines Lastenkrans durchlief, drei Whiskeyfässer baumelten darin, vom heutigen Umschlag noch übrig. Werftarbeiter, die dabei waren, Tabaksäcke auf ein Fuhrwerk zu laden, warfen ihm mürrische Blicke zu. Konrad zog die Schiebermütze tief ins Gesicht und beeilte sich, zu den Gleisanlagen zu gelangen. Beim Stellwerk hüpfte er in den letzten Waggon eines Lastenzugs, der sich frühmorgens in Bewegung setzte und über die Elbkanäle ratterte. Südlich des Hafengebiets, bevor der Zug große Fahrt aufnahm, sprang er in die Büsche entlang der Schienen. Konrad klopfte sich die Erde vom Leib. Wie sehr sie ihm gefehlt hatte, konnte er am Gefühl bemessen, das ihn durchdrang und wärmte wie die Umarmung eines alten Verwandten. Bei der anschließenden Wanderung kam er an einem Fabrikgebäude aus rotem Backstein vorbei. Der Innenhof wurde genossenschaftlich genutzt, meist waren es Händler und Handwerksbetriebe, jedem Geschäft diente eine niedrige Toreinfahrt als Eingang. Bei einer kurzhaarigen Kräuterfrau besorgte er Gewürze und ein Glas leckeren Blütenhonigs. Das halbe Salär, das ihm für die Überfahrt im Voraus ausbezahlt worden war, ging dafür drauf. Die andere Hälfte bekam ein gewiefter Krämer. Er trug einen Ring am Ohr und schwatzte ihm eine Felljacke und Blechgeschirr auf. Konrad bedankte sich und fragte, wie man am schnellsten nach Hessen komme, aber niemand konnte ihm eine Auskunft erteilen. Über struppige Heiden und durch Auenwälder streunend stieß er eines Tages auf einen Jägerhochsitz, der auf einer runden Lichtung stand, von prächtigen Buchen umringt. Er kletterte die Leiter hinauf und fühlte sich sofort an die Zeit erinnert, als er noch ein Baum im Gelbachtal war. Die Höhe kam ungefähr hin. Unter dem Schrägdach war man bestens vor Schnee oder Regen geschützt. Die Holzlatten der Kanzel waren zwar nicht bündig genagelt worden, Wind heulte durch die Ritzen, aber er fand einen sauberen Teich in der Nähe, was ausgesprochen praktisch war. Konrad richtete sich häuslich ein. Darüber hinaus verstreute er trockene Blätter um die Leiter.

Die regelmäßigen Streifzüge durch den Buchenwald machten vieles wieder wett. Aus den Blicken der Schipper, die ihn wie millionenfache Fischaugen auf dem Schiff unentwegt beobachtet hatten, wurden hübsch glitzernde Regentropfen, nach einem Schauer bedeckten sie den feuchten Grasboden. Auch ihre bärtigen Fratzen, wenn sie drauf und dran waren, ihm an den Hals zu springen, verwuchsen zu freundlichen Moosoberflächen auf altem Totholz. Im Winter, der Teich war zugefroren, nahm er vom Hochsitz aus Anlauf, rannte durch Unterholz und Gestrüpp zum Ufer, wo er mit angewinkelten Beinen einen Satz auf den Hintern hinlegte. Meistens kam er nicht über die Mitte hinaus. Wie ein Proton, der winzige Kern eines Wasserstoffatoms, kauerte er als dunkles Häufchen inmitten einer sich frei erstreckenden Fläche, leer gefegt und weiß. Dort, im Zentrum, wenn er sich langsam und kraftgeladen erhob, wurde das Einfordern einer Wiedergutmachung zum brennenden Bedürfnis, eines mit zahllosen Ungereimtheiten, die selbstverständlich nicht von der Hand zu weisen waren. Umso aufregender, wenn ein junger Hirsch seine Wege kreuzte, das kurze Geweih präsentierend, als wären es Baumtriebe auf lustigen Abwegen. Noch bevor sein Stiefel in der Lage war, ein Geräusch in Zweige zu knacken, die unter der Schuhsohle darauf lauerten, zerbrochen zu werden, war der Hirsch mit einem vorauseilenden Schrecksprung verschwunden. Die Frage, wie lange man bei mondloser Dunkelheit blind nach vorne rennen konnte, bevor man mit der Stirn an einer Buche kleben blieb, beschäftigte ihn schwer. Auch die Abwägung, ob es helfen würde, von vornherein einen Slalom anzupeilen. Das hielt ihn wach in frostigen Nächten, wenn er sich mit zahlreichen Teichumrundungen die Kälte aus den Knochen schüttelte und sein Atem zu Luftkristallen gefror, die ihn beim Weiterlaufen entlang der Mundpartie kitzelten. Immerhin ergaunerte er damit ein Lächeln von sich selbst. Knapp vor der Schneeschmelze stellte er einen neuen Eisrutschrekord auf. Er kam so weit, dass er mit ausgestreckten Fingerspitzen eine vom anderen Ufer in den Teich wachsende Wurzel umfasste. Durch die Ruhe beim Beerensammeln und seine morgendlichen Irrungen durch den Frühnebel, nur eine Armlänge Sicht auf die Baumschatten, die sich im Rhythmus seiner Schritte wie aus einer benachbarten Gegenwart in seine Welt schaukelten, verdichtete sich das Leben wieder und bildete einen sandartigen Bodensatz. Dann summte er eine der Melodien nach, die von der Blaskapelle zu ihm ins Krankenzimmer hereingeweht worden waren. Den Nebelschwaden entgegen, wo die Musiknoten nach und nach eine faustgroße Lücke ausklopften. Dahinter lag manchmal, zwischen herabhängenden Ästen zu sehen, ein Waldhaus an einer Lichtung oder ein Weiler aus mehreren Höfen. Konrad drehte umgehend ab.

Einmal lag er müde auf dem Hochsitz, er hatte den ganzen Tag nach Pilzen gesucht, als das trockene Laub knackte. Zwei Soldaten standen unten am Fuß der Leiter, mit erhobenen Händen, nach einer Weile strich sich einer über den Bauch. Soweit Konrad ihren Erklärungen folgen konnte, hatten sie sich verlaufen. Er gab ihnen zu verstehen, dass sie bleiben konnten, und teilte seine Mahlzeit mit ihnen. Ein Ragout aus Wilderdbeeren und Pfifferlingen, dazu kartoffelähnliche Knollen und krumm gewachsene Wurzeln mit knochenfarbiger Schale. Um den herben Geschmack auszugleichen, hatte er sie vor dem Kochen mit Blütenhonig überzogen. Die Soldaten nickten zufrieden und schlangen die Portionen in sich hinein. Der dickere spendierte ihm eine Zigarette und sprach beim Rauchen unentwegt über seine Familie, ein jüngerer Bruder wurde erwähnt, auch die Gegend von Los Angeles, aus der er stammte, und womit er dort sein Geld verdiente. Es hatte etwas mit der Autowerkstatt seines Vaters zu tun, jedenfalls kam es Konrad so vor. Beim Abschied ließen sie einen zerschlissenen Fallschirm zurück, in den er sich zum Schlafen einwickelte. Am nächsten Morgen, vielleicht war es ein hundsgewöhnlicher Mittwoch mit wolkenlosem Himmel, Konrad hatte bei Tagesanbruch noch Sternpunkte gesehen, schwebte das Dröhnen von Propellern durch die Luft. Eine Jagdbomberschwadron erschien über den Baumkronen. Hinter dem Teich erschütterte ein dumpfer Treffer den Waldboden. Ein weiterer folgte. Die Druckwellen ließen den Hochsitz erzittern.

Konrad brach seine Zelte ab und schlug sich nach Süden durch. Wochenlang, über Landwege und kaputte Straßen, durch seichte Stellen in Flüssen, die meisten Brücken waren gesprengt. Als er schließlich in Frankfurt ankam, war es schon dunkel geworden. In einer ausgebrannten Trambahn, sie steckte kopfüber in einer kraterhaften Vertiefung, verbrachte er die Nacht und stiefelte im Morgengrauen durch die Überreste der Stadt. Hinter einem Wohnhausgerippe entdeckte er in der Ferne die hohlen Spitzgiebel des zerstörten Rathauses, ahnungslos ragten sie aus der staubigen Schuttlandschaft auf. Daneben der Dom, dunkel und verrußt, ein flugunfähiger Riesenvogel, der seinen Schnabel senkrecht nach oben reckte. Aber hier und dort waren Straßenzüge schon gesäubert worden, ein Brunnen lieferte wieder Wasser, Frauen mit schmutzigen Tüchern um den Kopf riefen ihm zu, dass jede Hand benötigt werde, also heuerte er als Hilfsarbeiter an. Manche Neubauten stiegen schnell in die Wolken hinein und glänzten entlang der Fassade, wenn die Sonne drauffiel. Irgendwann kam ein Eiswagen, der dreimal in der Woche die Glocke bimmeln ließ, und nachdem er etwa tausendmal gebimmelt hatte, die Winterpausen mitgerechnet, feierte ein Blumengeschäft in der Innenstadt, ungefähr an der Stelle, wo die Trambahn gelegen hatte, bereits zehnjähriges Wiederbestehen. Konrad hatte sich überall nach Nadia und den Kindern erkundigt, aber niemand wusste, wie es ihnen ging oder wo sie waren. Jemand bot ihm stattdessen einen Posten bei einer Wach- und Schließgesellschaft an. Das Geld reichte für eine kleine Wohnung, zwei Zimmer mit Küche und Tageslichtbad, die Monatsrate für ein neues TV-Gerät war ebenfalls drin. Die Graustufen des Krieges verschwanden, wurden geschluckt vom bunter werdenden Abendprogramm. Große Teile der Bevölkerung drehten den Lautstärkeregler lieber auf volle Pulle, lauter noch als das Geschrei der Schipper, um über die erste Jahrhunderthälfte nicht mehr nachdenken zu müssen. Auch Konrad glotzte ins westdeutsche Farbfernsehen und konnte seinen Augen kaum glauben.

Zweiter Teil

Auf der Galerie

Der Lampenschirm gab die Richtung vor. Schräg zum Boden hin, wo sich eine kreisrunde Arena aus Licht auftat, sonnengelb und warm. Nebeneinander gedrängt, wie ein koordinierter Fischschwarm, formten Photonen den Lichtkegel aus. Schnell waren sie, verdammt schnell sogar. So schnell konnte man gar nicht blinzeln, da waren die Photonen bereits vorbeigezischt und hinterließen ihre Girlanden aus Licht, die man zum Lesen hätte verwenden können oder zum Annähen eines Hosenknopfes, wenn man in einem grün gepolsterten Sessel gesessen hätte. Aber im Zimmer gab es weder Bücher noch Nähzeug, von einem Sessel ganz zu schweigen. Nur drei Personen, die im Halbdunkel am Fenster standen und die Umgebung beobachteten. Eine davon war mit einer Flinte bewaffnet. Die Mündung ragte seitwärts in den Lichtkegel hinein, völlig unerwartet schoss eine Kugel aus ihr heraus. Von flüchtigen Rauchfahnen umspielt katapultierte sie sich diagonal, mit strohhalmartiger Flugbahn, durch den unaufhaltsamen Strom von Photonen, denen aufgrund der aberwitzig schnellen Lichtgeschwindigkeit, mit der sie sich fortbewegten, der Zusammenhang von Ursache und Wirkung schon immer fremd war. Beim Vorbeiziehen wunderten sie sich daher nicht, woher auf einmal dieses Projektil aufgetaucht war, dessen Spitze von einer flirrenden Luftschicht umfasst wurde, dünn und bläulich kämpfte sie sich voran. Kurz vor dem Einschlag ins Zentrum der kreisrunden Lichtarena schien es einen Moment zu geben, in dem die Kugel abwog, aus eigener Kraft abzubremsen und in einem energetischen Zustand des Schwebens zu verharren. Aber sie flog selbstverständlich weiter und sprengte ganz brav den Holzfußboden auf, bohrte sich durch die Dämmung und zerbröckelte die Mörtelschicht der darunter befindlichen Zimmerdecke. Damit war ein Tunnel entstanden, der zwei Wohnungen miteinander verband und augenblicklich von einer Schar neugierig nachrückender Photonen ausgeleuchtet wurde.

Ein weißer Lichtstrahl, dünn wie ein Bleistift, durchquerte das dunkle Zimmer in schräger Linie und traf auf eine gewundene Verzierung im gemusterten Teppichboden. Konrad erschrak, aber nicht so sehr, dass er es vermieden hätte, in aller Ruhe die Zigarette über dem Aschenbecher abzuklopfen. Im Fernseher flackerte der Bericht über ein Fußballspiel, der von der Aufnahme einer Nachrichtensprecherin in bedächtig ausgeleuchtetem Studio unterbrochen wurde. Als gäbe es Bauweise und Steigwinkel einer Pyramide zu bewundern, folgte Konrad mit seinem Blick dem Lauf des Lichtstrahls, der aus einem Loch in der Zimmerdecke entsprang und um den sich der Zigarettenrauch schlängelte, ungläubig nach oben. Er durchbrach die Linie mit seinem Unterarm und betrachtete den auf der Haut auftreffenden Punkt. Durch geringfügige Bewegungen ließ er ihn zu seinem Handballen wandern, bis er verschwand, so plötzlich, als wäre ein Kippschalter umgelegt worden. Konrad hätte beinahe den Boden nach ihm abgesucht, weil er für den Bruchteil eines Gedankens davon ausging, dass er ihn fallen gelassen hatte. Kurz darauf klopfte es an der Tür.

Sie stammelte etwas von einem Jagdgewehr, aber das war nur ein Wort, das hängen blieb. Alle anderen rutschten durch das grobmaschige Netz des eingestickten Rippenmusters auf dem kakaobraunen Pullover, der in einem Rundbogen ihren Hals einfing. Darüber die Lippen, die weitersprachen, unter Zuhilfenahme von Händen, deren zierliche Finger spielerisch herumwirbelten und manchmal unbeabsichtigt den Türrahmen berührten, wenn sie untermalte, wie der Schuss losging, hinterlegt mit tausend Entschuldigungen, die in den blassblauen Augen ihre Entsprechung fanden, wodurch Konrad die Rückversicherung bekam, dass sie es ernst meinte. Auch wenn er aufgrund der spärlichen Informationen nicht dahinterstieg, was das alles mit ihrem Bruder zu tun hatte, ein weiterer Begriff, der hängen blieb. Er bat sie hinein und schaltete das Deckenlicht an, damit sich beide einen besseren Überblick verschaffen konnten. Sie folgte ihm in die Mitte des Zimmers, drehte sich einmal um die eigene Achse, sah die Telefonbank, die offene Balkontür, den abgenutzten Holzschrank, daneben ein Tischchen vor dem Sofa, zum Fernseher ausgerichtet, auf dem ein ruhendes Zweierpendel stand. Wolkensymbole mit schräg gestrichelten Linien prophezeiten eine regnerische Woche. Konrad drückte die Zigarette aus und zeigte abwechselnd auf das Loch in der Decke und den Riss im Teppichboden, auf den sie sich kniete, weitere Entschuldigungen murmelnd. Aus den borstenhaften Härchen pflückte sie das Projektil, womit Konrad in Sekundenbruchteilen eine vage Rekonstruktion des Hergangs vor Augen hatte. Der Bruder wurde wieder erwähnt, jetzt mit einem Lachen, was für ein Trottel er doch manchmal sei, Sonntagabend nach dem *Tatort* das Jagdgewehr des Großvaters zu putzen. Sie kniete immer noch, das Projektil lag in der Hand, der Bund ihres Pullovers hatte sich nach oben geschoben. Vielleicht war das Spitzenwäsche, die kurz aufblitzte, Konrad war sich unsicher, froh darüber, dass sie aufstand, wodurch der Bund die

Lücke wieder schloss. Sie machte ihn auf die Streichholzschachtel neben dem Aschenbecher aufmerksam, bedruckt mit dem Namen einer Investmentbank und dem Spruch *Wir feuern dich an*. Ob er vielleicht Multimillionär sei, fragte sie, was er verneinte, die Erklärung ergänzend, dass er nachts lediglich deren Büros bewache. Die Hölzer lägen dort in der Raucher-Lounge aus, im zehnten Stock, in großen Glasvasen, zum Mitnehmen. Als sie ihn ohne Umschweife auf einen Kaffee einlud, um die Sache halbwegs wiedergutzumachen, mit rollenden Augen, morgen wäre es gut, wenn er Zeit hätte, war er überfordert, eine Antwort zu formulieren. Das Einzige, was ihm nach einer Weile einfiel, war die Tatsache, dass es regnen würde und es deswegen ratsam wäre, ein bedachtes Café aufzusuchen, woraufhin sie meinte, dass sie eines kenne, ein Café mit Dach. Erst beim Einsetzen des Kicherns war Konrad klar, dass sie sich lustig über ihn machte, außerdem hatte er Schwierigkeiten nachzuvollziehen, warum sie wieder mit ausgestrecktem Arm auf das Loch in der Decke wies, bis er verstand, dass es um Spachtelmasse ging, die vom Bruder im Laufe der nächsten Tage angerührt würde, um den Schlamassel dort auszubessern. Der Teppichboden sei alt, darüber müsse man sich keine Sorgen machen, sagte er, und seine wegwischende Geste schien das zu besiegeln. Am Nachmittag habe er Zeit, erklärte er bei der Verabschiedung an der Tür, woraufhin sie die Hand ausstreckte und fabelhaft oder wunderbar sagte, dann bis morgen, sie grinste lange und wartete darauf, dass er ihre Hand ergriff, mein Name ist übrigens Liliane, aber alle nennen mich Liane.

Das muss ich mir eingebildet haben, dachte Konrad am nächsten Morgen und verweigerte sich ein Gefühl der Vorfreude. Sein Gehirn hatte ihm bestimmt einen Streich gespielt. Kein Wunder, bei den knapp über hundert Jahren, die es auf dem Buckel hatte. Für eine Schwarzpappel war es kein ungewöhnliches Alter, hartnäckige Exemplare konnten ohne Weiteres doppelt so alt werden. Dementsprechend sah Konrad wie Ende dreißig aus, wenn er sich im Spiegel betrachtete, was am heutigen Tag recht häufig geschah. Dann brummte er Songs aus dem Radio nach und ertappte sich dabei, eine halbe Pirouette zu drehen, bevor er den Kühlschrank öffnete, auf der Suche nach Marmelade für sein Brot. Ab und zu vergewisserte er sich, dass das Loch in der Zimmerdecke noch zu sehen war, was seine Laune bei jedem Anblick ein wenig hob. Er ging das Treffen in Gedanken durch. Dinge, die er sagen würde, die unfassbar lässigen Handbewegungen, mit denen er den Stuhl im Café umdrehen würde, um mit der Brust an der Lehne zu sitzen, weil das total lässig war und diesen rebellischen Unterton besaß, mit dem man punkten konnte, wenn er die amerikanischen Fernsehserien richtig verstanden hatte. Auf sein Fingerschnippen hin käme der Kellner angerannt, was möchtest du trinken, würde Liane fragen, aber ohne jemanden anzuschauen, säße Konrad da, plötzlich eingenommen von einem Gedanken, der sich durch ein zitterndes Stirnrunzeln andeutete. Auf die Frage, worüber er nachdenke, könnte er nur abwinken, eine Pause erbetend, um in Ruhe zu Ende zu grübeln, selbst der Kellner stünde ehrfurchtsvoll neben ihm und gäbe ihm die nötige Zeit, glücklich darüber, Zeuge dieses Ereignisses zu sein. Dann, mit den Augen eines Aufwachenden in den Tumult des Cafés zurückkehrend, wäre die Antwort, ein Milchkaffee bitte, gesprochen in den kleinen Radierer am Ende des Bleistifts, den der Kellner vorstreckte, als wäre er ein Mikrofon, das die Bestellungen sicherheitshalber mitschnitt. Das Gleiche für mich, würde Liane sagen oder einen Pott Kamillentee bestellen, was keinen Unterschied machte, denn Konrad war dabei, ihre Mundwinkel zu studieren, fasziniert von den Lachfältchen, mit Fingern in warmen Sand gezogene Schriftzeichen, die im nächsten Moment von einer ruhigen Brandung weggespült wurden.

Beim anschließenden Spaziergang wickelte Liane den Schal bis an die Nase, obwohl es nicht windig war. Auch die Regenvorhersage hatte sich nicht bewahrheitet, die Sonne stieß immer wieder durch die Wolkendecke und strahlte zwischen die Inselarchipele aus Schatten auf der Erde. Ihre Stimme, durch den Schal gedämpft, war teilweise kaum zu vernehmen, nur ein Singsang blieb übrig, der sich verunsichert unter den Straßenlärm duckte. Sie kamen an einer Bäckerei vorbei, wo die Schlange sonntags gerne auch mal bis an die nächste Straßenecke reichte, wegen des Roggenbrots, das man eine Woche lang problemlos schneiden konnte. *Roggen Roll* hieß der Laden, und die Frau, die ihn führte, hieß Annemarie. Sie liebte den Geruch von frisch gebackenem Brot, aber auch den von Ziegenkäse oder Schuhwichse, wäre jedoch nie auf die Idee gekommen, eine Ziegenfarm zu betreiben oder sich als Schuhputzerin zu versuchen, in Chicago zum Beispiel. Annemarie übernahm den Laden vom Vorbesitzer, der den Geruch von frisch gebackenem Brot eines Morgens nicht mehr ertragen konnte, schlimmer noch, er empfand ihn als lebensgefährlich. Von einem auf den nächsten Moment, er selbst konnte es sich ebenfalls nicht erklären, wurde ihm bange, wenn er die vorfreudigen Blicke der Kunden sah, die frühmorgens nichts ahnend vor der Theke standen. Bilder von in Flammen stehenden Menschen bedrängten ihn, sobald ihm der Geruch in die Nase strömte. Menschen, denen er eine Laugenstange oder ein Butterhörnchen verkauft hatte und die sich beim Kauen daran entzündeten, während sie ahnungslos zur Bushaltestelle liefen. An einem frühlingshaften Donnerstagvormittag wurde es dem Vorbesitzer ein außerordentliches Anliegen, diesen Geruch ordnungsgemäß auszukühlen. Er ging nach draußen zum verbeulten Transporter, öffnete die Hintertüren, klopfte einen faustgroßen Mehlabdruck vom Unterarm seines Hemdes und zog den halb vollen Kanister mit blauer Kühlflüssigkeit heraus. Aus diesem trank er langsam und reichlich. Der Magen sei in der Unfallklinik ausgepumpt worden, angeblich soll er den Sommer in einem Waldkrankenhaus für Bekloppte verbracht haben. Danach habe sich die Spur verloren. Manche behaupteten, dass er nach Skandinavien ausgewandert sei, wegen der kühleren Temperaturen. Andere glaubten die ganze Geschichte sowieso nicht und beteiligten sich nicht an den Gesprächen in der langen Schlange vor der Bäckerei. Guten Morgen, Annemarie, grüßten die Kunden herzlich, wenn sie endlich an der Reihe waren und einen Dinkelziegel oder vier Sesambrötchen bestellten. Annemarie war bei allen sehr beliebt, zog es aber vor, niemandem zu erzählen, dass ihren Eltern das Haus mitsamt der Bäckerei und auch vier weitere Wohnobjekte in der Stadt gehörten. Das passte ihrer Meinung nach nicht zum Image einer Bäckerin für dunkelmehlige Produkte mit Pausbacken, die ihrem Gesicht eine Attraktivität verliehen, bei der nur wenige Männer schwach wurden, diese aber, einmal davon verzaubert, gingen daran zugrunde. Sie stand hinter der Theke und sah Liane und Konrad, die unbeteiligt an der Glasfront des Verkaufsraums vorbeiliefen. Montagnachmittags war im Allgemeinen nie sehr viel Betrieb.

Das Stadtviertel kannte Konrad nicht besonders gut, seine Laufbewegungen waren um Sekundenbruchteile verzögert, stets darauf bedacht, ihren Richtungsentscheidungen nachzueifern. Einmal wäre er fast gegen Liane gestoßen, mit der Nase an ihre Stirn, das wäre vielleicht peinlich gewesen, er zog eine balletthaft geschwungene Ausweichbewegung um ihren Kopf, stieß dabei in ihre Geruchsmischung, Kamille und abgestandener Tabak. Liane war unerwartet stehen geblieben, mitten auf der Straße, um ihm etwas zu sagen. Sie schien sich auf einen wichtigen Satz vorzubereiten, höchstwahrscheinlich ein Geständnis ihrer Liebe, wofür sie ihren ganzen Mut zusammennahm. Ihr Stehenbleiben könnte zweifelsohne auch an der roten Fußgängerampel liegen, kam Konrad in den Sinn, der gespannt auf den Inhalt des vermeintlich wichtigen Satzes wartete, im nächsten Moment aber von einem Schriftzug auf einer Steintafel in den Bann gezogen wurde, die in Kopfhöhe hinter ihr an einer Hauswand angebracht war. Die Bemühungen, die eingravierten Namen zu entziffern, beanspruchten all seine Aufmerksamkeit, sodass Liane, als sie feststellte, dass Konrads Augen an ihr vorbeisahen, ihre spitz formulierten Ausführungen über die herrschende Gelddiktatur des Westens abbrach und sich ebenfalls dem Schild widmete. Eine Gedenktafel, sagte sie ohne Mitgefühl, verwundert darüber, dass es weder ein restaurierter Rennwagen, geparkt in einer Einfahrt, noch ein kreischend grelles Werbeplakat mit einem tiefschwarz geschminkten Mannequin gewesen war, was Konrad mitgerissen hatte. Kannst du sie mir vorlesen, fragte Konrad, eine Bitte, der sie anstandslos nachkam, bis sie beim zweiten Namen innehielt und sich zurückdrehte, immer noch verärgert, dass er ihr eben nicht zugehört hatte, um ihm mitzuteilen, er solle die beschissene Tafel doch selber lesen, wenn sie ihm so wichtig sei. Aber beim Aussprechen der letzten Worte fiel ihr sein Gesichtsausdruck auf, die Augenbrauen hochgezogen wie jemand, der etwas verbrochen hatte und Reue zeigte. Sie wurde leiser, die Hand sprang instinktiv auf seine Schulter, dass sei überhaupt kein Problem, murmelte sie, das mache sie doch gerne. Ich brauche so lange für ein Wort, dass ich dabei manchmal einschlafe, sagte Konrad, und es sollte ein Witz sein, über den sie aber nicht lachte, stattdessen erklärte sie ihm, dass es schließlich nicht nur darum ginge, das gegenwärtig vorhandene Kapital gerecht auf die Bevölkerung zu verteilen, sondern es auch Aufgabe der bildungsprivilegierten Schichten sei, das Proletariat an dem erlangten Wissen zu beteiligen, da es zum Lernen keine Zeit habe, wegen der Ausbeutung der Arbeitskraft, und sie fügte noch einige Sätze hinzu, die mit Ausdrücken versetzt waren, bei denen Konrad nur zustimmend nicken konnte. Liane strahlte, ihre Stimmung war umgesprungen, sie drehte sich um und erklärte ihm in lehrerhaftem Ton, dass an der Schule, an dessen Mauer die Gedenktafel hing, drei Lehrer unterrichtet hätten, die später im Konzentrationslager Dachau umgekommen seien. Von den Scheißnazis brutal abgemurkst, sie hielt sich die Hände an den Hals und röchelte, Konrad verstand sofort, mit Gas, fügte sie trotzdem hinzu. Als sie den dritten Namen vorlas, bat Konrad darum, dass sie ihn noch einmal wiederholte.

Der rechte Außenspiegel eines Lastwagens verfehlte ihn nur um Haaresbreite. Der Fahrer hatte die Frechheit besessen zu hupen, als würde Konrad die Schuld daran tragen, den Kopf nicht eingezogen zu haben, was Liane unfassbar aufbrachte. Arschloch, schrie sie ihm nach, sodass das darauffolgende Hupkonzert ein in die Länge gestreckter Wutanfall des Fahrers wurde, erst an der nächsten Kreuzung brach er ab und setzte den Blinker nach links. Eine Taube war aufgeschreckt, flog eine weite Kreisbahn und landete wieder auf dem Handlauf der Brücke, die sie gerade überquerten. Während Liane sich bei Konrad erkundigte, ob am Kopf alles in Ordnung sei, blickte die Taube erst teilnahmslos geradeaus, dann nach unten, wo der Abendverkehr in beiden Richtungen feststeckte. Zwei überdimensionierte Autowürmer aus bunten Einzelgliedern wanden sich kurvenreich durch einen Neubaubezirk der Stadt. Die Taube begann, den Kopf von rechts nach links zu wiegen, als würde sie abwägen, für welchen der Würmer sie sich entscheiden sollte. Bevor sie schließlich recht unspektakulär in die Luft stieg, klatschte ihr breiiger Kotklumpen auf den Steinboden. Das als einen Kommentar an der gegenwärtigen Zivilgesellschaft zu betrachten, mit all ihrer Verlogenheit und dem Zerstörungswahn, teils durch Wirtschaftsinteressen bedingt, aber auch durch eine wachsende Tendenz, das

Eigenwohl dem der Allgemeinheit vorzuziehen, wäre einerseits sehr verlockend, würde andererseits aber kaum dem Wesen dieser Taube entsprechen. Für solch ein Statement war sie viel zu unpolitisch. Es ist eher davon auszugehen, dass es Worte waren, die Konrad als Schallreflexionen vernommen hatte. Durch Balken im Tragwerk der Brücke waren sie stückweise und zusammenhanglos umhergeschleudert worden, von Liane beim Weiterlaufen ausgesprochen, die sich mittlerweile unten an den im Stau stehenden Autos hindurchschlängelte. In Kniehöhe lief die Motorhaube eines Citroëns dermaßen spitz zu, dass es mit dem schräg darauf eingelassenen Nummernschild wirkte, als hätte der Wagen überstehende Zähne, jederzeit bereit, sie in die Waden zu beißen. Liane wandte den Kopf zurück und fragte Konrad, warum er so nachdenklich geworden sei.

Die Nachricht vom Tod ihres Mannes war nie angekommen. Eine Stille, mit messerscharfen Stacheln bestückt, wuchs und breitete sich im Wohnzimmer aus, bis Nadia Blumenbach ihr nicht mehr ausweichen konnte. Sie brachte die Kinder kurz entschlossen bei den Nachbarn unter und machte sich auf den Weg ins Hospital. Eine herbstliche Nacht empfing sie, vereinzelt schlugen Windböen quer über die Straßen. Aus den Schornsteinen quoll Rauch, zügiger als sonst, mit unregelmäßigen Pausen, wie aus Schnorcheln, die über den beleuchteten Straßen in einen verborgenen Himmel ragten. Am Empfang herrschte das übliche Treiben, das Nadia von ihren früheren Besuchen kannte. Beide Empfangsschwestern trugen eine Mundbedeckung, klinisch weiß und breit gespannt, von der Nase zum Kinn, die den Klang der Wegbeschreibung filterte, die Nadia bekam, als sie sich nach ihrem Mann erkundigte. Der strahlende Korridor, der sich hinter der zweiflügeligen Pendeltür erstreckte, war gesäumt mit schweigenden Menschen, die entlang der Wände dunkle Wucherungen bildeten und warteten, einzeln nebeneinanderstehend oder zu Familien zusammengedrängt auf Holzbänken. Viele hockten auch einfach auf dem Boden, die Knie angewinkelt, den Brustkorb an die Oberschenkel gelehnt, und ließen einen schmalen Pfad zwischen ihren Schuhspitzen übrig. Manche husteten in die Hände und betrachteten den Verlauf der roten Spritzer, als könnten sie die eigene Zukunft darin lesen. Nadia sah einen jungen Mann, sie schätzte ihn auf Mitte zwanzig, die Gesichtshaut war dunkelblau verfärbt, sein Kopf lehnte an der Schulter des Nachbarn, der keine Notiz davon nahm, dass er einen Toten stützte. Beim Einbiegen in den nächsten Korridor, das gleiche Bild erstreckte sich weiter in beide Richtungen, sah sich Nadia wie durch matschige Schützengräben stiefeln. Obwohl der Große Krieg seit Monaten beendet war, schienen die Fronten sich in die Innenstädte verlagert zu haben, der Gegner ebenso unsichtbar wie ein Feind, der in der letzten Dunkelheit eines Morgengrauens mit Granaten warf. Die ersten Einschläge verliefen unbemerkt, tauchten unter die Wirren der Nachkriegszeit, mittlerweile nannten es die Zeitungen das *Flandernfieber*, manchmal auch *Spanische Grippe*, ein mörderisches Virus, das innerhalb von wenigen Tagen ganze Kleinstädte entvölkern konnte. Wo auch immer sie sich nach Doktor Blumenbach erkundigte, bekam sie neue Wegbeschreibungen, die erst auf Ahnungen, dann nur noch auf Hoffnungen gestützt waren, bis sie auf den stillgelegten Heizungsraum im Keller hingewiesen wurde, wo die Fiebertoten sich stapelten, für die Verbrennung vorgesehen, pharaonengleich in Leinen gewickelt, von Kopf bis Fuß, trotzdem erkannte sie ihn sofort. Es gab kaum Gelegenheit, sich zu verabschieden, die nahe Zukunft raste heran und riss Nadia Blumenbach mit, die ihrem Ehemann noch winken wollte, aber schon in die Tasten griff, in den Harmonie-Lichtspielen, während die *Wochenschau* lief, und mit einem Blick über die Schulter Konrad entdeckte, der den Vorhang des Kinosaals aufzog. Hinter ihm zeichnete sich der Hof der Grundschule ab, an der sie in den folgenden Jahren Musikunterricht geben würde. In den Pausen wirbelten Kinderstimmen umher, die Rufe ihrer zwei Töchter, junge Frauen inzwischen, waren davon leicht zu unterscheiden, es waren Schreie, die den endgültigen Ausdruck der Verzweiflung von innen aufs Gesicht blähten, dicht an die Schultern der Mutter gepresst, umgeben von hundert anderen Körpern, während Nadia in der frostigen Sammeldusche immer noch beruhigende Worte fand, wie in jeder Nacht, seitdem sie bei der Großmarkthalle abtransportiert worden waren. Ihre Stimme federte sanft gegen die gekachelten Wände, fast ein Flüstern und daher leiser als das Zischen, das plötzlich aus den tragenden Säulen des Raumes drang.

Konrad riss die Augen auf, einmal im Traum, wo er alles aus der Nähe beobachtet hatte wie eine umherfliegende Hummel, und ein weiteres Mal, um seine Lider tatsächlich anzuheben, in der Dunkelheit seines Schlafzimmers. Fingerkuppen fuhren ihm durchs Haar, seine Stirn war schweißnass, du hattest einen Albtraum, sagte die Stimme von Liane, sie schien neben ihm am Bettrand zu sitzen. In dem Ausschnitt, wo er das Gesicht vermutete, spiegelten sich zwei nadelspitze Lichtpunkte, die der Mond durchs Fenster auf ihre Pupillen warf. Wer ist Nadia, fragte sie gedämpft, und er wollte sofort erzählen, dass er als junger Mann Kartenabreißer gewesen war, in einem Kino im Süden Frankfurts, wo Nadia am Klavier gesessen hatte, das sei noch während der Stummfilmzeit gewesen, aber er bremste sich, indem er trockenen Husten vortäuschte und ein Schluck Wasser erbat. Die Lichtpunkte versteckten sich kurz hinter einem Zwinkern und blieben nach der seitwärts ausgeführten Bewegung des Kopfes verschollen. Liane lief durch das Zimmer, ihre Stimme wanderte umher, entlang der Seite des Zimmers, die an den Flur grenzte.

Ein Schwall Wasser wurde ausgeschenkt, ob er sie gut gekannt habe, fragte sie, diese Nadia, dabei knetete sie den Namen beim Aussprechen, im Begriff, einen Teig daraus zu machen, den sie am Morgen zum Trocknen auf die Fensterbank legen und dort tagelang vergessen würde, wo er ganz hart und an manchen Stellen schimmelig geworden wäre, um ihn am Ende mit einem Schulterzucken in eine Mülltonne zu kippen. Konrad, ohne ihre Frage aufzugreifen, berichtete in bedächtigem Tempo, dass Nadia eine liebenswerte Person gewesen sei, vielleicht sogar der einzige nette Mensch, den sein Großvater im Leben kennengelernt habe. Er richtete sich auf, mit den Ellenbogen auf die Matratze gestützt suchte er nach den Umrissen ihres Körpers, die sich dem Bett näherten, vorneweg taumelten Reflexionen eines Wasserglases durch den Raum. Konrad trank einen Schluck und stellte das Glas ab, eine Armlänge links vom Bett in die Dunkelheit hinein, wo ein Holzstuhl stand, darauf Taschentücher und ein Wecker, umgeben von allerlei Papierschnipseln und anderem Krimskrams. Setz dich bitte, sagte er, und da sie zögerlich neben dem Bett stehen blieb, tappte er mit der Hand auf den Bereich der Matratze, den er sich als Sitzplatz für sie auserkoren hatte, rückte sogar ein wenig nach rechts, damit entlang seiner Hüfte mehr Raum auf dem Spannbettlaken entstand. Unweit davon ließ sich Liane auf dem Bettrahmen nieder und entschuldigte sich für ihre Fragen, immerhin würden sie sich kaum kennen, und sie habe kein Recht dazu. Ihr Gesicht war nicht zu ihm gewandt, die Worte strömten vom Körper abgeschirmt der Raummitte entgegen. Er fing an zu erzählen, ausführlich und mit Anekdoten gespickt, von der Arbeit in den Harmonie-Lichtspielen, dem verheerenden Brand und wie der Lebensweg seines Großvaters und der von Nadia Blumenbach danach auseinanderdrifteten. Liane signalisierte, dass sie aufmerksam zuhörte, indem sie summende Bemerkungen von sich gab, erstaunt und zustimmend, die sich ans Ende seiner

Sätze legten und dort wie Bindestriche fungierten. Sie war so etwas wie eine Verwandte für mich, sagte er, und heute Nachmittag, als du mir den letzten Namen auf der Gedenktafel vorgelesen hattest, er bemerkte, wie sie den Kopf zu ihm drehte und die Luft anhielt, wollte ich es zunächst nicht wahrhaben. Konrad brach ab, unabhängig davon, ob er die Augen schloss oder weiterhin in die Dunkelheit starrte, verschwammen die Bilder, die er wahrnahm, manche davon zersetzten sich, als würde er freiwillig Säure in seine Erinnerungen träufeln. Nur die Hand von Liane, die seine Schulter packte, schien noch lebendig zu sein, vielleicht auch ihr Schluchzen, das wie ein Erdrutsch etwas in Gang setzte, von dem er nicht mehr mit Gewissheit sagen konnte, ob er selbst es war, der brockenweise den Schmerz herausheulte, oder er bloß eine Vorstellung davon hatte, wie es sich anhören würde, wenn jemand den Tod eines geliebten Menschen zu begreifen begann. Irgendwann spürte er ihren Atem, da waren auch Worte, die sich zu ihm durchkämpften. Es kam ihm vor, als läge sein Kopf an ihrer Brust, er konnte sich jedoch irren, auch den Kuss und einen weiteren auf seiner Stirn schien er noch zu hinterfragen, während ihre Stimme allmählich an Konturen gewann und sich Wortbedeutungen aus den Schleiern schoben. Alles wird gut, schien er zu verstehen, obwohl es nur sehr leise zu ihm drang. Konrad zog eine Rotzfahne die Nase hoch, eine Handlung, die ihn augenblicklich wiedererweckte, sodass er die Sätze, die sie mehrfach wiederholte, in einer sanften Tonlage, nahezu singend, klar und deutlich vernahm. Wir werden ihr Unrecht rächen, Liane strich ihm über die Wange, wir werden Vergeltung üben, das verspreche ich dir.

Am nächsten Morgen erwachte Konrad im Sonnenlicht, kurz verwirrt, als wäre er eben auf die Welt gekommen, keinen Schimmer davon habend, welche Jahreszeit draußen herrschte, geschweige denn, welcher Wochentag war. Aus dem Wohnzimmer drang undeutlich eine Stimme, auch ein Lachen schloss sich an, jeweils Geräusche, die er für gewöhnlich nicht hörte, wenn er morgens aufwachte. Von der Kommode am anderen Ende des Zimmers schnappte er sich die leere Wasserflasche und lief damit, wie mit einem Knüppel bewaffnet, zur Tür. Sobald er in den Flur gelinst und sich versichert hatte, dass sich dort niemand befand, schwappten weitere Gesprächsfetzen aus dem Wohnzimmer herüber, und anhand der entspannten Tonlage, in der sie gehalten waren, hätte Konrad durchaus die Wasserflasche absetzen dürfen, aber er traute der Situation nicht recht über den Weg. Mitten im Flur blieb er stehen, wie angewurzelt, was er rückblickend nur als instinktive Schutzhandlung einordnen konnte, eine Schockstarre, die nur ein ehemaliger Baum derart perfekt in Szene setzen konnte, unschlüssig darüber, wie er weiter verfahren sollte, bis ihm im schmalen Garderobenspiegel auffiel, dass er nur eine Unterhose trug und dadurch völlig lächerlich aussah. Auf dem Weg zurück ins Schlafzimmer musste er grinsen. Zum einen, weil er ein unsichtbares Funkgerät an den Mund hielt und Meldungen hineinflüsterte, als wäre er mit einem Einsatzkommando verbunden, verdächtige Person im Wohnbereich, ziehe mich vorsichtshalber zurück, sich gleich darauf verbessernd, ziehe mir vorsichtshalber etwas über. Zum anderen, weil die Stimme eindeutig Liane zugeordnet werden konnte, die vom Haustelefon aus mit jemandem telefonierte. Sein Hemd und die Hose vom vorigen Tag waren zusammengelegt worden, zwei säuberliche Vierecke auf dem Holzstuhl, daneben kein Krimskrams mehr, selbst der Wecker war staubfrei. Als er sich zum Sockenanziehen aufs Bettende setzte, rollte die Erinnerung unangekündigt heran. Als gigantische Welle mit hoch aufgetürmtem Kamm und weiß schäumender Krone, geschwungen wie eine Oberlippe, die plötzlich alles verdunkelte und Konrad mit einem Donnerschlag unter sich begrub. Sein Körper, durch das eiskalte Wasser erstarrt, wurde von einer hartnäckigen Rippströmung erfasst und wie ein Beutetier vom Strand weg durch Schlick und Schlamm gepflügt, wo das Wasser noch knöcheltief war und übersät mit rund geschliffenen Steinen, die aneinanderschabend ein Höllengeschrei anstimmten, das eine zermalmende Wirkung auf Konrads Orientierungssinn entfaltete, der bereits zum zweiten Mal Salzwasser schluckte und ungebremst durch hüfthohe Felder aus farnartigen Meeresalgen schlingerte, die irgendwann verschwanden, abgelöst von einer blauen oder schwarzen Unendlichkeit, je nachdem, wohin sein Kopf gerade rotierte, bis er von Felsenbuckeln, mit scharfkantigen Muschelschalen überwuchert, mehrfach aus der Bahn geschleudert wurde und halb ohnmächtig, halb todesmutig ins offene Meer driftete. Tatenlos blieb er sitzen, eine Socke am Fuß, die andere in der Hand, eine Ewigkeit lang.

Liane steckte den Kopf durch den Türspalt, na, du Schlafmütze, rief sie ihm zu, mit einer Bewegung, als würde sie ein Handtuch durchs Zimmer werfen, mit dem er sich die Müdigkeit aus dem Gesicht wischen konnte. Er tat, als finge er es auf, und hob eine zupackende Faust in die Luft, was dazu führte, dass ihr ein fröhliches Glucksen förmlich aus dem Mund rutschte, ein hervorragender Gruß, fügte sie hinzu, mit einem Strahlen, das hochansteckend war und in Regenbogenbahnen das Zimmer bis zum Bettende durchmaß, von dem sich Konrad erhob. Ihr Kopf verschwand, sie war wieder im Flur, Worte als Spuren in der Luft zurücklassend, die besagten, dass sie ihm ihren Bruder vorstellen wolle. Konrad blieb beim Garderobenspiegel im Flur stehen und vergewisserte sich, dass er kein notwendiges Kleidungsstück vergessen hatte, seine Augen waren mit fingerdick gepinselten Schatten untermalt. Geräusche lockten ihn ins Wohnzimmer, wo er ein gleichschenkliges Dreieck entdeckte, genauer gesagt war es ein riesenhaftes A, wenn man den mittig gespannten Verbindungsgurt der aufgeklappten Leiter mit ins Gesamtbild einbezog. Auf den beiden Schenkeln stand jeweils ein schwarzer Stiefel, aus denen beim Eintreten ins Zimmer ein junger Mann herauswuchs, der mit einer Kelle an der Decke herumhantierte. Er zog den Kopf von der Arbeit weg, um einen läppischen Gruß zu schnauzen, widmete sich dann wieder der aufgetragenen Spachtelmasse. Liane stand beim Haustelefon und schüttelte den Kopf, er kann auch freundlich sein, bemerkte sie und rüttelte im Vorbeilaufen absichtlich an der Leiter. Der Bruder musste sich mit der freien Hand absichern, die er flach gegen die Decke drückte, gleichzeitig seufzte er einen heiseren Fluch nach unten, der zerstäubte, noch bevor er Lianes Haupt erreichte. Heißt übrigens Bernhard, sagte sie und nickte einmal schräg in seine Richtung, Bär ist nur sein Spitzname, mit dem er sich wahrscheinlich vorgestellt hätte, wenn er Manieren besäße. Sie blieb vor Konrad stehen, lass uns rausgehen, sie sprach es absichtlich leise aus, da sind wir ungestört.

Pyramidenförmige Schatten teilten den Balkon noch deutlich in kalte und warme Bereiche. Mittags würde die Schattenfläche ausdünnen und einen Rückzug nach links vortäuschen, sich gleichzeitig aber hinterrücks heranpirschen, in wehende schwarze Mäntel gehüllt, mit übermächtig anwachsenden Armen, die im Laufe des Nachmittags beabsichtigten, den Balkon mit einer dünnen Schattenplane einzuwickeln, bis abends alles mit der einsetzenden Dunkelheit verschmolz. Auf dieser Seite des Gebäudes eröffnete sich ihnen ein ausladendes Panorama. Hinter dem Areal des Universitätsklinikums und dem träge dahinströmenden Main bildete eine Pilzgruppe aus Glaskathedralen und Stahltürmen das Markenzeichen der Stadtsilhouette. Liane zeigte auf ein Gebäude, das da bewachst du also, fragte sie, worauf Konrad der unsichtbaren Linie ihres Fingers weiterfolgte und nickte. Der wuchtige Kasten der Investmentbank stand neben dem Hotel InterContinental, das eine Handvoll Stockwerke niedriger war, und bekam dadurch den Anschein eines Hochhauses, obwohl er mit den Wolkenkratzern der Großbanken im Hintergrund, deren Fassaden von blitzlichtartigen Reflexionen in Szene gesetzt wurden, nicht mithalten konnte. Konrad klopfte seine Hose nach Zigaretten ab, fand noch eine platt gedrückte, die er aus der formlos gewordenen Packung fischte, und noch bevor er nach Feuer suchen konnte, erschien die Halbkugel aus Lianes Händen vor seinem Mund, bereit, einen Streichholzkopf über den Sandpapierstreifen zu schaben. Die Tatsache, dass es die Schachtel war, die neben dem Aschenbecher im Wohnzimmer gelegen hatte, war nur eine Randinformation, die weder seine Aufmerksamkeit noch sein Gedächtnis in Atem halten sollte. Während er Luft einsog, ein Flämmchen flackerte auf wie ein Küken, dessen Kopf unsicher die neue Umgebung absuchte, fragte Liane, ob er dann Nacht für Nacht wie ein Herzog durch sein menschenleeres Schloss laufe, mit dem Schlüsselbund für alle Gemächer in der Hand. Sie pustete das Streichholz aus und betrachtete hartnäckig den Spruch auf der Schachtel, *Wir feuern dich an*. Ihre Unterlippe war unter die obere Zahnreihe geschoben, es wirkte, als fieberte sie dem Ausgang eines Elfmeters entgegen. Konrad blies einen tiefen Schwall aus bläulichem Rauch heraus, der von einem Windstoß augenblicklich mitgerissen wurde. Er setzte an zu einer Antwort, sagte aber nichts, er klopfte die Zigarette über der Brüstung ab, obwohl sich noch kein Aschestreifen gebildet hatte, ganz aus Gewohnheit. Liane hob langsam den Blick, angespannt und ungeduldig, als wollte sie dem Schützen beistehen, der gleich Anlauf nehmen und dem ruhenden Ball auf dem Elfmeterpunkt entgegenrennen würde. Die Luft zwischen ihnen verlor an Schärfe und wurde undurchsichtig. Als hätte jemand eine schmutzige Fensterscheibe von der Seite hineingeschoben, auf der man hautnah mitbekam, wie eine Mikroskoplinse die Luft schubweise vergrößerte. Eine Handvoll Staubkörner tauchte auf, in der Größe von Cornflakes schwebten sie über die Fensterscheibe, umgeben von zigtausend Luftpartikeln, die in der nächsten Vergrößerung ihr molekulares Aussehen preisgaben. Jeweils zwei Sauerstoffatome, in turbulentem Tempo umeinanderwirbelnd, mit porösen und zu grobschlächtigen Lücken heranwachsenden Zwischenräumen, auf die sich die Linse weiter fokussierte. Bei der nächsten Vergrößerungsstufe tauchte sie durch einen Nebel, hinter dem die fundamentale Körnung von Licht zum Vorschein kam. Weder Konrad noch Liane sahen die Photonenströme, die beim Passieren der Linse wie auf Wellen reitend ihr strahlendes Haar hinter sich ausbreiteten. Beide hatten auch keine Ahnung davon, dass sich das Leuchten mancher Sterne aus Teilchen zusammensetzte, die seit Jahrmilliarden durch den Weltraum gereist waren, bevor sie die Netzhaut eines Beobachters berührten. Gedanken, die selbst bei hoch dotierten Fachleuten Schenkelklopfen oder Kopfschütteln erzeugten, wenn sie in den Nachthimmel blickten und diese uralte Lichtbriefpost zu entschlüsseln versuchten. Liane und Konrad dagegen imponierte das aus eben erwähnter Unkenntnis kaum bis überhaupt nicht, man hätte diesbezüglich getrost von einem hermetischen Desinteresse sprechen können. Immerhin gab es gerade wichtigere Dinge zu erfahren. Liane wartete immer noch auf Konrads Antwort, die er wohl gerade ausgesprochen hatte, jedenfalls schoss ein Wort der Vergrößerungsscheibe entgegen, die beim Aufprall mit voller Wucht auseinanderstob, ganz so, als hätte die Fahrt mit dem Mikroskop ins Innere der Luft nie stattgefunden.

Nicht jede Nacht, aber jede zweite, sagte Konrad und wies auf die Streichholzschachtel, mit dem Generalschlüssel in der Hand mache es tatsächlich Spaß, wie ein Schlossbesitzer durch die leeren und dunklen Korridore zu schreiten. Liane reckte die Arme in die Luft und jubelte, es war ein energiegeladener Befreiungsschrei, mit einer Hand streifte sie sogar einen herabhängenden Blumenkübel, der glockenartig zu schaukeln begann, was sie allerdings nicht wahrnahm, denn sie hatte bereits einen winzigen Zwischenschritt nach vorne gesetzt und sprang Konrad entgegen, der sie, überrumpelt von den Vorgängen, dürftig umklammerte, auch bedacht, sie nicht mit der Glut der Zigarette zu verbrennen, geschweige denn, durch die Wucht gemeinsam mit ihr über die Brüstung zu stürzen. Bärs Stimme krächzte dazwischen, dass er jetzt fertig sei und sich verziehen werde. Er machte keine Anstalten, einen Fuß nach draußen zu setzen. Konrad sah seine Umrisse, sie unterfütterten das Glas der Balkontür mit geisterhaften Spiegelungen und verschwanden beim Zufallen der Wohnungstür. Dessen ungeachtet verbiss sich Liane in seinem Ohr, wie ein Primatenbaby um den Brustkorb geschlungen. Mit einem Bein klemmte sie die Wade unter seinen Hintern. Das Schienbein des anderen quetschte sie gegen Penis und Hoden, was er zuerst als Missgeschick abtat, dann aber, nach mehrmaligem Reiben mit zielsicher gesetzten Druckpunkten, als vorsätzliche Aufforderung übersetzte, in die Wohnung zurückzukehren. Er schlug die entsprechende Richtung ein. Die Zigarette fiel noch vor der Türschwelle, deren Überquerung weniger ein Problem darstellte als die schmale Konstruktion der Balkontür, zu Boden. Er zuckte mit den Schultern, dass es so nicht klappen würde, sie rutschte an ihm herab, schnappte nach seiner rechten Hand und zog ihn durch die Tür hinter sich her. Neben dem Sofa blieb sie mit halber Umdrehung stehen, er wäre fast wieder in sie hineingelaufen, was sie mit einem Schmatzer auf den Mund abfederte. Von dort aus küsste sie ihn, über die Wange in kleinen Sprüngen zum Hals. An den Lenden spürte er ihre Handinnenflächen, die in einer gleitenden Aufwärtsbewegung das Hemd nach oben schoben. Auf Höhe der

Schultern angelangt, hob er die Arme, sie senkte ihre Lippen vom Hals auf die frei gewordene Brust, der rechten Brustwarze näher kommend, die sie umkreiste und durch allerhand flatternde Schwingungen der Zungenspitze befeuchtete. Konrad hatte zwar am Rücken das Hemd von ihr übernommen, seine Ellenbogen stachen senkrecht nach oben, aber er rührte sich nicht. Ihm war, als würde er vom Nippel aus mit einem Elixier aufgefüllt werden, dessen Rinnsale sich einen Weg in alle Winkel seines Körpers bahnten. Eine Flusskarte aus zahlreichen Strömungen, die sich aufspalteten und haarfein verzweigten. An manchen Knotenpunkten bildeten sich beutelartige Pfützen, die modellierend ihre Form änderten und pulsierend anwuchsen, durchsetzt von einem kurzwelligen Flimmern, das sich zauberhaft anfühlte. Der Gesichtsausdruck entzückte Liane, die ihn mit einer richtungsweisenden Geste darauf aufmerksam machte, dass es wohl an der Zeit wäre, das Hemd über den Kopf zu ziehen. Beim Abstreifen blieb der auf links gedrehte Stoff mit den Ärmelknöpfen an den Handgelenksknochen hängen, wie eine abgestreifte Haut flatterte das Hemd herum, warte, sagte sie zärtlich und half ihm dabei, die Knöpfe zu öffnen. Dafür ging sie ein wenig in die Hocke. Nicht bewegen, sagte sie zweimal, das letzte Mal schärfer, und warf das Hemd danach wie einen leeren Müllbeutel hinter sich. Durch den Schwung fiel sie aus dem Gleichgewicht und war froh, dass Konrad zuschnappte. Mit einer Wendigkeit, die ihn selbst überraschte, packte er sie an den Schultern, damit sie nicht hintenüberkippte, was dazu führte, dass sie den Fernseher nicht umwarf, sondern ihn nur streifte, wodurch das obenauf liegende Zweierpendel eine klackernde Schaukelbewegung aufnahm. Danke, summte sie und warf einen verschmitzten Blick empor, halb Frage, halb Entscheidung. Ihr Gesicht befand sich auf Höhe seines Hosenlatzes, als sie zaghaft, in einer schier endlos um sich greifenden Dehnung von Augenblicken, die Lider senkte und den kakaobraunen Pullover über die linke Brust hob. Konrad betrachtete das Geschehen aufmerksam und ernst. Die Falten zwischen seinen Brauen waren verengt, als überlegte er, nachdem ein in der Buchstabendicke anwachsendes N über ihrem Bauchnabel erschien, welche geometrische Figur der Schatten des Pullovers als Nächstes auf die nackte Haut werfen würde. Es war der Blick eines Kleinkindes, das mit zerknäultem Papier in der Hand durch den aufgerissenen Schlitz ins Innere einer Schachtel spähte. Das Geschenk war nicht erkennbar, es lauerte noch, in tiefe Dunkelheit gewickelt.

Unglaublich, was mit den Händen geschah, während sein Körper auf den Kugeln des Zweierpendels hin- und herschaukelte. Die heranfliegende Kugel knallte mit lautem Klacken gegen die ruhende, welche ihrerseits hinaufflog und wieder Schwung holte für den nächsten Treffer. Ein auf Erbsengröße geschrumpfter Konrad wurde soeben auf die nach oben ausscherende Kugel geschleudert, rutschte unsicher auf dem gebürsteten Edelstahl herum, verzweifelt nach Halt suchend, den nur das Stahlseil bieten konnte, an dem die Kugel verankert war. Ein Schwindelgefühl ließ ihn die Augen schließen, und er wartete den höchsten Flugpunkt ab, den kurzen Augenblick in Schwerelosigkeit, als im Hintergrund die Wände seines Wohnzimmers zu einem Standbild gefroren und Konrad sich suchend umsehen konnte. Sie befand sich hinter ihm, die Verankerung des Stahlseils, unversehens robbte er dorthin. Währenddessen hatte die Kugel wieder Fahrt aufgenommen, und das Zimmer flirrte in umgekehrter Richtung an ihm vorüber. Das Stahlseil fest im Blick, er wollte gerade zupacken, nur noch eine Armlänge davon entfernt, als es bereits wieder klackte. Der Aufprall schleuderte ihn auf die ruhende Kugel, die den Bewegungsimpuls aufnahm und sofort nach oben stieg, wo dasselbe Spiel sich fortsetzte. Konrad rutschte erneut über den Edelstahl, nun von einem unangenehmen Schabgeräusch begleitet, das unmissverständlich von seinen Händen ausging, woraufhin er der Ursache nachging und sah, dass seine Haut spröde und rissig geworden war. Der Zustand verschlechterte sich, beim nächsten Kugelklacken wiesen die Hände bereits Verhärtungen auf, die eine rindenartig gemaserte Struktur besaßen. Seine Arme waren dabei, sich in Baumminiaturen zu verwandeln, in ruckartigen Schüben, wobei Unterarme den Stamm und Hände den Wurzelhals darstellten, aus denen sich ein Geflecht schmaler Wurzeln wand, genau dort, wo eben noch seine Finger gewesen waren. Wieder klackten die Kugeln aneinander, und Konrad wurde hinübergeschleudert, bereit für die nächste Rutschpartie. Seine Wurzeltriebe hatten sich zwischenzeitlich um das Doppelte verdickt und waren zehnmal so lang geworden, sodass es ihm möglich war, mit einem Geflecht die gesamte Kugel zu umfassen und mit dem anderen nach der Verankerung des Stahlseils zu greifen. Aufrecht stehend, wie ein Kapitän, der das Segelschiff in einem Sturm endlich unter Kontrolle bekommen hatte, erwartete er das nächste Klacken, aus dem ein Klatschen wurde. Konrad senkte den Blick vom Zweierpendel über dem Fernseher auf das wiederholte Aufeinandertreffen seines Unterleibes mit dem von Liane. Darüber die filigran abgesteckten Gebirgsbuckel ihrer Wirbelsäule, die sich vertikal durch die Haut bohrten, am aufgewölbten Rücken entlang. Das zur Seite geneigte Gesicht war von zerzausten Haaren bedeckt. Sie stöhnte etwas, das wie sein Name klang, aber da konnte er sich auch täuschen. Es hätte durchaus die Möglichkeit bestanden, dass sie gerade das unbeschreibliche Bedürfnis hatte, *Kontra* zu stöhnen, dachte Konrad, während er versuchte, seine Unterarme, die wieder menschliche Züge aufwiesen, parallel zu der Linie ihrer Gebirgsbuckel zu halten. Die Komposition aus drei Achsen, die sich daraus ergab, verschaffte ihm Sicherheit. Sobald Liane sich ein wenig nach links oder rechts fallen ließ, folgte er ihr, begleitet vom Takt des Klatschens. Insgesamt versprach Sexualität ein großes Abenteuer zu werden, wenn man einmal dahintergestiegen war, wie man es schaffte, währenddessen nicht vor Aufregung in Ohnmacht zu fallen, dachte er. Es fühlte sich an wie ein In-See-Stechen, in unbekannte Gewässer hinein.

Ich muss gleich los, sagte Liane, ihre Stimme schien durch ein raffiniertes Tunnelsystem von innen an Konrads Ohr zu gelangen. Sie lagen in einer anatomisch unwahrscheinlichen Verknotung, völlig unklar, zu welchem Körper die nach außen ragenden Kniescheiben gehörten. Konrads Atemstöße wärmten ihre Blinddarmnarbe, während sie den Mund, passgenau in seiner linken Achselhöhle steckend, leicht anheben musste, um anständig Luft zu bekommen. Warum, fragte Konrad, der keine Antwort bekam und den Sitz seines Kiefers um Zentimeter verschob, in der Annahme, sie habe ihn nicht gehört. Durch eine Lücke im Körpergewirr schimmerte nun die frisch abgedichtete Stelle hindurch, ein formloses O aus Spachtelmasse, wie ein hellgrauer Pfannkuchen klebte es an der Zimmerdecke. Dein Bruder hat ganze Arbeit geleistet, sagte er und schloss ein Auge, was dabei half, den Ausschnitt scharf zu stellen. Eine Sache solltest du wissen, setzte Liane an, deren Worte ihn kitzelten, nicht so sehr, dass er lachen musste, aber genug, um eine rückwärtige Bewegung des Armes in Gang zu setzen. Er ist nicht mein Bruder, sagte sie und veränderte ihrerseits die Stellung des Kopfes, um einen stabilen Luftspalt herzustellen. Sie sprach langsam weiter, in die Wärme der Achselhöhle hinein wie in die Mikrofonmembran eines Diktiergeräts. Aber ich kümmere mich um ihn, wie eine Schwester es tun würde. Hab ihn kennengelernt, als er am Bücherstand vom Uniflohmarkt gearbeitet hat, bei den Kisten mit den englischsprachigen Ausgaben, für sieben fünfzig die Stunde, stell dir vor, er konnte kein Wort Englisch. Die letzten Worte sprach sie mit stockenden Unterbrechungen bei jeder Silbe, unterlegt von einer nach oben führenden Tonleiter. Ein Niesen kroch ihr die Nase hoch, das sie nicht mehr unterbinden konnte, die aussprühende Fontäne landete ungebremst in Konrads Achsel. Gesundheit, sagte er und wartete, aber außer einem stark durch die Nase gezogenen Atemzug und einer Entschuldigung kam nichts mehr. Ich muss dir auch etwas sagen, setzte er an und begann, den Arm behutsam aus dem Körpergewirr zu ziehen, in Wirklichkeit bin ich ein Baum, er machte eine Pause, eine Pappel, um genau zu sein. Liane griff nach dem sich zurückziehenden Arm und biss ihm einmal sanft in die Haut, papperlapapp, sagte sie, eher eine Schlingpflanze, wenn ich uns so ansehe. Sie gab seinen Arm frei und unterstützte das Entwirren der Körper, ich würde dich später gerne um etwas bitten, um einen Gefallen, fügte sie mit gepresster Stimme hinzu. Konrad brummte zustimmend, er löste sich am Brustbereich allmählich von ihren Hüften, die Haut klebte an vielen Stellen aneinander, ein unangenehmes Gefühl, das Liane trotzdem zum Kichern brachte. Konrad drückte den Rücken gegen die Lehne, während sie drohte rücklings auf den Teppich zu rutschen, mit dem Kopf zuerst, was sie noch mehr belustigte. Wo willst du hin, fragte sie, noch halb auf dem Sofa liegend, den Mund auf der Höhe eines Sitzkissens. Konrad hatte sein erstes Bein freibekommen und war froh, einen halbwegs sicheren Stand zu ergattern. Kaffee machen, gab er als Antwort zurück und stieg staksend über sie hinweg, dabei versuchte sie, ihm einen Klaps auf den nackten Hintern zu verpassen, aber verfehlte ihn um Haaresbreite. Sie klappte seitwärts vom Sofa, landete bäuchlings auf dem Boden und kreischte einmal laut vor Begeisterung. Für mich schwarz, rief sie Konrad zu, der bereits in der Küche war, ohne Zucker. Unter dem Sofa war lange nicht gesaugt worden, eine Höhlenlandschaft aus Essensresten und verdichteten Staubmäusen, wenn man von einem Objekt absah, dunkel und viereckig hatte es sich dort zurückgezogen wie ein scheues Tier.

Photonen strömen, von der Oberfläche der Sonne aus betrachtet, in alle Richtungen des Weltalls. Für viele beginnt eine Reise in dunkle Unendlichkeiten von Raum und Zeit, während für manche, nach etwa sieben Minuten, beim Durchqueren der Erdatmosphäre das Herausfiltern der ultravioletten Strahlung einsetzt. Falls kein Wettersatellit im Weg ist, sie nicht am Rücken einer vorbeiziehenden Passagiermaschine abprallen oder von dunklen Regenwolken geschluckt werden, schaffen sie es, in untere Luftschichten zu gelangen, wo sie ungehindert weiterfliegen und in den meisten Fällen auf der Wasseroberfläche eines Ozeans landen. Ein Spektakel, das ohne Zeugen bleibt, wenn weit und breit keine Fähren, Tanker oder Flugzeugträger in Sicht sind, auf denen jemand an der Reling steht und über das Meer blickt. An der Einschlagstelle dringen sie noch ein paar Meter weiter in die Tiefe, helfen vielleicht einer auftauchenden Walfamilie bei der Orientierung, aber dann ist Schluss. Einige wenige hingegen treffen auf Landmassen der Kontinente, wo sie sich über Sanddünen oder Waldgebiete verstreuen oder die Weizenähren auf einem Feld ins rechte Licht rücken. Die wenigsten Photonen erreichen allerdings besiedelte Gebiete, beispielsweise einen dörflichen Landkreis in der Nähe eines Autobahnkreuzes oder Großstädte und deren Einzugsgebiete. Auch dort enden sie meistens auf asphaltierten Straßen, verputzten Hauswänden oder Dachziegeln, denen kaum Beachtung geschenkt wird, es sei denn, ein Schornsteinfeger geht seiner Arbeit nach und Kinder auf der Straße zeigen mit dem Finger auf ihn. Nur ein Bruchteil dringt durchs Fensterglas ins Innere von Gebäuden, wo Räume oft ungenutzt bleiben, weil im Büro gerade niemand auf Toilette muss oder die Kochplatten in einer Küche nicht verwendet werden, um einen

Kaffee aufzubrühen. Konrad aber blies in die Kaffeetasse und betrachtete die feine Rillenstruktur, die sich durch den Luftstrom ergab.

Im Wohnzimmer rückte die Erstausgabe von Kafka in sein Blickfeld, habe ich eben unter dem Sofa gefunden, sagte Liane. Sie tauschte das Buch, übersät mit Krümeln und dünnen Staubfäden, gegen eine der Tassen. Er wischte den Einband behutsam sauber, während sie ihn beim Anziehen fragte, ob er mit dem Spitznamen Kontra einverstanden sei. Erst an der Tür, er hatte das Buch nicht aus der Hand gelegt, bat sie ihn um den angekündigten Gefallen, es ging um eine Sache, mit der er niemals gerechnet hätte. Sie fügte hinzu, dass er sich nicht sofort entscheiden müsse, sie würde ihm alles Weitere erklären, wenn sie wieder zurückkomme. Bis später, Kontra, sagte sie und kniff ihm beim Abschiedskuss in den Hintern. Konrad lief nach Zigaretten suchend durch die Wohnung. Das Buch legte er auf dem Fernseher ab, neben das nun stillstehende Zweierpendel. Der Bruchteil einer Erinnerung, eine aus gespensterhafter Vergangenheit heranwehende Stimme, die ihm einmal beim Einschlafen aus dem Buch vorgelesen hatte, während der Mond durch ein Dachfenster strahlte. Sie krallte sich in seine Aufmerksamkeit und brachte ihn dazu, den Einband in Ruhe zu betrachten, zumindest für die Zeitspanne von einigen Atemzügen. Unter dem Namen des Schriftstellers und dem Titel der Erzählung war eine große Doppeltür abgebildet, der rechte Flügel stand offen. Eine männliche Person, in einen Schlafrock gehüllt, trat dem Betrachter aus der Tür entgegen, in ein Vorzimmer herein. Die nackten Füße steckten in Hauspantoffeln. Eine Schlafanzughose wehte ums Standbein, das hintere war nur schemenhaft angedeutet. Beim Gehen hielt sich die Person beide Hände vors Gesicht. Nur ein dunkler Streifen aus struppigem Haar war erkennbar. Es schien, als wäre die Person von einem furchtbaren Albtraum mitgenommen, den sie im dunklen Hinterzimmer durchlebt hatte, noch im Unklaren darüber, ob er Auswirkungen auf die Wirklichkeit nach sich ziehen würde. Der leicht nach vorne gebeugte Körper warf einen Schatten rechts über den Fußboden. Außerhalb der Zeichnung musste sich demnach eine Lichtquelle befinden, eine Lampe oder ein Fenster, von der aus Photonen durch das gezeichnete Zimmer strömten, die der Person nur zu gerne die unmittelbare Umgebung ausgeleuchtet hätten, wenn sie doch bloß die Hände vom Gesicht ziehen und die Augen öffnen würde.

Es war verpflichtend, ein Kreuz neben den Namen zu setzen, wenn man den abendlichen Rundgang begann, den ersten von dreien im Laufe einer Nachtschicht. Der Kugelschreiber hing an einer blau-rot-weißen Schnur und knallte wieder mal gegen das hellfaserige Holz des Klemmbrettes, das neben dem Lichtschalter an die Wand montiert war. Vom Kabuff der Wachmannschaft, Platz für drei Spinde und einen Allzwecktisch, dekoriert mit Brotdosen und Thermoskannen, waren es kaum zehn Schritte zur Feuertreppe. Den schwarzen Handlauf aus Hartplastik packend, sprang Konrad ein Stockwerk höher, blieb vor der Brandschutztür mit einer aufgeklebten Eins stehen, die Ränder der Zahl waren zerschlissen. Dahinter begann ein breiter Mittelgang, der sich halbrund zur Nordseite des Gebäudes wand, mit Teppichen ausgelegt, die jeden Schritt abfederten. Wenn er beim Gehen pfiff, ergab sich zusätzlich ein satter Klang in der Luft. Ab und zu prüfte er mit einem Herabdrücken der Klinke, ob die Büroräume vorschriftsmäßig verschlossen waren. Um sich bis zum zehnten Stockwerk hochzuarbeiten, blieben ihm genau siebzehn Minuten, das hatte er in unzähligen Nachtschichten herausgefunden. Dort traf er den zweiten Wachmann, einen mürrischen Typ, dünn wie ein Strohhalm, der die Stockwerke zwanzig bis zehn überprüft hatte, in abwärtsgerichteter Reihenfolge. Nachdem sie sich gegenseitig bestätigt hatten, dass alles klar sei, visierte der Kollege die erste Zigarettenpause an, die er stets in der Raucher-Lounge mit den stramm bezogenen Ledergarnituren absolvierte. An zwei Punkten im Raum standen Glasvasen, befüllt mit Streichholzschachteln, der Blick auf die Stadt sei erhaben oder schwindelerregend, je nachdem, welche Beziehung man zu großen Höhen habe, sagte er häufig, wenn sie zusammen rauchten. Diesmal müsse er ihn alleine lassen, erwiderte Konrad, ein Missgeschick mit meinem Magen, woraufhin er in den Fahrstuhl stieg, um ins Erdgeschoss zu fahren, wo er dem dritten Wachmann beim Empfang mitteilte, dass es Probleme mit der Sprinkleranlage im dritten Stock gäbe, ob er sich das mal angucken könne, er sei doch früher Heizungsmonteur gewesen. Ich kann hier die Stellung für dich halten, sagte Konrad, und der Wachmann, ein kahlköpfiger Muskelprotz, nahm nicht ohne Stolz den Auftrag entgegen und wartete bereits vor dem Fahrstuhl, den Blick auf die Anzeigetafel gerichtet. Nun musste Konrad nur noch die Telefonzentrale und den Sortierraum der Hauspost durchqueren, beim kaputten Feuerlöscher die Zugangstür zur Tiefgarage aufdrücken, die er links liegen ließ, um im anschließenden Verbindungsflur die Rollstuhlrampe hochzulaufen und sich beim Personaleingang einzufinden, wo er das Trio hereinließ, schnelle Grüße in die Runde verteilend. Liane kam als Letzte hinein, zwei Küsse auf seine Wangen streuend und den anderen mitteilend, seht ihr, auf Kontra ist Verlass.

Der olivgrüne Overall der Reinigungsfirma stand ihr fantastisch, fand Kontra, aber sein Kompliment wurde vom lauten Ankommen des Lastenaufzugs geschluckt. Liane zog das geschlossene Revers zurecht, wobei sie anmerkte, dass man mit ein paar braunen Flicken, selbstverständlich in abweichenden Brauntönen, gut und gerne eine Camouflage-Uniform daraus schneidern könnte. Im matten Licht des Aufzugs flatterten Schattenblöcke im schnellen Wechsel über ihr Gesicht. Sie fragte ihn, ob ihm ihre Frisur gefalle, sie sei sich unschlüssig, ob sie die Haare kürzer tragen solle, radikal abrasieren, sagte sie und verdrehte die Augen zur Seite, um eine Strähne zu betrachten, die sie zwischen den Fingern zusammenzwirbelte. Kontra schüttelte den Kopf, was ausdrücken sollte, dass ihm jegliche Frisuren an ihr gefallen würden. Bär und Vene standen stumm daneben, jeweils eine dunkle Tasche über den Rücken geschnallt, die hellgrauen Besenstiele lagen wie Speere in ihren Händen. Vene, ein unentwegt grinsender Mensch, dessen richtigen Namen niemand kannte, war Südamerikaner. Genauer wurde er Kontra nicht vorgestellt. Eines Tages war er dazugestoßen und hatte sich über einen Stadtplan auf dem Teppichboden im Wohnzimmer gebeugt, das im Laufe der vergangenen Wochen zum Planungszentrum geworden war, übersät mit Dokumenten und Fotos, teilweise waren sie an die Raufasertapete gepinnt worden. Der Lastenaufzug schlingerte langsam weiter zum zwölften Stockwerk. Auf engem Raum zusammengedrängt wurde deutlich, dass Bär einen Kopf größer war als alle anderen, was ihm jedoch keine Autorität verlieh. Im Gegenteil, er wirkte hilflos, wenn er die pudelhafte Frisur einzog, um sich nicht am Türrahmen zu stoßen. Kontra hatte einen Konferenzraum im Ostflügel des Stockwerks aufgeschlossen, und die vier strömten an der rechteckigen Tischformation vorbei zur Balkontür, die er mit einem speziellen Rundschlüssel entriegelte. Liane ging als Erste hinaus, inspizierte die Umgebung und schob einen kleinen Tisch ans Geländer. Währenddessen holten Vene und Bär die Gewehre aus den Taschen, die Zielfernrohre mussten noch montiert werden. Kontra ging in den Flur zurück und postierte sich vor dem Konferenzraum. Irgendwann hörte er vier gedämpfte Schüsse, in kurzen Abständen hintereinander, nicht lauter als trockener Husten, der von halb geschlossenen

Lippen gebändigt wurde. Die Zielperson, ein ex-nationalsozialistischer Hurenbock der ekelerregendsten Sorte, wie Liane sich ausdrückte, ein Alt-Nazi, früher mal ein großes Tier im Flugzeugbau, nun übernahm er Lobbyarbeiten für eine Ölbohrfirma, die ihn in der obersten Etage des benachbarten Hotels InterContinental einquartiert hatte. Nach dem Abendessen wollte er wohl noch wichtige Dokumente unter dem Schein der Schreibtischlampe durchsehen, wurde aber von einem der Schüsse tödlich am Hals getroffen und rücklings in die Zimmermitte geschleudert. Sie sieht gut aus, wenn sie über Stufen rennt, dachte Konrad, der mit den anderen das Treppenhaus hinunterstürzte. Draußen angekommen, gab es ein Schulterklopfen von Vene und ein ungelenkes Händeschütteln mit Bär. Liane streichelte ihm über die Wange, aber da saßen sie bereits zu viert im Wagen, der einsam im morgendlichen Nebel auf einem Autobahnparkplatz ohne Toilettenhäuschen abgestellt war. Im Radio überschlugen sich die Meldungen von der Ermordung eines Geschäftsmannes, Vater von drei Kindern, der in einem Frankfurter Hotelzimmer tot aufgefunden worden war. Vene saß am Steuer und drehte die Lautstärke leiser, da von hinten ein Auto, Luxusklasse mit getönten Scheiben, über das Kopfsteinpflaster langsam näher kam. Das Seitenfenster wurde heruntergefahren, ein Mann mit Baseballkappe, zwei übereinander liegende Buchstaben, ein N und ein Y, waren auf dem Stirnfeld erkennbar, schubste eine Reisetasche hinaus, woraufhin das Fahrzeug stark beschleunigte und wieder auf die Autobahn auffuhr. Bär stieg aus und holte die Tasche, ein kurzer Blick genügte, um festzustellen, dass sie mit Dollarnoten vollgestopft war. Vene startete den Wagen, und Kontras Augenlider fielen im wiegenden Takt der Autobahnfahrt allmählich zu. Hügelige Landschaften waberten im Hintergrund, ein ums andere Kornfeld wischte vorüber. Liane hatte ihren Kopf an seine rechte Schulter gelehnt, und bevor Vene das Radio wieder lauter drehte, wandte Bär den Kopf nach hinten und grinste Kontra an. Und alles nur, weil ich dir aus Versehen ein Loch in die Decke geschossen habe. Bevor Konrad darauf reagieren konnte, rief Bär schnell etwas hinterher. Willkommen beim ZIRKUS.

Die *Zellen der International-Revolutionären Kampftruppe Unabhängiger Soldaten* besaßen keine hierarchische Struktur und waren dezentral organisiert. Ihren Ursprung, soweit sich das zurückverfolgen ließ, markierte eine Schnapsidee von zwei jungen Kochlehrlingen, die am Küchenausgang des Restaurants etwas Marihuana über dunklen Tabak streuten, den sie in ein Blättchen rollten und sich als Zigarette teilten. Das Werbeplakat eines Wanderzirkus, unweit am Straßenrand montiert, brachte sie dazu, sich einen eigenen Namen für die unentwegt und überall aufkeimenden antiimperialistischen Banden auszudenken, denen sie politisch wie gesellschaftlich nichts abgewinnen konnten. Mit albernem Kichern untermalt steigerte sich die Namensfindung immer weiter, bis der Küchenchef den Kopf aus der Tür reckte und ihnen mit der flachen Hand Schläge androhte, wenn nicht augenblicklich die Zwiebeln fertig geschält würden. Die Tatsache, dass sich das Restaurant im Einzugsgebiet der Goethe-Universität befand, war ursächlich dafür verantwortlich, dass ein Student der Philosophie oder Soziologie während des erwähnten Vorgangs in Hörweite vorbeilief und alles mitbekam. Dieser Student, so wurde berichtet, nahm sich den Namen zu Herzen und formulierte noch im Laufe der Nacht ein Manifest, das unter anderem einen Zehn-Punkte-Plan beinhaltete, der bei energischer und konsequenter Durchführung innerhalb eines Jahres das Ende jeglicher kapitalbasierten Wirtschaftsform herbeiführen hätte können. Leider kam der Student nie über den ersten Punkt hinaus, der den mysteriösen Titel *Hungerstreik als Modephänomen* trug. Er verlor von einem Moment auf den anderen die Lust, sich weiter damit zu beschäftigen. Somit vergaß er das Manifest, das für immer in den Untiefen seines schwarzen Oktavhefts versickerte, bereits am folgenden Morgen. Die nachfolgende Bewohnerin des Zimmers, die ein Jahr später in der Wohngemeinschaft *Roter Zorn* am Kurfürstenplatz einzog, fand das Heft hinter den Streben der Heizung. Es war, andauernder Hitze ausgesetzt, reichlich angegilbt und in der Mitte versengt. Beim ersten Aufschlagen stach Liane der Name ins Auge, er war in verschiedenen Größen über ein Doppelblatt gekritzelt worden. Das fehlende Manifest schrieb sie bis zum Frühjahr fertig, jedoch ohne Zehn-Punkte-Plan. Es wurde vielmehr eine verstrickt formulierte politutopische Abhandlung. Erst durch die Bekanntschaft mit Vene, er kam eines Tages in die Wohngemeinschaft, um Kokaintütchen zu verkaufen, und zog sich bereits fünf Minuten später mit Liane in ihr Zimmer zurück, fanden ihre Ideen auch außerhalb der Studentenschaft Anhänger. Vene war ein Ex-Söldner aus dem Norden Venezuelas, der brutal und rücksichtslos im Drogengeschäft am Hauptbahnhof mitmischte, jeweils gute Gründe für seinen Spitznamen. Er nahm Aufträge an, sowohl von Rockern als auch von der ansässigen Mafia, beide schätzten seine Präzision und Schnelligkeit. Obwohl er die familiär strukturierten Verbrecherbanden grundlegend respektierte, hatte es ihm nie eingeleuchtet, wie man kriminell sein konnte, um ausschließlich Geld zu scheffeln. Immer öfter tauchte er bei den Sitzungen auf, die in der Küche des *Roten Zorns* abgehalten wurden. Dort gab es wenigstens die Idee einer revolutionären Zielsetzung und Lianes Schönheit, sie schliefen ab und zu miteinander, aber das taten alle irgendwie zu dieser Zeit. Die meisten Genossen der Wohngemeinschaft waren seiner Meinung nach reiche Snobs, die Latschen anstelle von italienischem Leder trugen. Wohlerzogene Labertaschen, die Liane mit ihren Zitaten von toten französischen Kulturanthropologen imponieren wollten und wiederum an ihren Lippen hingen, wenn sie über Ungerechtigkeiten dozierte, anhand von Fallbeispielen aus den Armenvierteln in Nicaragua oder Ecuador, wobei Vene stets angepisst war, dass Liane, trotz ihrer hohen Intelligenz, sich nie die Mühe machte, die Ländernamen mit akkurat spanischem Akzent auszusprechen. *Niekaraguah und Ähkwadoah* wurden Comicstrip-Figuren, mit denen er manchmal einschlief, zwei südamerikanische Beutelratten, beide mit Panzerfäusten bewaffnet, aus denen sie Granaten in der Form von Heroinzäpfchen in die Arschlöcher des Establishments feuerten. Eines Morgens wachte er auf und fuhr geradewegs zu Liane. Noch bevor sie etwas sagen konnte, fragte er in gebrochenem Deutsch, ob sie nicht auch das Gefühl habe, dass es an der Zeit sei, aktiv zu werden. Sie überlegte eine Weile und stimmte ihm zu. Die Labertaschen waren natürlich dagegen, manche blieben noch so lange, bis sie die Gewehre aus Beständen der tschechoslowakischen Armee sahen, die verstreut auf dem Fußboden der Küche lagen. Vene hatte sie von einem Waffenschieber im Osthafen erworben. Zur verabredeten Schießübung am nächsten Morgen erschien nur der große Kerl, der sonst bei den Sitzungen still in der Ecke hockte und Nüsse futterte. Vene mochte ihn sofort, er war nicht sehr helle, aber entschlossen für den Kampf, mit Grundausbildung bei der Bundeswehr, bis sie ihn rausgeschmissen hatten aufgrund psychischer Instabilität, eine goldene Kombination für einen Guerillero. Zu dritt fuhren sie nach Limburg, etwa eine Stunde von Frankfurt entfernt, von dort ging es über Landstraßen und Waldwege querfeldein, bis sie durch ein Dorf fuhren, das in einem wunderschönen Tal gelegen war. Es war ein sonniger Tag, durch die offenen Fenster drang frischer Fahrtwind. Kurz entschlossen ließen sie das Auto neben einer Kapelle stehen, im Kofferraum lag ein Sechserpack Binding zwischen den Gewehrläufen. Bevor es in den Wäldern zu einer Übung an den Waffen kam, erkundeten sie das Tal. Beim Anstoßen im Schatten einer frei stehenden

Linde, es war der einzige Baum inmitten von sprießenden Weizenfeldern, erklärte der ZIRKUS dem Rest der Welt feierlich den Krieg.

Das war vor zehn Jahren, erinnerte sich Bär, der pausenlos geredet hatte. Kontra versuchte, müde wie er war, ihm so gut wie möglich zuzuhören, war zwischendurch aber immer wieder eingenickt. Den Rest kannte er aus den Nachrichten. Erst die Anschläge auf leer stehende Rüstungslager, dann die fehlgeschlagene Briefbombenattacke auf den Finanzminister. Entführungen mit räuberischer Erpressung folgten, so nannte es die Staatsanwaltschaft, wenn in den Abendnachrichten über den ZIRKUS berichtet wurde. Dazu Sondersendungen im Radio, unscharfe Standfotos von Sicherheitskameras in Hochglanzmagazinen, Fahndungsplakate an Eingängen von Bankfilialen. Im Unterschied zu anderen revolutionären Gruppen machen wir auch Erledigungen für Geheimdienste oder Paramilitärs, wenn es sich ergibt, ergänzte Bär und konnte die Genugtuung nicht verbergen, als er anmerkte, dass die armen Loser oft noch Banküberfälle durchziehen mussten, um an Kohle zu kommen. Die stilprägenden Elemente, Sonnenbrillen und Schlaghosen, später dann, als diese Formgebung langsam aus der Mode kam, wurden Jeanshosen mit Fransen und Lederapplikationen daraus, machten sie zu Antistars der Gesellschaft. Es gab sogar einen Nummer-eins-Hit, *Ich bin der Zirkusdirektor* von der Band Kabelsalamander, einem Newcomer-Duo aus der Westberliner Musikszene. Im dazugehörigen Videoclip bediente einer von ihnen drei silberne Kästen, aus denen simple Computersounds tuteten, der andere trug einen schwarz-weiß karierten Zylinderhut und wiederholte den Text, der ausschließlich aus der Titelzeile bestand. Als Kontra die Augen öffnete, dudelte ein anderer Song aus dem Radio leise im Hintergrund. Sie standen in zweiter Reihe auf einer stark befahrenen Hauptstraße.

Liane kam aus einem kleinen Laden und verteilte drei identische Armbanduhren im Auto, nichts Hochwertiges, aber besser als Ramschware, sagte sie und gab die Uhrzeit vor, die eingestellt werden sollte. Beim Anlegen ums Gelenk klickte der Verschluss blechern ineinander, wie eine Handschelle, witzelte Bär, der eingeschnappt war, dass Liane sich eine schmale Damenuhr besorgt hatte, vergoldet und bestimmt doppelt so teuer. Vene empfand das metallische Armband als unangenehm, die schmalen Glieder vertrugen sich nicht mit seinem Haarwuchs, er maulte unentwegt. Kontra war hin und weg, er erinnerte sich nicht, wann er das letzte Mal ein Geschenk bekommen hatte, und konnte nicht aufhören, abwechselnd das Ziffernblatt und Lianes Gesicht anzustrahlen. Eine Nacht später überquerten sie die grüne Grenze hinter Passau, was ein Polaroid-Foto belegt, das den ZIRKUS und ein junges Akademikerpaar aus München zeigt, das sich aufs Land zurückgezogen hatte, alte Freunde von Liane. Das mit dem Geld sei ihnen zwar unangenehm, aber das Bauernhaus müsse von Grund auf renoviert werden, erklärten sie und steckten zwei Bündel Dollarscheine erst in eine Plastiktüte und dann ins unterste Fach des Küchenschranks. Frischer Tee dampfte aus dunklen Tongefäßen, eine Militärtaschenlampe stand kopfüber auf dem Holztisch und sah den brennenden Stumpenkerzen ringsum zum Verwechseln ähnlich. Kurz darauf huschte ein hell leuchtendes Zyklopenauge über Baumstämme, kroch durch Unterholz und in Gebüsche hinein. Mit der Taschenlampe in der Hand übernahm Vene die Aufgabe des Pfadfinders, die anderen folgten im Gänsemarsch. Am Waldrand wartete ein Kanu, mit Laub und Reisig bedeckt, das sie über die Donau brachte. Am nächsten Morgen, Bär hatte einen familientauglichen Peugeot kurzgeschlossen, glitten sie durch eine niedrige Alpenlandschaft, bis Vene mit den Fingerspitzen seinen Unglauben über die Häuserzeilen einer Kleinstadt streute. Hierhin, fragte er durch das Schnarchen von

Bär und Kontra hindurch. Liane lachte, niemand wird auf die Idee kommen, dass wir im Wiener Hinterland abtauchen, und nachdem sie das Ortsschild von Klosterneuburg passiert hatten, flüsterte sie so leise, dass niemand es hören konnte, außerdem haben wir hier etwas zu erledigen. In einem Neubaugebiet öffnete Liane mit einem silberfarbenen Schlüssel die Tür zu einer möblierten Mietwohnung. Das ganze Haus gehört einer Holding von amerikanischen Bankwichsern, die gute Verbindungen nach Israel haben, Details folgen später, erklärte Liane und warf ihren Rucksack in das einzige Zimmer mit Einzelbett, um es als ihren Schlafplatz zu markieren.

Selbstverständlich hätte Kontra hinterfragen können, ob es ideologisch keinen Widerspruch darstellte, sich von Leuten unterstützen zu lassen, deren Machenschaften man offiziell anprangerte und zu sabotieren bereit war, wenn er nicht dringend mit dem Betrachten des Sekundenzeigers seiner neuen Uhr beschäftigt gewesen wäre. Die akkurat ausgeführten Sprünge entlang der gestrichelten Markierungen waren ein unendlich sich im Kreis drehendes Faszinosum. Stattdessen erkundigte er sich während der ersten Observation in einem benachbarten Dorf, was es damit auf sich habe, alte Säcke beim Kartenspielen zu beobachten, wurde aber mit einem stramm in die Luft gestreckten Zeigefinger von Liane zum Schweigen verdonnert. Einer von den alten Säcken, wie du sie nennst, ist Arrestkommandant Kantschuster, der Prügler von Dachau, pfiff sie ihm entgegen, ohne das Fernglas abzusetzen. Hat damals Neuankömmlingen im Konzentrationslager mit der Peitsche den jüdischen Glauben austreiben wollen, sie drehte am Rädchen, um die Schärfe nachzubessern. Oder er hatte die Absicht, eine akkurate Flusskarte des Deutschen Reiches mit blutigen Striemen auf den Rücken von Gefangenen zu verewigen, als Kunstprojekt, setzte sie erklärend hinzu, wie du weißt, waren viele von denen verkappte Maler oder Bildhauer. Sie hob den Blick und sah ihn an, jedenfalls war er ein krankes und brutales Nazischwein. Gilt seit Jahrzehnten als verschollen, erklärte sie abends den anderen, alle saßen zusammen in der Wohnung, mit einem Holzlineal kreiste sie um ein vergrößertes Porträtfoto, das ihn als jungen Mann in Uniform zeigte und an eine Wand geklebt war, aber nach neuesten Geheimdiensterkenntnissen hockt er mit seinem fetten Hintern in einem Seniorenheim ganz in der Nähe. Sie habe sich heute Morgen mit Konrad bereits einen ersten Überblick von den Gegebenheiten vor Ort verschafft. Bär strahlte zufrieden und verkündete stolz seinen Vorschlag, der Aktion den Namen *Bedrohte Tierart* zu geben, was einstimmig angenommen wurde. Weil sie das Haus monatelang geduldig beobachten mussten, wie bei Naturforschern üblich, die Tiere im Regenwald studieren, behauptete Jahrzehnte später Olaf Krohm, ein ehemaliger Mitarbeiter des Bundeskriminalamtes, in der Fernsehdokumentation, die über den ZIRKUS gedreht wurde, eine deutsch-französische Koproduktion. Als die Vorbereitungen sich langsam dem Ende neigten, bekamen sie Besuch von zwei Agenten des israelischen Geheimdienstes, vermeldete eine Stimme aus dem Off. Braun gebrannt und frisch von der Akademie klopfte einer der beiden an die Wohnungstür im Neubaugebiet. Zweimal kurz, dreimal mit auffallend langen Pausen dazwischen, dann ein komplizierter Groove wie von einem Jazzdrummer und schließlich sieben Wiederholungen, schnell und leise, nur mit dem Knöchel des Mittelfingers. Aron und Marga stellten sich mit Vornamen vor und schüttelten allen freundlich die Hand, Liane schien sie schon zu kennen. Offiziell waren sie als passionierte Segelflieger nach Österreich eingereist, die im Tullner Becken ihren Urlaub verbringen wollten. In der Wohnküche wurde lange über die Besetzung der westdeutschen Botschaft in Prag diskutiert, dann verschwanden sie mit Liane in ihrem Zimmer, für die Übergabe der neuen Pässe und des Kuverts mit den Auslandschecks, trällerte diese, bevor sie die Tür hinter sich zuzog. Kontra betrachtete den Sekundenzeiger und zählte, wie viele Umrundungen eine Nacht und einen Vormittag ausmachten. Die Geschmeidigkeit der zum Teil sichtbaren Federn und Rädchen des Uhrwerks zogen ihn so sehr in den Bann, dass er von den röhrend über den Boden ruckenden Füßen des Bettgestells gar nichts mitbekam.

Auch eine Woche später, beim Sturmangriff auf den Aufenthaltsraum des Seniorenheims, Höhepunkt der Aktion *Bedrohte Tierart*, blieben für Kontra die Geräusche im Verborgenen. Er fühlte sich wie damals, wenn er durch den Vorhang der Harmonie-Lichtspiele auf die Leinwand gelinst und einen Stummfilm betrachtetet hatte. Mit dem Unterschied, dass er nun durch ein Fernglas Zeuge wurde, wie vier Personen an Ort und Stelle ihren Verletzungen erlagen. Zwei davon waren über Schläuche an Nährstoffbeutel angeschlossen, die an Teleskopstangen hingen und während des Kugelhagels tanzend durch die Luft zuckten. Ein Keyboardspieler, der ein Händchen für sogenannte Schlagerhits hatte, die er für die Bewohner an zwei Nachmittagen der Woche zum Besten gab, erlitt leichte Verletzungen. Bei seiner Aussage, die auf Tonband mitgeschnitten wurde, blieb nicht unerwähnt, dass er für seine Darbietung von *Tränen der Nacht* stets Szenenapplaus bekam, meistens nach dem ersten Refrain. Außerdem war von drei schwer bewaffneten und vollvermummten Kreaturen die Rede, die hereinstürmten und das Feuer auf die Vierergruppe, die um einen Holztisch herumsaß und Canasta spielte, eröffneten. Anschließend wurde das schwarz-weiße Porträtfoto eines Offiziers zwischen den Leichen positioniert und der wortlose Rückzug angetreten. Während die Polizei erste Ermittlungen einleitete und viel Zeit darauf verwendete, ein Bekennerschreiben zu finden, wartete der ZIRKUS bereits in der

Abflughalle des Wiener Flughafens. Liane zog Konrad zur Seite, ich habe mein Wort gehalten, sagte sie, und weil er einerseits verwundert darüber war, dass es wie ein Abschied gemeint sein könnte, und sie ihn andererseits ansah, als erwartete sie einen Orden, brachte er es nicht übers Herz, ihr zu sagen, dass er zwar dankbar sei, aber ein Problem damit habe, dass drei unschuldige Menschen getötet wurden, weil die Zielperson nicht eindeutig ausgemacht werden konnte. Ich halte es für eine gute Idee, sagte sie, ohne seine Bemerkung abzuwarten, wenn wir uns aufteilen, aus Sicherheitsgründen, fügte sie hinzu, wenigstens für eine Weile, die anderen wissen schon Bescheid. Sie nahm einen Flug über Istanbul nach Beirut, wo sie mit der Führungsriege der Fatah eine Entführung ausarbeiten wollte, wochenlang hörte man kein Sterbenswort von ihr.

Der Rest des ZIRKUS tauchte in Wiesbaden unter, in einem verwilderten Gartenhäuschen. Bär hatte sie hingeführt, die Pacht gehörte einst seinen verstorbenen Großeltern. Vene kippte von morgens bis abends ein Gesöff aus Rotwein, Orangenlimo und zwei Esslöffeln Klosterfrau Melissengeist in sich hinein, die Flasche hatte er im Medizinschränkchen gefunden. Wenn er dann besoffen vor dem Häuschen saß, erzählte er von seinen *Dschungeltagen*, wie er sie nannte, der Zeit, als er in den Urwäldern Venezuelas Drogenrouten sicherte, für die Revolution, fügte er erklärend hinzu. Geschichten vom Dickicht, das in der Nacht nach einem schnappte, wenn man nicht aufpasste. Plötzlich war man umzingelt, dicht bis an die Haut, als wäre es innerhalb eines Atemzuges um dich herumgewachsen, ein Monster mit unendlichen Armen, das deinen Körper einwickelt und aufspießt. Er spreizte beide Zeigefinger und bohrte sie in Brust und Bauch, um die Geschehnisse zu verdeutlichen, wobei ein Tattoo sichtbar wurde, das sich über den gesamten Brustkorb zog, in Form eines M. Eine Machete sei machtlos, sagte er mindestens fünfmal hintereinander. Salvador, meinen Schulfreund, haben wir so verloren, er wurde vom Dschungel geschluckt und nur langsam verdaut. Seine Schreie waren schrille Pfiffe, wie die eines lungenkranken Säuglings, wir hörten sie noch nächtelang. Während er sprach, machte er schräge Schlitze mit einem Teppichmesser in das blaue Plastik einer Tischdecke. Er schwor Rache für seinen Freund, seine Heimat und für tausend andere Dinge, was keineswegs seine Ermächtigung rechtfertigen konnte, einem Kaninchen, das in eine Mäusefalle geraten war, den Kopf mit einem Gummihammer zu zertrümmern. Währenddessen überschlugen sich die Schlagzeilen, von bestialischen Methoden einer Terrorbande war die Rede, Vergleiche mit den Killerkommandos einer Militärdiktatur wurden gezogen. Erst im Laufe der Wochen, das Detail mit Kantschusters Foto war zunächst von offizieller Seite zurückgehalten worden und sickerte nun langsam durch, gingen die Medien dazu über, das Attentat sachlicher aufzuarbeiten. Eine Journalistin nannte es einen geografischen Treppenwitz der Geschichte, dessen makabrer Humor Franz Kafka sicher gefallen hätte. Denn ausgerechnet in Kierling, dem kleinen Ort, in dem sich das Seniorenheim befand, war der Schriftsteller lange vor dem Ausbruch des Zweiten Weltkriegs einem Kehlkopfleiden erlegen. Ein tragischer Fall, aber dadurch sei es ihm wenigstens erspart geblieben, miterleben zu müssen, wie seine Schwestern, wohlgemerkt alle drei, in Konzentrationslagern umkamen. Manche Leitartikel stuften das Attentat sogar als Heldentat ein, welches die ehemaligen Massentötungen der Nazis mit ebenbürtiger Härte sühnte. Bär kam mit Einkaufstüten aus der Stadt zurück und hatte neben diversen Zeitungen und einem Tittenmagazin auch ein verschlüsseltes Telegramm von Liane dabei. Ein Wiesbadener Verleger, der den ZIRKUS im Verborgenen unterstützte, fungierte in solchen Fällen als Empfänger. Sie schrieb aus Tel

Aviv, dass das Wetter sehr angenehm sei, außerdem habe sie ein paar Tage bei Aron und Marga verbracht und komme bald zurück. Ob Konrad wisse, dass es hinter Beirut zwei Gebirgszüge gebe, den Libanon und den Anti-Libanon, irgendwie sei das lustig, mit freundlichen Grüßen.

Am darauffolgenden Tag wurde sie am Frankfurter Flughafen, ohne dass sie Widerstand leistete, vom Grenzschutz festgenommen und kam in Untersuchungshaft. Noch in der ersten Nacht wurde sie tot aufgefunden. Sie hatte sich erhängt, mit aneinandergekoppelten Kabelbindern, die bei Umbauarbeiten am Sanitärbereich in der Zelle vergessen worden waren, so die offizielle Stellungnahme der Gefängnisdirektion. Bär stand auf, als er die Nachricht im Radio hörte, lief aus dem Gartenhäuschen, verließ die Anlage und schlug sich barfuß bis nach Frankreich durch, wo er vermutlich Weinbauer wurde, aber das wusste niemand genau. Vene hingegen verlor vollkommen die Kontrolle und war besessen davon, sich eine Panzerfaust zu besorgen. Beim verabredeten Waffendeal wurde er hintergangen, man munkelte, dass jemand eine alte Rechnung mit ihm zu begleichen hatte. Sein kopfloser Körper wurde in der Nähe des Waldstadions von einer Spaziergängerin gefunden, einer alleinstehenden Dame, die dort Bärlauch sammelte. Der muss doch geblutet haben wie ein Hund, der Arme, erzählte sie noch monatelang, wenn sie einen Nachbarn bei den Briefkästen erwischte. Sie wohnte in der Siedlung, in der auch Kontras Wohnung lag. Er grüßte sie freundlich und lief die Treppen vorsichtig nach oben, der Fahrstuhl war ausgefallen. Die Stockwerke glichen einander wie identische Kopien, nur ein sternförmiger Riss im Mauerwerk markierte das elfte. Er zögerte vor seiner Wohnungstür, der Schlüssel passte noch. Möbel und Hausrat waren unverrückt, alles hatte Staub angesetzt. Im Wohnzimmer roch es muffig, der Aschenbecher war übervoll mit alten Stummeln, daneben die Streichholzschachtel, *Wir feuern dich an*. Das Fernsehergerät funktionierte einwandfrei, in jedem Programm waren jubelnde Menschen zu sehen, die sich in den Armen hielten und sich küssten und sangen, hupende Autokorsos in den Straßen, unglaubliche Szenen, die sich heute in Berlin abspielen, sagte eine Sprecherin und war den Tränen nahe. Kontra ging auf den Balkon und befürchtete, dass der Selbstmord der Terroristin Liane Kämmler durch die Wirren des Mauerfalls in der öffentlichen Wahrnehmung untergehen würde. Er war müde, sein Gehirn durchsetzt von einer schreckhaften Stille. Die Brüstung des Balkons fest umklammernd, sodass die Knöchel wie schneebedeckte Hügelketten spitz hervorstachen, war er unschlüssig, ob es ihm darum ging, sich anzulehnen oder genügend Muskelspannung zu erzeugen für einen Sprung.

Drinnen klopfte es an der Tür. Selbstverständlich war es Liane, die sich für ihren dusseligen Bruder entschuldigte und für den Unfall mit dem Jagdgewehr, nach dessen Projektil sie den Teppichboden absuchte, wobei sie die Streichhölzer entdeckte. Danach verabredete sie sich mit ihm in einem Café mit Dach, wo er einen Milchkaffee und sie einen Kamillentee bestellte. Ein anschließender Spaziergang durch die Straßen, die Gedenktafel an der Schule, die sie ihm vorlas, seine Traurigkeit über Nadias gewaltsamen Tod. Konrad durchlebte alles in einer Art Suchlauf, der ihn im Spulverfahren durch die Geschehnisse schickte. Zwischendurch gab es Geschwindigkeitsschwankungen. Der Außenspiegel des Lastwagens beispielsweise, der ihn um Haaresbreite verfehlte, kroch in akkordeonhaft gepresster Verlangsamung an ihm vorüber, wurde aber bereits im nächsten Moment schwunghaft auseinandergezogen. Ereignisse gewannen rasch wieder an Tempo, und Konrad stolperte in den Suchlauf zurück. Liane und er, wie sie um Autos kurvten, die im Abendverkehr feststeckten. Die Gespräche, die sie führten, bis er todmüde war und aufschreckte aus dem Schlaf, sodass sie ihm Wasser brachte und versprach, Nadias Unrecht zu rächen, oder sagte sie, es sei Unrecht, sich zu rächen, da war Konrad sich plötzlich unsicher, auch ihre anschließende Bemerkung, sie würden Vergeltung üben, vielleicht hieß es auch Vergebung, er wusste es nicht. Die Worte schleuderten zu schnell an ihm vorüber und blieben wie spitz gehackte Holzklötze im Getriebe der Vorspulmaschine stecken, die zusehends an Kraft einbüßte, bis sie schlotternd und dampfend zum Erliegen kam, sich noch einmal zusammensog, als atmete sie tief ein, und mit einem Erlösungsschrei in alle Einzelteile explodierte. Sturzbachartig strömte Flüssigkeit aus seinen Augen, rann über die Wangen, wo sie sich an der Kinnlinie sammelte und Tropfen für Tropfen auf die Brüstung kleckerte. Konrad wischte die Tränen grob in die Armbeuge, bevor er sich abstützte und mit einem Kopfsprung in die Tiefe segelte.

Er landete auf den Füßen in weichem Matsch. Es hatte seit Tagen geregnet, und die verwilderten Beete hinter dem Gartenhäuschen hatten sich vollgesogen. Eine seiner Lieblingsbeschäftigungen war, auf einem mit Moos bewachsenen Stumpf herumzustehen und sich wie ein Baum zu verhalten. In Windrichtung geneigt, Arme gespreizt und Finger ausgestreckt, als würden Blätter daran wachsen. Es war schon eine Weile her, dass Bär und Vene verschwunden waren. Anfangs spekulierte er noch auf deren Rückkehr, und abgesehen davon, dass er sonst nicht wusste, was er mit seiner Zeit anfangen sollte, tat es gut, die Füße stillzuhalten und zu warten. Selbst bei starkem Regen blieb er auf dem Stumpf stehen, bis er mit einem kleinen Hüpfer, meist aufkommendem Hunger geschuldet, über den matschigen Boden stapfte und sich in der Gartenhütte ein Toastbrot schmierte, während das Radio lief. Langfristig bekamen die Jubelgesänge über den Zusammenbruch des Eisernen Vorhangs einen nüchterneren Tonfall. Die Politik hatte der Bevölkerung das Zepter des Freiheitskampfes aus der Hand gerissen und quasselte nun über Zukunftskonzepte und Finanzierungspläne. Über den ZIRKUS sprach niemand mehr. Nachdem das letzte Toastbrot aufgebraucht war, packte Konrad seinen Beutel mit ein paar Ersatzklamotten, einer Taschenlampe, einem Feuerzeug und dem Kafka-Buch. Er zog die Tür hinter sich zu, die nicht einschnappte, sondern einen Spalt weit offen blieb, das Holz war verzogen. Am Vorbau der Hütte war die orange-schwarz gestreifte Pergola halb eingerollt, eine abgerissene Stoffzunge hing herunter und schwappte schwerfällig durch die Luft. Der Weg aus Steinplatten führte zum quietschenden Gartentor und war von Unkraut und hoch sprießendem Wiesengewächs überwuchert. Bis vor Kurzem versperrte auf beiden Seiten der Umzäunung sattes Grün die Sicht nach innen. Breit wachsende Walnusssträucher und Fliederbäume wickelten sich um das großzügige Areal, dessen Rasenfläche gut und gerne ein Handballfeld ergab. In den letzten Tagen war alles kahl geworden, und Konrad fand, dass es an der Zeit war aufzubrechen. Als er das Gartentor anlehnte und den Kiesweg betrachtete, unschlüssig darüber, welche Richtung er einschlagen sollte, tappte ihm jemand von hinten auf die Schulter. Komm mit, sagte Bär, sein Gesicht war entlang der Wangen mit Tarnfarbe eingeschmiert und von einem quer verlaufenden Ast auf Höhe der Stirn verdeckt, wir müssen noch eine Sache erledigen. Er schob sich an Konrad vorbei, der kommentarlos seiner seinen hin und her wippenden Haaren über den Kiesweg und durch struppiges Unterholz folgte, bis sie zu einem Fahrzeug gelangten. Erst im Wagen, nun war es ein deutsches Fabrikat, sah Bär ihn wieder an und nickte, was Konrad als Begrüßung wertete. Bevor Bär den Blinker setzte, um vom Zufahrtsweg der Kleingartenanlage stadtauswärts auf eine Hauptstraße zu biegen, drückte er eine

Kassette ins Autoradio. Kam gestern im *Postfach* an, sagte er, sie muss es kurz vor dem Abflug aus Tel Aviv geschickt haben. Ich dachte, du bist in Frankreich, sagte Konrad, ein lauter werdendes Rauschen füllte den Innenraum aus, Bär drehte den Lautstärkeregler mittels kleiner Schübe auf Maximum. Sehr gut, erwiderte er, die Hand am Schalthebel, während er ein blaues Straßenschild musterte, dann glauben es die Bullen vielleicht auch. Er drückte das Gaspedal durch, nachdem der Wagen auf die leicht ansteigende Autobahnauffahrt gebogen war.

Lianes Aufnahme war kurz, keine zwei Minuten lang. Konrad bat Bär mehrere Male, die Kassette zurückzuspulen. Er wollte wieder und wieder Lianes Stimme hören, die unaufdringlich von der Notwendigkeit sprach, im Falle ihrer Verhaftung oder ihres Ablebens sämtliche Spuren zu verwischen. Alle Unterlagen sollten verbrannt werden. Sie wiederholte den Satz zweimal und fügte hinzu, dass es nicht ausreiche, Papier zu schreddern. Außerdem müsse das Depot im Gelbachtal ausgehoben werden. Der gesamte Inhalt sei noch vor Ort zu vernichten. Vor allem Dokumente, die einen Hinweis auf die Arbeitsstrukturen des ZIRKUS liefern würden. Das Lösegeld für den Bonner Wirtschaftssekretär sei frei verfügbar. Falls sich noch Handfeuerwaffen im Depot befänden, sie erinnere sich nicht mehr genau, sollten diese, außerhalb eines hundert Kilometer weiten Radius, in fließende Gewässer geworfen werden. Am besten an einer tiefen Stelle, woraufhin sie einmal auflachte, das einzige Mal, dass sie aus ihrem Tonfall fiel, mit dem sie sachlich genau formulierend eine beklemmende Dringlichkeit erzeugte. Es gebe Grund zur Annahme, fuhr sie fort, dass Interpol einen Zugriff plane, sie müsse aber noch Informationen abwarten beziehungsweise abwägen, an der Stelle war die Aufnahme unsauber. Dann kam der Abschnitt, dem Kontra jedes Mal entgegenfieberte, nicht nur, weil sein Name genannt wurde. Die Papprolle, die sie damals beim Geständnis bekommen hatten, solle Kontra übergeben werden, er würde schon verstehen, warum. Nachdem alle Spuren verwischt wären, müsste der ZIRKUS sich auflösen, sie machte eine Pause, die Aufnahme gab keinen Aufschluss darüber, ob sie seufzte. Es bliebe keine andere Wahl, als sich in alle Himmelsrichtungen zu verstreuen, ohne Kontakt, stets voneinander abgewandt wie Magnete gleicher Ladung. Damit endete die Aufnahme, noch kurz von einem Rauschen begleitet, bis deutlich hörbar die Stopptaste gedrückt wurde.

Bei Limburg fuhren sie von der Autobahn ab. Wo wirst du hingehen, fragte Konrad, und wie auf einen Befehl hin streckte Bär den Arm zum Beifahrerfenster aus, sein Ellenbogen schlug Konrad fast auf die Nase. Nach Ostberlin, sagte er, und Konrad folgte der Richtung, die seine Hand anpeilte, nichts als Felder und bucklige Hügellandschaften, auf die sie in kurvigen Bahnen zusteuerten. Immer geradeaus, Luftlinie vielleicht fünfhundert Kilometer, meinte er, und Konrad war überzeugt, dass Bär sehr lange über einer Karte gebrütet hatte, um das herauszufinden. Sie fuhren eine Landstraße entlang, und selbst Konrad benötigte eine Weile, bis er Flussauen oder den vorbeiziehenden Kirchturm seinen Erinnerungen zuordnen konnte. Die Gesichtszüge der Landschaft waren ihm fremd geworden, es waren vor allem die Wälder, die sich verändert hatten. Massiv geschrumpft, ragten sie an zahlreichen Stellen bloß als dunkel bewaldete Vierecke heraus, von abgeernteten Getreidefeldern oder weiß-grauen Industrieanlagen umgeben. Hier in der Nähe bin ich geboren, sagte er zu Bär, der in einen Waldweg abbog, wodurch sich das Tageslicht im Wagen um die Hälfte verminderte. Gute Gegend für Schießübungen, antwortete Bär, und Konrad sah ihm an, dass er sich auf ein Waldstück entlang der linken Weghälfte konzentrierte. Das Auto fuhr bereits langsamer und hielt schließlich am Straßenrand, an einer Stelle, wo aus dem Nichts ein Trampelpfad auftauchte, der sich nach wenigen Metern im Unterholz verlor.

Im Gegensatz zur Luft, die durch die Ritzen zwischen den Holzbohlen zirkulieren konnte, von oben durch das Erdreich sickernd, blieb die Dunkelheit stets die gleiche. Es war weder eine neue hinzugekommen, noch hatte sie sich in irgendeiner Form von innen verändert. Die längliche Holzkiste, an den Kanten mit eisernen Beschlägen versehen, blieb seit Jahren von ein und derselben Dunkelheit ausgefüllt. Wie ein Stoff, der aus dem Gegenteil von Licht bestand, bedeckte sie Dokumente, die teilweise in braunes Packpapier eingeschlagen waren, ein Tonbandgerät, Schachteln mit Tonspulen oder Dias und Fotonegativen, zwei Tiefkühlbeutel voller Bargeld, fünf Pistolen, dazu ausreichend Nachlademunition, die in durchsichtige Plastiktütchen abgefüllt war, einen Schalldämpfer und eine Papprolle, die unter wild verstreuten Straßenkarten begraben lag. Inwieweit die Dunkelheit aufgrund der Einschläge, die eine Spitzhacke und eine ins Erdreich eintauchende Schaufel erzeugten, bereits ahnen konnte, dass ihr Ende nahte, blieb unklar. Als gesichert gilt allerdings, dass in dem Moment, als Bär den Kistendeckel anhob, bereits allererste Photonen ins Innere rutschten. Wo eben noch abgestandene Dunkelheit geherrscht hatte, drängte frisches Licht von außen hinzu. Beim zweiten Versuch, jetzt half Konrad ihm, den schweren Deckel hochzustemmen, prallte ein mächtiger Lichtschwall in die Kiste hinein. Die Dunkelheit verpuffte augenblicklich. Beide Männer standen knietief in einer frisch ausgehobenen Grube, ein grüner Benzinkanister in der Nähe war von Erdklumpen bedeckt, über ihren Köpfen wehten Baumwipfel. Während sich Bär an den Tiefkühlbeuteln zu schaffen machte, schob Konrad seine Hand zwischen die Stadtpläne. Die Finger umklammerten etwas, zylinderförmig schmiegte es sich an seine Haut wie der Griff eines Schwertes. Er zog daran und holte die Papprolle heraus, die mit einer kurzen Beschriftung versehen war. Konrad nahm sich die Zeit und stieg Buchstabe für Buchstabe an der schnörkellosen Handschrift entlang, die zurückgelegte Wegstrecke in sinnvollen Silben abspeichernd. Als er beim letzten Buchstaben angelangt war, flüsterte er das Gelesene zweimal vor sich hin, bevor er es laut aussprach, mit freudestrahlenden Augen: *Stimme von Franz Kafka*.

Beschreibung eines Kampfes

Zählte man die Buchstaben des Vornamens *Franz* und die des Nachnamens *Kafka*, so käme man in beiden Fällen auf ein identisches Ergebnis. Abgesehen davon, dass man nach dem Abzählen durch zwei erhobene Hände, jeweils fünf Finger wären ausgestreckt, eine segnende Geste heraufbeschwören würde, wenn man das beabsichtigte, blieben auf mathematischer Ebene mehrere Möglichkeiten übrig. Eine davon, vielleicht die offensichtlichste, wäre, die Zahlen miteinander zu potenzieren. Durch geübtes Kopfrechnen oder das Eintippen in einen batteriebetriebenen Taschenrechner bekäme man schnell heraus, was das ergibt. Nämlich dreitausendeinhundertfünfundzwanzig. Nähme man nun die Ziffern des Ergebnisses und addierte diese, bildete also die Quersumme, erhielte man die Schnapszahl Elf. Schriebe man diese ohne Serifen, demnach nur als Striche, wie in vielen Kulturen üblich, entstünden daraus zwei parallele Linien. Nun könnte man die Hände flach ausstrecken, die Finger stramm, die Daumen zum Gesicht gerichtet, und versuchen, diese Linien in der Luft nachzuzeichnen. Vielleicht näherte man die Handflächen einander an, bis sie sich berührten, und würde leise beginnen zu beten, Vater unser, wobei man ohne Umschweife mitbekäme, dass das Durchzählen der Wörter *Vater* und *unser* einen auf die gleiche mathematische Reise schicken würde. Viel lohnenswerter wäre es jedoch, mit der Elf einen Rückbezug auf das deutsche Alphabet herzustellen, genau dorthin, wo diese Rechenaufgabe ihren Ursprung nahm. Vom Anfangsbuchstaben zählte man die seit Kindertagen einstudierte Abfolge an den zehn Fingern und würde letztendlich feststellen, unter Umständen von einem Schauder ergriffen, bei welchem Buchstaben man an der elften Stelle angekommen wäre.

Kafka legte sich ihr stumm in den Weg. Möglich, dass er spinnengleich auf sie gewartet hatte. Im S-Bahn-Wagen beanspruchte ein Rentner mit durchgeschwitztem Hemd eine Doppelbank, er schnarchte und fummelte sich am Gemächt herum. Sie lief weiter, hinten war noch etwas frei. In der Ritze zwischen Rückenlehne und Sitzpolster steckte das Buch, jemand hatte es vergessen oder absichtlich liegen lassen. Wie ein Dornengestrüpp krallte sich das Gedruckte in sie, hinterließ Striemen, ein Muster aus Gitterstrukturen. Sie spürte eine Intimität, aber so, als wehte sie heran, aus weiter Ferne, als geflüsterter Hinweis auf die Einsamkeit, die in den knochigen Buchstaben kauerte. Die Geschichten brachten sie aus dem Gleichgewicht, wickelten sie ein, verwickelten sich in wahnwitzige Widersprüche, streichelten hier und da, entlockten ihr ein Lächeln. Seitdem wurde sie von Kafka begleitet, dem größten tschechischen Dichter aller Zeiten, wie ihre Mutter ihn nannte. Er wurde zum stummen Gegenspieler ihrer Musik, dem Jazz der Sechzigerjahre, in dessen Sound sie sich auf Anhieb verliebte. Während die Songs im Radio liefen, verstrich die Zeit ehrlich und eindeutig, ohne doppelten Boden. Dora tanzte, summte mit, es war kinderleicht, die Melodien zu erahnen. Ihre Stimme war dafür wie geschaffen. Ihr erster Freund nannte es ihre Fähigkeit, in die Zukunft zu singen, als er sie den anderen vorstellte, die Hand an ihrem Hintern. Er verschwieg, dass sie im Kirchenchor sang, das passte nicht ins Weltbild des wilden Haufens, mürrisch und jung, alle trugen Öl in den Haaren. Sie trafen sich meistens beim Elefantenkopf des Gutenbergdenkmals, wo sie amerikanisch aussehende Zigaretten rauchten und träumten. Von Tourneen als Jazz-Combo, in geräumigen Hotelbars oder Gewölbekneipen, aber auch in den angesagten Klubs. Mit Dora als Sängerin stehlen wir allen die Schau, sagte er und drückte ihre Hüfte an seinen Körper. Zu den Auftritten kam es nie, Dora verließ ihn bald darauf.

Eines Morgens begleitete sie die Chorleiterin, die ihre Kontakte bei einem Radiosender hatte spielen lassen, für ein Vorsingen. Ein Song wurde aufgenommen, mit dem sie auf Anhieb erste Erfolge feierte. Zugegeben, es war ein Schlager über den Glanz der Sterne, der sich im Auge ihres Liebsten spiegelte und langsam verschwand, weil sie fortmusste. Eingängig arrangiert, sie trällerte den Text mehr, als ihr lieb war. Meinen wahren Gesang, den Jazz, wie ich ihn liebe, verstecke ich unter der Zunge, soll sie einem Musikagenten gesagt haben, der sich geschäftlich auf der Durchreise befand. Er war auf sie aufmerksam geworden und sprach sie nach einem Konzert auf einem Apfelweinfest an. Das verstehe er besser als alle anderen, meinte er und verlangte, sie solle sich einige Male um die eigene Achse drehen, was sie auch tat. Ihr Manager, ein Bayer mit Koteletten bis ans Kinn, nickte ihr aufmunternd zu, die Hand in der Hosentasche des schlecht sitzenden Anzuges, eine verknitterte Zunge aus Hemdstoff hing unterhalb der Gürtellinie. Der Knochenbau sei gut, befand der Agent, aber der Stil müsse anders werden, Haare, Klamotten, das ganze Paket, man befinde sich schließlich in den Siebzigern und nicht beim Kaffeekränzchen mit Oma. Er erkundigte sich, wo sie so gut Deutsch gelernt habe, und sie erklärte ihm, dass ihre Familie aus Prag hierher übergesiedelt sei, als sie noch klein war. Jedenfalls solle sie den Akzent keinesfalls ablegen, das deutsche

Publikum liebe das, ein bisschen Ostblockexotik, schnaufte er, während er einen Pfannenkuchen futterte, es gebe schon eine Griechin und eine Französin auf dem Markt, Zeit für was Neues. Mit dem Künstlernamen Dora Ducat tauchte sie im kommenden Jahr auf diversen Kompilationen auf, sogar mit Foto auf dem Plattencover, im Passbildformat neben den Kassenmagneten der Schlagerbranche, deren Porträts um ein Vielfaches größer waren. Stadtfeste und Auftritte bei Galaveranstaltungen folgten. Erst die Singleauskopplung *Tränen der Nacht* mit der B-Seite *Wo drückt der Schubidubi?* brachten die Wende. Der Titel behauptete sich wochenlang in den Hitlisten und war letztlich ein Sprungbrett, das sie nach Hollywood katapultierte. Die Amerikaner waren ganz verrückt nach *Tears in the night*, den sie ein weiteres Mal eingesungen hatte, in diesem Fall auf Englisch mit deutschem Akzent. Einen Sommer lang durfte sie sich wie ein Weltstar fühlen. Einladungen zu Late-Night-Shows, Gerüchte in Klatschblättern über ein Verhältnis mit Bobby Hugs, dem Schlagzeuger der Soothers, ein kurzer Gastauftritt in einer Sitcom, wo sie eine erfolglose Tänzerin spielte, sogar eine Kollaboration mit Sinatra war geplant, aber dazu kam es nicht. Dem Bayern teilte sie brieflich mit, dass sie seine Dienste nicht mehr in Anspruch nehmen wolle, dasselbe gelte auch für den Agenten. Die Antwortschreiben waren aneinandergereihte Beleidigungen und Androhungen von Gerichtsklagen, die sich glücklicherweise im Sande verliefen. Wenn sie in fachkundigen Kreisen über ihre Verwertungseinnahmen sprach, wurde ihr mehrfach der freundliche Hinweis zugesteckt, dass solch miese Abmachungen, die sie mit den zweien vereinbart hatte, seit Langem nicht mehr zeitgemäß waren. Bevor sie das Taxi anhielt, zerriss Dora einen weiteren Drohbrief und warf ihn auf den glühenden Asphalt. In sengender Hitze zogen die Türme Downtowns am Fenster vorbei. Die Großstadtfassaden gingen sprungartig in kleinstädtisch wirkende Wohnviertel über, eine Kulisse glich der anderen. Nach der Stadtgrenze blieb nur staubige Landschaft übrig, in endloser Ausdehnung.

Mit dem Vorschuss für das englischsprachige Album, den ein US-Plattenkonzern ihr angeboten hatte, wollte sie ein Haus in Santa Monica erwerben, einem ruhigen Städtchen am Meer. Das Gebäude gefiel ihr, auch die Inneneinrichtung war geschmackvoll, vor allem ein Gemälde im ersten Stock hatte es ihr angetan. Außerdem war es ein Schnäppchen, verglichen mit anderen Objekten in der Nachbarschaft. Der Makler klärte sie nicht darüber auf, dass der Vorbesitzer, ein berühmter Filmproduzent und Kuriositätensammler, vor Jahrzehnten hier im Haus ermordet aufgefunden worden war und die Familie erst jetzt bereit war, sich von dem Grundstück zu trennen. Als Dora den Kaufvertrag am Küchentisch unterschrieb, streifte die Hand des Maklers beim Greifen nach dem Dokument ihre rechte Brustwarze, es war nur der Hauch einer Berührung. Angebote für ein weiteres Treffen, essen gehen, am Strand spazieren oder einen Kinobesuch, musste sie mehrere Male höflich ablehnen. Für solche Dinge hatte sie keine Zeit. Die Arbeiten für das Album standen an. Täglich zwei Einheiten Gesangstraining und Sprachunterricht. Sie entschied mit bei der Auswahl der Kompositionen. Fragmente wurden am Klavier angespielt, Songtexte wieder und wieder umgeschrieben, bis alles passte und die Proben beginnen konnten, bei denen sie sich einmischte, wenn ein Musiker nicht den gewünschten Sound ablieferte. Abends genoss sie die Ruhe im Haus, lief barfuß herum und summte diesen oder jenen Refrain. Ein Tag vor Beginn der Aufnahmen, es war Halloween, ging sie zu einer Dinnerparty, sie musste lediglich die Straße überqueren. Dora Ducat erschien ohne Begleitung, eine Tatsache, die nicht unkommentiert blieb in den Gesprächen. Unendliches Händeschütteln, bekannte Gesichter aus Film und Fernsehen, die ihre glitzernden Ehefrauen vorstellten. Daneben Menschen, die hinter den Kulissen arbeiteten, ausführende Produzenten, Set-Designer und Hundetrainer, ein Zauberer war auch dabei. Irgendwann verließ sie die Party, überstürzt und ohne die geschäftsüblichen Rückversicherungen zu verteilen, dass man sich bald treffen könnte, auf einen Cappuccino vielleicht. Es hieß, dass sie viel Alkohol intus gehabt habe, auch von Narkotika war die Rede, aber sie kam pünktlich zu den Aufnahmen, die vielversprechend verliefen. Trotzdem floppte das Album, eine weitere Single ebenso. Von einer Sekretärin des Plattenkonzerns wurde ihr am Telefon ausgerichtet, dass der Vertrag mit sofortiger Wirkung gekündigt sei.

Innerhalb weniger Wochen war sie pleite, musste das Haus verkaufen, verließ Los Angeles, ging zurück nach Deutschland, nach Bonn, wo ihre Schwester mittlerweile lebte. An die alten Erfolge konnte sie nie mehr anknüpfen. Mit Gesangsunterricht hielt sie sich über Wasser, ein paar Aufträge für Radiowerbung kamen dazu. Ab und zu trudelte noch Fanpost ein. Meistens Verehrer über sechzig, das erkannte sie an der Handschrift und der antiquierten Wortwahl. In der Regel waren es Beschreibungen sexueller Fantasien, bei denen sie die Hauptrolle spielte, halb nackt und willig. Manchmal ging sie in einen Plattenladen und vergewisserte sich, dass noch Scheiben von ihr in den Kisten zu finden waren. Ganz hinten, bei den Sonderposten, könnte vielleicht was sein, behauptete die Aushilfskraft. Ein Mann im dunklen Zweireiher, die Farbe der Schuhe passte zum kakaobraunen Gürtel, das Hemd strahlte mattweiß, fiel aus allen Wolken, als er sie erkannte. Er besitze alle Platten von ihr, in doppelter Ausführung, falls die Nadel mal einen Kratzer hinterlasse. Das Angebot auf einen Drink nahm sie gerne an. Sie verabredeten sich für den nächsten Tag im Regierungsviertel, wo er unter der Woche arbeitete. Selbstverständlich war er verheiratet, aber gut aussehend und wortgewandt, dazu auf dem besten Weg, Wirtschaftssekretär zu werden. Sie trafen sich häufiger, auch öffentlich, die Ehefrau schmiss ihn raus, jedoch ohne die Scheidung einzureichen. Anfang der Achtziger bezogen sie eine gemeinsame Wohnung in Bad Godesberg, wo sie ihm in der ersten Nacht nach dem Einzug zuflüsterte, dass sich in einem Haus in Santa Monica, in dem sie mal gewohnt habe, hinter einem Gemälde, es sei die beeindruckende Impression eines Mississippi-Dampfers gewesen, ein Safe befunden habe. Die Kombination des vierstelligen Zählwerks habe sie durch stures Ausprobieren herausbekommen. Mit viermal null habe sie begonnen und sich jeden Abend durch eine Handvoll weiterer Möglichkeiten gearbeitet. Welche es letztendlich gewesen sei, fragte er müde, seine Augen waren geschlossen. Drei eins zwei fünf, antwortete sie, es war in der Nacht, bevor die Aufnahmen für mein Album begannen, ich war etwas angetrunken von einer Party zurückgekehrt, fügte sie hinzu. Was im Safe gewesen sei, wollte er wissen, und Dora erklärte ihm, dass er vollkommen leer war, aber sie empfand es als Zeichen des Schicksals, dass sie ihn ausgerechnet an jenem Abend haben öffnen können, als öffnete sich auch in ihrem Leben eine neue Tür, aber da war er bereits eingeschlafen. Monate später, die Beförderung hatte nicht lange auf sich warten lassen, verließ er an einem hundsgewöhnlichen Mittwochabend sein geräumiges Büro. Auf dem Weg zum Parkplatz bremste neben ihm ein Volkswagenbus mit quietschenden Reifen, aus dessen Seitentür Vene heraussprang, ein Maschinengewehr im Anschlag. Liane, mit einem kleinkalibrigen Revolver bewaffnet, flanierte als Passantin den Gehweg entlang, schubste den Wirtschaftssekretär von hinten und gab ihm die klare Anweisung, in den Innenraum zu steigen. Er gehorchte, Liane warf die Tür hinter sich zu, Vene klopfte gegen die Verkleidung, und Bär, der am Steuer saß, bretterte davon. So wurde er

Gefangener des ZIRKUS, eine Geiselnahme, die sich über mehrere Wochen hinzog. Doras Leben bestand nur noch aus Rauchen und dem Warten auf das Telefonklingeln. Zahllose Stunden hockte sie schluchzend in der Wohnung, umgeben von Kriminalbeamten, manchmal war die Ehefrau zugegen. Beide pflegten respektvollen Umgang miteinander, eine zaghafte Freundschaft schien aufzukeimen. Irgendwann kam der Anruf, die Forderung nach einem Haufen Geld, mehr nicht. Als ihr ein Beamter den Telefonhörer abnahm, zitterte ihre Hand so stark, dass er sie am Unterarm stützen musste. Sie fragte ihn, ob er ihr versprechen könne, dass ihr Liebster noch am Leben sei und bald wiederkehren werde, hier in die Wohnung, wo sie dann frühstücken und aus dem Fenster blicken würden, ins Grün der Bäume. Der Beamte, sein Name war Olaf Krohm, nickte und antwortete, dass sie nicht aufgeben dürfe zu kämpfen, es bestehe immer noch Hoffnung. Dass er ihr währenddessen mehrfach über die verheulten Wangen streichelte, bekam sie im Taumel der Ereignisse nicht mit. Einen Tag nach der Lösegeldübergabe in einer Kölner Tiefgarage fand man die Leiche des Wirtschaftssekretärs am Ehrenfelder Bahnhof im Kofferraum eines abgestellten Wagens. Er hatte sieben Schusswunden am glatt rasierten Kopf. Über die Verstümmelungen an Bauch und Unterleib wurde nur die Ehefrau informiert. Dora musste sich quälend lange übergeben, als sie von seinem Tod erfuhr. Danach wusch sie sich das Gesicht und sah in den Spiegel. In dem Moment wusste sie, dass die Todesnachricht nicht der Grund für ihre Übelkeit war. Der doppelte Streifen auf dem Schwangerschaftstest überraschte sie daher kaum, was man vom Wort des Frauenarztes, der das Ultraschallbild untersuchte, nicht behaupten konnte. Er verwendete es mehrfach, in verschiedenen Satzgefügen. Sie musste sich erst an den Klang gewöhnen. Im Geiste sprach sie es nach, während sie die Praxis verließ. Zwillinge, wiederholte sie wieder und wieder. Zwillinge.

Per Kurier gelangte die Papprolle aus dem Kiefernwäldchen in die Deutsche Bibliothek, wo ein Team schon bereitstand, um die Leihgabe in Empfang zu nehmen. Von einem Phonetiker mit langen Haaren und unter der Aufsicht einer blasshäutigen Bibliothekarin wurde die Schalldose mit größtmöglicher Vorsicht in den Nachbau eines Parlographen gespannt und nach eingehender Untersuchung als Originaldokument verifiziert. Eine studentische Hilfskraft schrieb den Wortlaut mit. Zwei Germanistikprofessoren, sie waren während der Mittagspause vom Unicampus zur Bibliothek gelaufen, tuschelten im Flur über die Tragweite, die eine Veröffentlichung nach sich ziehen würde. Die Nachricht über den Fund schlug allenthalben kleinere Wellen in Fachzeitschriften, war aber dem Feuilleton zunächst nicht mehr als eine halbe Randspalte wert. Eine Glosse sprach scherzhaft von *Franzfurt* und warf die Frage auf, wie es passieren konnte, dass ausgerechnet eine Finanzstadt die Heimat der Stimmaufnahme geworden war. Erst nach Erscheinen einer mehrseitigen Reportage in einem Wochenmagazin wuchs das allgemeine Interesse. Im Artikel war der Name der Bibliothekarin falsch abgedruckt, eine Tatsache, die sie furchtbar ärgerte, als sie die Leihgabe nach der Untersuchung im Magazinturm des Bibliothekarchivs zwischenlagerte. In Fachkreisen war man einhellig überrascht von Kafkas eindrucksvoller Vortragskraft, auch vom melodischen Gespür, mit dem die Zeilen eingelesen worden waren. An einer Stelle, da gingen die Meinungen allerdings auseinander, soll dem Schriftsteller ein koboldhaftes Kichern entglitten sein. Andere hielten es für ein Nebengeräusch, ein Rauschen oder einen gewöhnlichen Aufnahmefehler. Der anschließende Expertenstreit verhärtete sich und teilte die Gelehrten in zwei verfeindete Lager. Bei einem Symposium, das aus feuerschutztechnischen Gründen ins Literaturhaus verlegt worden war, sollte der Streit per Handvotum ein für alle Mal aus der Welt geschafft werden. Es wurde lauthals diskutiert. Den erhobenen Zeigefinger kaschierte man mit dem Wedeln einer brennenden Zigarette, die vom Großteil der Teilnehmer in wechselnden Zyklen angesteckt, abgeklopft, wieder zum Mund geführt oder in gläsernen Aschenbechern ausgedrückt wurde. Sobald ein Vortragender seine Redezeit überschritt, schimpfte das gegnerische Lager empört über Schande und maßlose Ungerechtigkeit, von anschwellenden Buhrufen untermauert. Der Vorsitzende mahnte zur Ruhe und läutete am späten Abend die Abstimmung ein. Sie endete einunddreißig zu fünfundzwanzig zugunsten der Anhänger der Nebengeräusch-Theorie, ein Raunen ging durch die verrauchte Luft. Dennoch hieß es in der abschließenden Erklärung, man sei sich, unabhängig vom Ergebnis, einig darüber geworden, dass es sich um einen der wichtigsten deutschen Autoren des ausgehenden Jahrhunderts handelte. Das führte jedoch keineswegs dazu, dass die Anhänger der Kichern-Theorie ihre Position aufgaben. Sie streuten Gerüchte, einige Hände bei der Abstimmung seien vorher mit Feinkostkörben bestochen worden, der Begriff *Pasteten-Affäre* machte die Runde. Es wurden auch Zweifel an den forensischen Methoden der Deutschen Bibliothek laut. Eine Neuauflage der Untersuchung wurde gefordert, nicht mit den angefertigten Kopien auf Compact Disc, sondern anhand des Originalmaterials. Die Papprolle war jedoch nicht mehr im Besitz der Bibliothek, sie ging fristgerecht an den Eigentümer zurück. Der Bibliotheksleiter ließ es sich nicht nehmen, das wertvolle Stück persönlich vorbeizubringen. Konrad Pappel, seines Zeichens hauptberuflicher Playboy, hob seine Sonnenbrille auf der himmelblau gekachelten Terrasse an, als er den Leiter kommen sah. Coole Sache, sagte er, legen Sie es dorthin, wobei er auf einen Korbstuhl zeigte. In dem Moment wurde er von einem unsagbaren Drang gepackt, Anlauf zum Swimmingpool zu nehmen und vom Startblock aus, mit einfachem Salto, ins kühle Nass zu hüpfen. Der Leiter hatte die Papprolle glücklicherweise nicht abgelegt, sie wäre sonst vom herausspritzenden Poolwasser erwischt worden, womöglich sogar zerstört. Er wartete und sah dem Schwimmer nach, der in kraftvollem Kraulstil eine Bahn zog.

Die Geistesblitze, die Konrad überfielen, konnte man sich getrost als farbenreiche Entladungen vorstellen. Inmitten der blumenkohlartig strukturierten Gehirnhälften nahmen sie ihren Ursprung und machten sich auf den Weg. Mit Bildern, Emotionen und aufgewickelten Geschichten im Gepäck, die als knisternd leuchtende Stromspuren versprüht wurden. Kaum etwas an messbarer Zeit war vergangen, da pulverisierten sie sich von innen über die Stirn, auf die sie, wie auf eine Leinwand, ein majestätisches Feuerwerk aus Gedanken zauberten. Alles lief so schnell ab, dass in der Zwischenzeit weder an Atmen noch an Reden, geschweige denn an eine Bewegung zu denken war. Selbst der Wind kam kaum voran. Nur eine durchtrainierte Libelle hätte es an guten Tagen geschafft, die Papprolle anzufliegen und von dort aus, an den Fingern entlang, einer dicken Ader am Handrücken folgend, über den Saum des Ärmels von Konrads Felljacke zu gleiten, weiter hoch zur Schulter und aus Spaß zweimal um den Hals herum, am rechten Ohr vorbei, bis sie sich auf Höhe der Schläfe in der Luft halten würde. Konrad hatte in der Zwischenzeit nicht viel mehr als ein halbes Augenzwinkern fertiggebracht. Bär stand unverändert neben ihm vor der geöffneten Kiste im Fichtenwäldchen, die Tiefkühlbeutel in den Händen, und öffnete die Lippen zu einem schmalen Schlitz, aus dem ein Wort kommen sollte, vielleicht der Anfang eines Satzes. Die Libelle stieß sich ab, von der Schläfe aufwärts, noch ein paar kurvenreiche Figuren über ihren Köpfen zeichnend, bevor sie raketenartig aus deren Blickfeld stob. Dass Bär im Moment ihres Verschwindens eine Erinnerung vor den Augen schwebte, musste nicht miteinander zusammenhängen.

Die Erinnerung begann mit einem weißen Kastenwagen, der über eine Landstraße fuhr. Abgenutzte Reifen brummten über schlecht ausgebesserten Asphalt. Die Aufschrift der Schlossermeisterei war abgeblättert, darunter war nur noch die halbe Telefonnummer zu entziffern. Entlang der Beifahrertür hätte man mit Leichtigkeit in handbreiten Griffen von einem Rostfleck zum nächsten klettern können, bis man am Fenster angekommen wäre. Dahinter erschien das Gesicht einer Frau, die nachdenklich nach draußen blickte. Aufgrund der Spiegelungen im Glas, hinwegziehende Wolkenbänder über Getreidefeldern, benötigte man einen Moment und vielleicht einen weiteren, bis man sie wiedererkannte. Das lag mitunter auch an den jüngeren Gesichtszügen oder an den Haaren, die lang und zu einem Zopf gebunden waren. Glaubst du, dass das Universum sich ausdehnt, fragte Liane, die ihren Blick von der Landschaft ins Wageninnere verlagerte. Vene gab keine Antwort, er tippte seinen Zeigefinger langsam auf das Leder des Schalthebels, mit den Augen maß er die Entfernung zum näher kommenden Waldstück ab. Seinen buschigen Koteletten sah man an, dass die Erinnerung in den frühen Achtzigern abgespeichert worden war. Angeblich soll das Universum wie ein gepunkteter Ballon sein, in den man Luft hineinpumpt, fuhr sie fort, die Flächen zwischen den Punkten vergrößern sich, und wir, die wir auf einem der Punkte unser Dasein fristen, sehen bloß, wie alle anderen Punkte von uns wegfliegen. Vene verlangsamte den Wagen, sie näherten sich der Abzweigung zum Waldstück. Bär saß hinten und drückte mit Daumen und Zeigefinger gegen die Nasenflügel, er war ein bisschen erkältet, die Nase war zu. Klingt genauso, wie sich mein Kopf gerade anfühlt, sagte er und änderte die Streckung des Halses, um im Rückspiegel zu überprüfen, ob er Punkte auf der Haut hatte. Ist hoffentlich kein Aids, blökte Vene, der das Schauspiel aus den Augenwinkeln beobachtete, durch den Wagen und spürte, wie Bär von hinten dreimal gegen die Rückenlehne boxte. Du hängst zu viel mit Junkies rum, stammelte er mit wahllos in den Satz gestreuten Unterbrechungen, die für den nächsten Faustschlag genutzt wurden. Vene schmiegte den Oberkörper tiefer in den Sitz und lachte, gute Massage, rief er, obwohl sein Gesicht aufgrund der Vibrationen unangenehm zitterte. Da hinten, sagte Liane scharf und streckte die Hand aus. Ihre Fingerspitze deutete auf einen Stapel gefällter Baumstämme, hinter denen Vene daraufhin das Auto versteckte, sodass es von der Straße aus nicht mehr sichtbar war. Nach dem Aussteigen warf er einen prüfenden Blick auf den schmalen Himmelsstreifen, der sich über der Fahrbahn durch die Baumkronen wand. Vielleicht ist dies der Atem Gottes, sagte er und pustete in die dunkle Waldluft hinein. Liane öffnete die Ladefläche und rückte einen Koffer zurecht, den sie mit zwei schnappenden Geräuschen entriegelte. Wovon zum Teufel redest du, fragte sie, das Geld begutachtend, das mit der Entführung des Wirtschaftssekretärs erbeutet worden war. Es war in Tiefkühlbeutel abgepackt worden. Vom Weltraum, sagte Vene, der sich einen Beutel schnappte und Bär eine Dokumentenmappe zuwarf, der die Hand noch rechtzeitig von der Nase löste. Vom Weltraum, wiederholte er, der sich ausdehnt wie ein Luftballon. Liane konzentrierte sich auf ein weiteres Objekt, das im Koffer lag. Eine unscheinbare Papprolle, die sie in die Seitentasche ihrer Jacke steckte, die obere Hälfte ragte noch heraus. Mit einem schwungvollen Handgriff, den andere dafür verwendeten, sich einen Schal um den Hals zu werfen, verfrachtete sie eine kleine Schaufel mit Lederschlaufe am Griff über die Schulter, Bär bekam die Spitzhacke, Vene den Spaten. Bevor Liane die Türen der Ladefläche zuwarf, zögerte sie und sah Vene mit fragendem Blick an, hast du dich nie gewundert, warum der alte Marinesoldat uns die Papprolle übergeben hat? Vene zuckte mit den Schultern, vielleicht war es für ihn etwas Persönliches, sagte er, vielleicht hat er in den letzten Jahren so etwas wie ein Gewissen, aber da schnitten ihm die zuschlagenden Türen bereits die Worte ab. Er setzte nicht noch einmal an, sondern schulterte stumm den Spaten und folgte Liane, die bereits den Trampelpfad entlanglief. Wie hieß der noch, fragte Vene laut, woraufhin Bär, der zu ihm aufgeschlossen hatte, die Vokale des Vornamens absichtlich lang gezogen und tieftönig in sein Ohr wehen ließ, als wollte er ihm die Aussprache beibringen. Vene musste loslachen, als er den Namen wieder hörte, und ließ sich den Klang auf der Zunge zergehen. Der alte Marinesoldat hatte eines Tages Kontakt zum Wiesbadener Verleger aufgenommen und ihn gebeten, ein Treffen mit dem ZIRKUS zu arrangieren. Es hieß, dass er ein detailliertes Geständnis ablegen wolle. Er habe ihre Arbeit in Funk und Fernsehen mitverfolgt und wisse nicht, wem er sich sonst anvertrauen solle. Sie verabredeten sich in einer ausgedienten Lagerhalle. Bär sicherte den Bereich des Treffpunkts, in dem zurückgelassene Holzkisten als Stuhlersatz dienten, von einer Empore aus. Das Kreuz des Zielfernrohrs stets auf den Lippen des Marinesoldaten. Liane saß dem alten Mann gegenüber und hörte sich alles Wort für Wort an. Von der wissentlichen Torpedierung eines Flüchtlingstransports auf hoher See oder dem Mannschaftsbefehl, in einer Hafenstadt alle Männer über sechzehn auf dem dortigen Fußballfeld zusammenzutrommeln, für eine Untersuchung, die von der frisch eingetroffenen Schutzstaffel-Division durchgeführt wurde. Das Geräusch der ratternden Maschinengewehre suche ihn seitdem heim. Er fühle sich, als würde er ein Wespennest im Kopf tragen anstelle des Gehirns. Am Ende ließ er die Papprolle auf der Holzkiste zurück, mit den Worten, dass sie nicht ihm gehöre, und verließ die Lagerhalle. Vene, der vor den Toren Wache geschoben hatte, bekam einen salutierten Abschiedsgruß. Sie sahen ihn nie wieder. Liane war inzwischen an der Stelle im Kiefernwäldchen angekommen, wo sie das Depot im letzten Herbst ausgehoben hatten. Kommentarlos setzte sie die Schaufel an und buddelte los. Vene ließ den Spatenstiel durch die Handfläche rutschen, um gleich miteinzusetzen, wobei er anmerkte, dass die Deutschen manchmal einen Vogel hätten. Er bekreuzigte sich und flüsterte etwas auf Spanisch in den Himmel. Kurz bevor die Erinnerung endete und er den ersten Spatenstich setzte, fragte er, wer in Herrgottsnamen sein Kind bitte Bodo nennen würde.

Oder Olaf. Damals, als sie in die Neubausiedlung gezogen waren und die Jungs aus der Nachbarschaft zusammenkamen, die seine Kumpels werden würden, war er schnell zu Coca-Colaf geworden. Ein Spitzname, den er mit sich schleppte wie einen Berg aus Sandsäcken. Mit jedem neuen Ruf kam eine weitere Ladung hinzu. Diesen Zusammenhang hätte er niemals für seinen leichten Buckel verantwortlich gemacht, aber es ist erwiesen, dass er mit sechzehn durch den Wechsel auf die Polizeischule in der Lage war, den Namen mehrheitlich aus seinem Leben zu tilgen. Das Schwinden des Buckels schob er dennoch auf die fünf Einheiten Leibeskunde, die er pro Woche absolvieren musste. Keiner von seinen Kumpels verstand, warum er zu den *Bullen* ging, ausgerechnet Coca-Colaf, der wie sie den ganzen Tag damit verbrachte, englischen Rock zu hören und im Hof einen Fußball hochzuhalten. Polizeiwachtmeister Krohm, verbesserte er sie eines frühen Abends, die Sonne schien noch, wärmte aber nicht mehr. Obwohl er selbst es nicht so wahrnahm, hatte er Dienstgrad und Name in unfassbarer Lautstärke aus den letzten Winkeln seiner Kränkungen heraufbefördert und den Kumpels entgegengebrüllt, der Kopf bewegte sich dabei wie der eines urzeitlichen Fleischfressers, der über seiner Beute stand. Eine Sensation, die sprichwörtlich die Nadel vom Album hob. Die Musik verstummte. Aber wahrscheinlich war nur die Plattenseite im Hausinneren ans Ende gelaufen. Das immer gleichlautende Kratzen war leise zu hören, wohingegen der Fußball durch die wortlose Stille plump auf den Boden knallte. Vor Verblüffung hatte sich niemand darum gekümmert, ihn mit dem Fuß abzufangen. Eine Erfahrung, die Krohm später dabei helfen würde, Autorität auszustrahlen, vor allem durch sachgemäßen Einsatz von Wutausbrüchen, wenn er einen Untergebenen nach Strich und Faden zur Sau machte. Wann er den Allerwertesten aus dem Bett zu heben und im Hauptquartier zu erscheinen gedenke, schimpfte er wild drauflos. Mit zwei Telefonhörern in den Händen stand Olaf Krohm, mittlerweile Kriminalkommissar, vor einer Pinnwand im Großraumbüro. Seine Augen, zu wutentbrannten Schlitzen verengt, hatten die Reichweite von Fernglaslinsen, mit denen er den verschlafenen Volltrottel am anderen Ende der Leitung regelrecht dabei beobachten konnte, wie er halb aus dem Bett kollerte. Inkompetenz ist der Untergang dieser Behörde, fügte er hinzu, wenn Sie nicht in zwanzig Minuten Ihre Arschbacken hier blicken lassen, hänge ich Ihnen ein Verfahren an den Hals, verstanden? Krohm schlug den Hörer fünfmal auf die Gabel, jedes Mal surrte ein unvollständiges Klingeln durchs Büro. An der Pinnwand hingen vier Schwarz-Weiß-Fotos, die Porträts von Liane und Vene waren x-förmig mit rotem Kreppband überklebt. Neben Bärs Abbild hing das von Konrad, darunter sein voller Name und ein großes Fragezeichen. Es war eine Aufnahme, die vom Stab der Sonderkommission ausfindig gemacht worden war. Ganz vorne im Arbeitsvertrag der Wach- und Schließgesellschaft war es mit einer Büroklammer abgeheftet worden. Krohm klemmte den anderen Hörer zwischen Ohr und Schulter, atmete einmal durch und schaltete die Leitung frei. Entschuldigen Sie, sagte er mit ruhiger Stimme, wir haben erfahren, dass Bernhard Winter zurückgekehrt ist, wahrscheinlich zusammen mit Pappel, soeben verlassen sie Wiesbaden in Richtung, er wurde unterbrochen, am anderen Ende sprach jemand. Krohm nickte und gestikulierte den fünf Beamten in Schusswesten, die im Büro aufgetaucht waren, dass sie kurz warten sollten. Verstanden, sagte er in die Sprechmuschel, bitte teilen Sie dem Innenministerium mit, dass wir Unterstützung aus der Luft benötigen werden.

Die Papprolle mit der Schalldose fest umklammernd, setzte Konrad seinen Kopf in Gang, anfangs noch zäh und schleppend, in kleinen Einzelschritten, die aber schon bald flüssiger und mit jedem zurückgelegten Zentimeter geschmeidiger umgesetzt wurden, sodass man bereits Augenblicke später von einer natürlichen Kopfbewegung sprechen konnte, die in Richtung Bär ausgeführt wurde. Der hielt immer noch die Tiefkühlbeutel in den Händen und schaffte es in der Zwischenzeit, aus dem kleinen Schlitz zwischen den Lippen einen halb offenen Mund zu formen, um anschließend einen vollständigen Satz auszusprechen. Während die ersten Silben noch klangen, als suchten sie nach der richtigen Geschwindigkeit, mit tiefer Tonlage und merkwürdig in die Länge gezogen, wurden sie bereits mit wenigen Umdrehungen hochgekurbelt, wie beim Grammofon der Marke Lindström in Frau Rippbergers Büro. Bärs Stimme pendelte sich schnell auf die übliche Tonlage ein. Wenn ich dir erzähle, wie wir an das Ding gekommen sind, lachst du dich schief, sagte Bär und wies auf die Papprolle, ist aber kein guter Moment für Geschichten am Lagerfeuer, vor allem, wenn noch keines brennt. Konrad sah ihn verwundert an, er hatte das Gefühl, dass es seine Aufgabe gewesen wäre, die Herkunft der Papprolle in seiner Hand aufzuklären. Bär hob die Tiefkühlbeutel höher in die Luft, wir haben rausgeholt, was wir brauchen, sagte er, mit dem Geld können wir eine Weile unsichtbar werden, es klang fast feierlich. Also, was sagst du, fragte er, ich finde, es ist an der Zeit, den Benzinkanister zu leeren. Genau in dem Moment, als Konrad sich danach bückte und Bär im Begriff war, ein zufriedenes Lächeln aufzusetzen, die Lippen zuckten in die entsprechende Richtung, explodierte dessen hintere Schädeldecke.

Durch den Schuss, der zwar schnell verhallte, aber dennoch deutlich zu hören war, war eine Dohle aufgeschreckt worden. In unruhigem Flug stieg sie bis auf Höhe der Baumkronen und legte eine Pause ein, um sich zu orientieren. Nach einer weiteren Handvoll Flügelschlägen nahm sie bereits wahr, dass sich mehrere Punkte durch das Unterholz bewegten. In verschiedenen Linien und Laufrichtungen steuerten sie alle auf einen Ort zu. An die Stelle, wo sich das ausgehobene Depot befand. Bärs Puls mussten sie nicht prüfen, um sicherzugehen, dass er tot war. Die hintere Hälfte seines Kopfes fehlte, sie hatte sich muschelförmig um die Leiche verteilt. Die Kiste wurde von Händen durchwühlt, Dokumente und Munitionstütchen verschoben sich achtlos zueinander. Jemand bellte Befehle, Gruppe Alpha solle sich auf den Abschnitt links von der abgestorbenen Kiefer konzentrieren, Gruppe Omega auf den anderen. Die Punkte strömten wieder auseinander, nun rückten sie in Schlangenlinien tiefer in den Wald vor, was der hoch oben kreisenden Dohle selbstverständlich nicht entging. Mit ein paar kräftigen Flügelschlägen war es ein Leichtes für sie, weitere Höhenmeter gutzumachen. Dabei fiel ihr abseits der Verfolger ein weiterer Punkt auf, der sich im Zickzack über den Waldboden bewegte. Von einem stetigen Vorankommen konnte keine Rede sein. Das Bewegungsmuster war von Aussetzern und kurzen Beschleunigungen geprägt, als flitzte jemand von einem Baum zum nächsten und verschnaufte zwischendurch im Schutz eines Stammes. Aber die Dohle entschied, nach links abzudrehen, wodurch ihr die weitere Sicht auf den flüchtenden

Konrad verwehrt blieb. Hingegen bekam sie nun mit, dass ein Motorrad sich dem Waldstück über die Landstraße näherte wie auf einer Rennstrecke, bis es beim Einbiegen in den Waldweg mit einer Vollbremsung stehen blieb. Der Fahrer lüftete das Visier und nahm in einiger Entfernung eine Reihe von Polizeiautos in Augenschein.

Das Kinn gegen die rechte Schulter gedrückt, dann gegen die linke, mehrfach im Wechsel, so beobachtete Konrad den Bereich hinter seinem Rücken, bevor er zu einem neuen Sprint ansetzte. Der Boden des Fichtenwäldchens war uneben und zugewachsen. Manchmal musste er einen Hüpfer und einen weiteren einstreuen, wie beim Hürdenlauf. Auch ein Ausweichmanöver konnte notwendig werden, wenn sich eine Senke auftat oder Dornensträucher im Weg waren. Aus der Hocke, sich mit dem rechten Fuß vom Baumstamm abstoßend, nahm er mit kurzen Trippelschritten Geschwindigkeit auf. Das Geräusch von unter seinen Schuhsohlen knackendem Laub und trockenem Reisig war ein Problem, das er ausblendete. Sein pumpender Atem und ein untergemischtes Schnaufen übertönten ohnehin alle anderen Geräusche. Ob das hinter ihm die Kontur eines Menschen war, fragte er sich, als er den Kopf beim Rennen einmal zurückgeworfen hatte, vielleicht war es aber nur ein merkwürdig gewachsener Stumpf oder das Resultat eines Blitzeinschlags. Es gab sowieso keine Möglichkeit umzukehren, dachte er, als ein buschiger Strauch vor seinen Füßen auftauchte, den er mit Leichtigkeit übersprang. Die Strecken zwischen den Bäumen, gerade die letzten Meter, zogen sich ungewöhnlich in die Länge. Er kam nicht voran, es war wie auf einem Fitnesslaufband, das auf Hochtouren lief. Dabei war der nächste Baumstamm nur noch zwei Armlängen entfernt, höchstens fünf. Die Maserung der Rinde war deutlich zu erkennen, münzgroße eisschollenartige Placken, die in ihrer Ausrichtung den Wurzeln zugewandt waren, teilweise verdeckt durch herabhängende Zapfen. Gut möglich, dass er den näher kommenden Stamm zu lange ins Visier genommen hatte. Das würde erklären, warum er die kraterartige Vertiefung, die sich vor seinen Füßen auftat, zu spät bemerkte. Sein nächster Schritt traf nicht auf festen Grund, jedenfalls nicht dort, wo er es vermutet hatte, sondern trieb eine Weile durch die Luft und kam erst viel weiter unten auf, was seinen Körper gefährlich ins Kippen brachte. In vollem Lauf knallte er der Länge nach in die Bodensenke, was dazu führte, dass ihm der abgefeuerte Schuss zwar zu Ohren kam, aber die Pistolenkugel wie ein Satellit über ihn hinwegsurrte und im Weiterflug ziellos in der Tiefe des Waldes verschwand. Mit den Füßen scharrend, kämpfte er sich aus der Vertiefung, begleitet von einem panischen Singsang, der einmal sein Atem gewesen war. Der rettende Baumstamm war zum Greifen nah. Konrad machte drei Schritte, groß genug, um einen Kontinent zu durchqueren, und rutschte in eine Grätsche. Als er mit ausgestreckten Beinen hinter den Baum schlitterte, wurde ein weiterer Schuss abgefeuert. Die Kugel verfehlte knapp seinen Oberschenkel, etwas Laub und Erde spritzte auf. Konrad machte sich so klein wie möglich und blickte verunsichert nach hinten, das Kinn erneut im Wechsel gegen die Schultern gedrückt. Von beiden Seiten stapften sie punktgenau auf ihn zu, grün uniformierte Beamte, die Pistolen im Anschlag. Schon bald würden sie ihn erreichen und erledigen, was man ihnen befohlen hatte.

Doch hinter dem Baum würde plötzlich kein Kopf sein, geschweige denn ein Körper, der sich klein machte. Nur trockenes Laub und ein paar Farne im Moosgeflecht. Denn Konrad würde längst über den Boden gekrochen sein, mit platt gedrücktem Brustkorb, jedoch nicht wie eine Schlange, sondern eher, als hätte sich die obere Erdschicht des Waldes in ein stehendes Gewässer verwandelt. Dadurch war er in der Lage, schnell und geschmeidig über die Oberfläche zu gleiten. Zwischendurch wurden ein oder zwei Armschläge nötig, störendes Buschwerk ließ sich problemlos zur Seite schieben. Konrad steuerte einen Hügel an, auf dem mehrere Fichten eng zusammenstanden. Er nahm einen tiefen Atemzug und senkte den Kopf ins dunkle Brackwasser. Ein unterirdisches Labyrinth aus knotenhaft verwickelten Wurzeln, an denen er sich Armlänge für Armlänge nach vorne zog, führte ihn in Windungen zum Hügel hinauf. An einer günstigen Stelle, neben einigen ineinanderverstrickten Zapfen, die reglos obenauf lagen, stieß er den Kopf hindurch und wähnte sich vorerst in Sicherheit.

Aber natürlich saß er immer noch an den Baumstamm gelehnt, die Papprolle drückte er an die Brust. Sein Atem zischte durch die Luftröhre, er hörte aufgewirbeltes Laub und Stimmen, die immer näher kamen. Er schloss die Augen und sah nur noch eine Möglichkeit. Stehenbleiben und Waffen auf den Boden, schrie er in den Wald hinein, was jedoch keine Wirkung zeigte, sodass Konrad seine Forderung unterstrich, indem er wie irregeworden losbrüllte. Scheinbar alles, was seine Lungen an Luft zu bieten hatten, trieb mit entsetzlich schmerzvoller Schubkraft nach außen. Ein Berg, wäre er von dem Luftstrom an einer Steilwand getroffen worden, hätte sich um wenige Zentimeter nach hinten versetzt. Konrads Schrei brach unversehens ab, doch es war nicht die Stille des Waldes, die daraufhin einsetzte, sondern ein lauter werdendes Motorengeräusch. Vom Hügel aus, den Schutz der eng stehenden Fichten mit einem weiten Satz verlassend, erschien ein Motorrad und landete geschmeidig auf den Reifen. Dem Fahrer machten die Unebenheiten des Bodens offenbar nichts aus, gewissenhaft steuerte er auf Konrad zu und blieb, die Maschine seitwärts ausschlagend, knapp vor ihm stehen. Durch den geschlossenen Helm rief er ihm zu, dass er aufspringen solle. Konrad zögerte einen Moment und einen weiteren, dann aber, kurz bevor die Bewegungen im Boden einsetzten, schoss er hoch, einem aufgescheuchten Huhn gleich, und saß auf dem Bock hinter dem Fahrer. Unter den Reifen zitterte die Erde. In unermesslicher Kürze geriet der gesamte Wald ins Wanken, von einem furchterregenden Rauschen und Knacken der Fichten begleitet, deren bebende Äste hin und her gescheucht wurden. Tiefe Risse zogen wie blitzartige Entladungen von einem Stamm zum nächsten. Große Erdschollen lösten sich und brachen weg, wie Laderampen neigten sie sich in die Höhe, planlos gegeneinander verdreht. Eine tief sitzende Urgewalt suchte den Weg nach oben, wühlte sich mit zu Fäusten geballten Händen durch die Erdkruste, und wo sie hindurchstieß, veränderte sie den Wald in eine wild aufschäumende Geröllllandschaft. Manche Polizisten rutschten in frisch entstandene Risse, die im nächsten Moment schon weiter auseinanderklafften. Einen Gruppenführer erwischte es ebenfalls, er verfing sich unten im freigelegten Wurzelgeflecht eines Baumes. Tatenlos mussten sie mitansehen, wie sich Konrad auf dem Rücken des Motorrads über den vibrierenden Waldboden davonmachte. Die Rampen der schräg aufragenden Erdschollen nutzte der Fahrer geschickt und entkam in einer luftschlangenartigen Schleife über Furchen und Erdlöcher hinweg. Im darauffolgenden Moment, der länger dauerte als üblich, ganz so, als hätte die Zeit sich eine Atempause gegönnt, brach das Erdbeben ab. Wo es eben noch wütend durch den Wald gepflügt war, sank eine alles bedeckende Ruhe wie ein Staubfilm über das Geschehen. Das ferne Rattern des Polizeihubschraubers nahm man erst zur Kenntnis, als Rufe laut wurden, man müsse zurück zu den Autos und die Verfolgung aufnehmen. Etwa zwanzig uniformierte Beamte machten kehrt und bewegten sich in die Richtung, aus der sie eben noch gekommen waren. Entweder waren die Verwüstungen des Erdbebens nicht so verheerend gewesen, wie es sich gerade noch abgezeichnet hatte, oder die Regeneration des Bodens geschah ebenso blitzartig wie dessen Zerklüftung. Rissige Stellen waren kaum noch ausfindig zu machen, von schräg aufragendem Erdreich konnte ebenfalls keine Rede mehr sein. Einzig die Abstände der Baumstämme zueinander schienen sich vergrößert zu haben. Aber da hätte Konrad, der ein letztes Mal zurückblickte und die Umgebung aufgrund der Bewegungen des Motorrads nur verwackelt wahrnahm, sich ohne Weiteres täuschen können. Die Papprolle mit der einen Hand wie einen Staffelstab umschließend, krallte er sich mit der anderen in die Lederjacke des Fahrers. Sie durchmaßen mehrere intakt gebliebene Buschreihen und bogen auf einen Feldweg, der vom Beben kaum oder gar nicht in Mitleidenschaft gezogen worden war, ebenso wenig wie die angrenzenden Weizenfelder.

Der Polizeihubschrauber setzte hinterher. Dem Feldweg folgend, war das Motorrad durch ein Dorf gefahren, mit hundert Sachen an einer Kapelle vorbei, am Ende der Straße in einen weiteren Feldweg hinein, wo es eine frei stehende Linde passierte und über eine Holzbrücke an einem Bachlauf in ein größeres Waldgebiet in Hanglage schlüpfte. Dort, im Schutz der Bäume, verlor sich die Spur. Eine Kolonne aus Blaulichtern zog träge dahin und bildete im Dorfkern eine Traube. Nach einer Stunde, die Dämmerung setzte langsam ein, bekam der Pilot von der Zentrale den Befehl, die Suchaktion abzubrechen. Der Tote im Fichtenwald sei identifiziert worden, es handele sich um Bernhard Winter, das letzte Mitglied des ZIRKUS. Auf die Nachfrage des Piloten, ob es sich um einen Scherz handele, folgte keine Antwort. Lediglich die Bemerkung, dass dies ein erfolgreicher Schlag gegen das organisierte Verbrechen und den internationalen Terrorismus gewesen sei, man solle unverzüglich Kurs auf das Hauptquartier setzen. Die Polizeifahrzeuge verließen das Dorf, in unregelmäßigen Abständen steuerten sie auf die Straße zu. Beim Rückflug, die Welt zog wie ein riesenhafter Flickenteppich unter ihnen vorüber, hätte der Co-Pilot schwören können, dass das Geviert des Fichtenwäldchens, von dem aus sie die Verfolgung aufgenommen hatten, größer geworden war. Als hätte sich dessen Gesamtfläche von der Mitte ausgehend in alle Richtungen erweitert. Er stieß den Piloten an und versuchte, seine Vermutung in passende Formulierungen zu packen, winkte letztlich jedoch ab, nichts weiter, blökte er in die Sprechanlage, ich sehe mal wieder Gespenster. Wenn die Zentrale den Hubschrauber einen Moment länger auf kreisender Position belassen hätte, mit dem Befehl, ein paar Meter auf dem Höhenmesser hinzuzufügen, dann wäre den Piloten bestimmt nicht entgangen, dass ein schwarzer Punkt sich am nordöstlichen Ende des großen Waldgebiets hangabwärts aus dem Staub machte. Pfeilschnell schoss er dem Tal entgegen. Trotz der einsetzenden Nacht war er noch deutlich auszumachen.

Das rote Klebeband verfing sich und rollte spiralförmig ein, sodass Olaf Krohm den Streifen zusammenknüllen musste. Seine Silhouette, die sich gegen das letzte Abendlicht abhob, deutete an, dass er etwas in der Ecke des Raumes anpeilte. Dort befand sich der Papierkorb. Der schemenhafte Krümel flog in einer Bogenlinie direkt hinein. Krohm formte eine Faust, jubelte unhörbar, nur ein leises Zischen entfloh ihm. Zwischen dem zur Seite geneigten Kopf und der Schulter war ein Telefonhörer eingeklemmt, dessen Kabel sich wie eine Hundeleine von seinem Hals entfernte und im dunklen Nichts des Büros verschwand. Die Stimme am anderen Ende wurde laut und überschlug sich, brach am Höhepunkt der Tirade unvermittelt ab. Krohm sagte erst nichts, dann bestätigte er, dass er verstanden habe. Der Hörer rutschte sanft, wie auf einem Ölfilm gleitend, auf die Gabel zurück. Krohm zog einen weiteren Streifen vom Klebeband. Nachdem er das Ende schräg angesetzt und zur anderen Ecke ausgerichtet hatte, strich er die Diagonale mit dem Daumen glatt und wiederholte den Vorgang, in dem Fall über Kreuz. Bärs Foto, das dritte auf der Pinnwand, reihte sich nun in die Parade der durchgestrichenen Porträts. Krohm erinnerte sich an die Hektik, die gestern noch im Großraumbüro geherrscht hatte, als sein Team Überstunden schob, sich durch Akten arbeitete, Fotokopien von Telefonlisten erstellte oder Handschriften verglich, jedem noch so belanglosen Hinweis aus der Bevölkerung folgte, um diesen Arschlöchern an der Pinnwand das Handwerk zu legen. Plötzlich breitete sich eine Stille aus, der Krohm nicht über den Weg traute. Er schielte auf das letzte Foto, das neben denen der drei Toten hing, und riss es herunter. Diesmal verfehlte er den Papierkorb. Er folgte der Wurflinie und hob es wieder auf. Herr Inspektor, eine Stimme stach ihn moskitoartig von hinten. Ein Schatten stand in der Tür des Büros, undeutlich vom Halblicht einer zum Boden geneigten Schreibtischlampe umspielt, es war die einzige Lichtquelle im Raum. Was gibt's, fragte Krohm, der das Foto zusammenfaltete und in die Hemdtasche schob, woraufhin die Person einen Schritt näher kam, es war eine junge Beamtin in Zivil. Was wird aus den Sachen, die in der Kiste waren, fragte sie leise, als wollte sie die Stille im Büro nicht gegen sich aufbringen. Krohm schlenzte seine Hand unpräzise durch die Luft, können Sie behalten, sagte er und kicherte, nein, ab in die Asservatenkammer damit, dann breitete er die Arme aus und deutete in den Büroraum, übrigens ist ab morgen all das hier vorbei, die Sonderkommission wurde offiziell für beendet erklärt, wobei er einen Rest Klebeband an seinem Zeigefinger entdeckte, den er abzulösen versuchte, ohne Erfolg.

Als Konrad vom Motorrad stieg, zögerte er einen Moment, bevor er sich bedankte und erwähnte, dass er gerne noch etwas wissen würde. Im Hintergrund fluchte jemand laut und erbärmlich, das Lachen danach klang zutiefst verbittert. Beide sahen dem Fluchenden hinterher, ein hagerer Typ, der den Boden nach etwas absuchte. Der Fahrer nickte, das Visier war hochgeschoben, schieß los, sagte er mit breitem Grinsen. Aus welchem Grund er ihm geholfen habe, fragte Konrad und verstaute die Papprolle im Inneren der Jacke. Zwei Straßenbahnen ratterten in entgegengesetzte Richtungen davon. Der Fahrer, der den Blick nicht vom Fluchenden gelöst hatte, bis dieser in die Kaiserstraße eingebogen war, nahm den Helm ab. Sein rotblondes Haupthaar fand sich nur noch spärlich im grau melierten Dreitagebart wieder. Er streckte langsam den Mittelfinger aus und sagte, dass man das System ficken müsse, solange die Muschi feucht sei. Lachend fügte er hinzu, dass das ein Lieblingsspruch von Vene gewesen sei, der Teufel habe ihn selig. Er hat mich gebeten, ein Auge auf dich zu werfen, wenn die Lage brenzlig werden sollte, sagte der Fahrer und wischte sich den Schweiß von der Stirn. In dem Moment heulten zwei weitere Maschinen die Straße entlang. Zu zweit die volle Breite einer Spur ausnutzend, näherten sie sich und blieben mit laufendem Motor hinter ihm stehen. Über das Wummern hinweg brüllte der Fahrer, er solle gut auf das Kafka-Baby aufpassen, immerhin sei dieser das schillerndste Genie einer jüdisch tradierten Erzählkunst. Jedenfalls waren das die Worte, die bei Konrad ankamen. Sie verabschiedeten sich mit einem Handschlag auf Rockerart, wie ein Armdrücken in der Luft. Es wäre wohl gut, wenn er für eine Weile unsichtbar werden würde, gab ihm der Fahrer mit auf den Weg, schlug das Vorderrad auf die Straße ein und rollte langsam vorwärts, in gebührendem Abstand von den zwei Maschinen eskortiert. Konrad sah ihnen hinterher, das Geräusch der Motoren schwebte länger in der Luft als das Bild des davonziehenden Trios, das hinter der nächsten Kurve verschwand. Er drehte sich um, und sein Blick fiel auf das Dach des Bahnhofsgebäudes, wo eine bärtige Statue die übergroße

Weltkugel in die Höhe stemmte, im Hintergrund von zwei Helfern unterstützt. Konrad überquerte die Straßenbahnschienen, lief auf das Eingangsportal zu und hätte schwören können, dass die Figurengruppe insgesamt kleiner und gedrungener gewesen war, vor allem der Umfang des emporgehobenen Planeten. Wären ihm in der Wartehalle vor den Fahrkartenschaltern nicht ein Dutzend Polizisten über den Weg gelaufen, hätte er sicherlich einen Intercity genommen, so aber bog er nach links, an den Gleisen vorbei zum Südausgang, weiter zum Baseler Platz, wo das Häuschen der Mitfahrzentrale stand. Wann es die nächste Möglichkeit gäbe, nach Ostberlin zu kommen, fragte er den Mitarbeiter, der dabei war, eine Gruppe von Fahrgästen in die entsprechenden Routen einzuteilen, was ein Durcheinander erzeugte, weil ein Fahrer sich verspätet hatte und damit Verschiebungen im Ablauf auftraten, sodass Konrad die Antwort bekam, dass er doch bitte mal kurz warten solle.

Davon völlig unbeeindruckt, in mehrfach unfassbaren Entfernungen, herrschte Leere. Das war an sich nichts Ungewöhnliches. Leere war der am häufigsten vorkommende Zustand des Universums. Sie erstreckte sich wie ein dunkler Ozean praktisch endlos durch den Raum. Da konnte einem schon mal schwarz vor Augen werden, bis wieder ein Stern am Horizont aufblitzte. Genau dort, in den konturlosen Untiefen des Weltalls, sobald man in die mikroskopischen Sphären abtauchte, wo man sich nanometergenau in die feine Unbestimmtheit des Nichts einarbeitete, wurde man Zeuge eines wundersamen Phänomens. Als wäre sie ein lebendiges Wesen, dessen Zellen eine Teilung durchmachten, vervielfachte sich die Menge an vorhandener Leere. Von einem Moment auf den anderen war mehr davon vorhanden, ohne dass jemand auch nur den leisesten Schimmer hatte, wie das vor sich ging. Sicher war nur, dass der Raum zwischen den Sternen sich vergrößerte und ungebremst weiterwuchs. Eine wissenschaftliche Sensation, wenn man einmal länger darüber nachdachte. Dem Großteil der Erdbevölkerung aber waren solche Dinge völlig schnuppe. Die Menschen waren hauptsächlich damit beschäftigt, sich auf das kommende Millennium vorzubereiten. Ein Irrglaube griff um sich, der lauthals prophezeite, dass die computerbasierte Zeitmessung den Übergang ins neue Jahrtausend rechnerisch nicht verkraften würde. Es gab vermehrt Stimmen, die vor einem Niedergang der Zivilgesellschaft und des allgemeinen Fortschritts warnten. Nichtsdestotrotz wurden neue Produkte vorzugsweise mit dem Zusatz *2000* versehen. Ein modernes und zukunftsweisendes Attribut, das darauf aus war, den Umsatz zu steigern. Dementsprechend kamen Batterien auf den Markt, aber auch Spülmittel und Rasierklingen, Prototypen von Autos und unsagbar miese Betriebssysteme, mit denen man sich auf Desktops in Internetcafés noch lange rumärgern musste. Hätte man im Bahnhofsviertel solch eine Bude betreten und wäre an den zwei Jugendlichen vorbeigelaufen, die sich gegenseitig Musikvideos vorspielten, weiter den schmalen Gang entlang, den Vater streifend, der mit der Familie in der Heimat telefonierte, an drei ungenutzten Tischen vorbei, dann hätte man ganz hinten, auf Platz sieben, umgeben von zwei röhrenden Ventilatoren, vorausgesetzt, man hätte ihn wiedererkannt, Konrad Pappel entdeckt. Sein Gesicht war von einem zotteligen Vollbart ummantelt, krumme Fingernägel krallten sich über die Maus. Er wiegte sich von rechts nach links über das rissige Kunstleder. Weil er keine Mitfahrgelegenheit für Ostberlin hatte ergattern können, hatte er sich entschieden, vorerst abzuwarten und zu überblicken, wie die Dinge sich entwickeln würden. Seitdem lebte er auf der Straße. Gepolsterte Stühle wie dieser waren ihm nicht mehr geheuer, auch in Betten mit Matratze und Lattenrost schlief er schlecht. Ein Geistesblitz verfolgte ihn hartnäckig. Jede Nacht durchlebte er, wie er aus der Sicht eines Schädelsplitters durch die kühle Waldluft schwebte, stark verlangsamt und absolut geräuschlos. Sich in der Luft drehend, konnte er im Flug durch Bärs zerstörten Schädel hindurchsehen und sich selbst dabei beobachten, wie er sich nach dem Benzinkanister bückte, bevor er davonlief. Manchmal verscheuchte ihn die Polizei vor einem Hauseingang oder vom Theaterplatz, der kaum noch von jemandem so genannt wurde. Ansonsten vertrieb er sich die Zeit mit Dosensammeln für Kleingeld, das er in billigen Likör investierte oder fürs Surfen im Internetcafé. Obdachlosigkeit erwies sich als ungemein praktisch. Man wurde nicht bloß unsichtbar in den Augen der Gesellschaft, es war, als existierte man nicht mehr als Mensch. Erst in den frühen Morgenstunden, wenn das Wirbeln der Kehrmaschinen einsetzte, übermannte ihn die Müdigkeit und schaffte Platz für eine Leere, die sich in seinem Kopf breitmachte. Bedächtig dehnte sie sich in alle Richtungen aus.

Ähnlich den Büchern in Doras Wohnung. Wenn eine der Töchter sie in den Semesterferien besuchte und an der Tür klingelte, musste Dora erst durch einen Urwald aus Büchern stapfen, der sich ungezügelt in der Bad Godesberger Wohnung ausgebreitet hatte. Große Regale umspannten gesamte Wandflächen, sie waren oberhalb der Türrahmen miteinander verbunden, bis oben hin voll mit antiquarischen Wälzern, viele mit Ledereinband und Blindprägung. Quer gestapelte Taschenbücher füllten die Lücken zum oberen Regalbrett auf, teilweise so gequetscht, dass sie es leicht anhoben. Ein Großteil lag verstreut im Zimmer, auf dem Esstisch, der Fensterbank, auch auf dem Teppich, wo aufgeschlagene Einbände mit dem Buchblock auflagen. Sie wirkten wie Hausdächer einer im Boden versunkenen Miniaturstadt, in deren Mitte zwei waghalsig geschichtete Türme aus Zeitungshälften aufragten. Selbst hinter der Türklinke war ein Lexikon festgeklemmt, damit mich keiner durchs Schlüsselloch ausspioniert, erklärte Dora den Töchtern jedes Mal von Neuem, wenn sie durch die Tür kamen. Dann lief sie ins Wohnzimmer zurück, wo sie einen aufgeklappten Atlas zur Seite schob, um Platz auf dem Sofa zu schaffen. Es war zum Fernseher hin ausgerichtet, der Tag und Nacht lief. Manchmal halfen ihr die Töchter, Absätze und Spalten aus Schwarz-Weiß-Kopien zu schneiden, die Dora aus einem Copyshop mitbrachte. Dort hatte sie, nach und nach, in maschineller Abfolge, unzählige Doppelseiten auf die dunkle Spiegelfläche des Gerätes gelegt. Jahrhundertealte Werke aus römischer Zeit. Berichte von Priestern, die den Vogelflug am Himmel beobachteten und damit Aussagen über den Erfolg von Schlachten anstellten. Eine Art Wetterbericht für Feldzüge. Ebenso Beschreibungen von Weissagern, die Blitzverläufe deuteten oder Eingeweide von Opfertieren nach Prophezeiungen durchsuchten. Beim Bau von neuen Palastanlagen wurden sie zu Rate gezogen, um die Ausrichtung von Gebäuden auszuloten, eine Form von spiritueller Landvermessung. Dora kannte sich bestens aus. Die gestrichelten Linien auf der Kopierfläche, bestückt mit Buchstabenkürzeln und Ziffernkombinationen, gaben ihr keine Rätsel mehr auf. Große Folianten mit verwirrend langen Vergleichstabellen, Zahlenmystik aus dem Spätmittelalter, kopierte sie formatgerecht nur in Einzelseiten. Dagegen erforderten Bestimmungsbücher für Kräutersorten und Pflanzen, sie waren meist in quadratischem Format gebunden, mehr Fingerspitzengefühl beim Justieren. Auch verschiedene Nachschlagewerke kamen an die Reihe. Manche davon waren alphabetisch sortiert und durch Schaubilder verdeutlicht, in der Spalte daneben wurde die Bedeutung von geträumten Gegenständen in ein oder zwei Sätzen erklärt. Manchmal war das Papier abgegriffen, nahezu transparent, die Rückseite schimmerte hindurch. Dann musste Dora einen Bogen aus dünnem Hartkarton darüberlegen, bevor sie die Taste drückte und der Rhythmus der Maschine einsetzte. Was die Kopiererei für ein Geld kosten würde, merkten die Töchter immer wieder an, wenn sie die ausgeschnittenen Schnipsel zu Hause an Dora weitergaben, die sie kreuz und quer auf leeren Seiten von Schulschreibheften arrangierte, wo sie mit punktuell gesetzten Tröpfchen aus einer Tube Bastelkleber fixiert wurden. In die Lücken, die sie vorsorglich übrig ließ, notierte sie Kafka-Zitate, säuberlich mit Tintenfüller. Teilweise waren es auch ganze Erzählungen, ohne Unterbrechung mehrfach nacheinander geschrieben. Es würde die Sinne schulen, in die tiefere Bedeutung der Texte zu tauchen, behauptete sie. Überall waren Anmerkungen und Ausrufezeichen, kaum ein Satz kam ohne Unterstreichungen aus, die akkurat mit einem Holzlineal gesetzt wurden. Wenn eine Tochter anmerkte, dass es vielleicht an der Zeit sei, einen Teil der Bücher zu entsorgen, oder die zwei Zeitungstürme, wenigstens einen davon, dann lächelte Dora und behauptete, dass sie das sowieso schon vorgehabt habe. Nächste Woche müsse sie wirklich damit anfangen, hier mal auszumisten. Ob es letztlich an den Ermahnungen ihrer Töchter lag oder an den Bildern einer Dokumentation, die über den Fernseher flimmerte, ist nicht nachzuweisen. Die Lebensläufe der drei ZIRKUS-Mitglieder hatte man filmisch aufgearbeitet. Einmal wurde das Foto ihres Liebsten eingeblendet, den man an einer Stelle beiläufig erwähnte. Sie erkannte auch den Beamten Krohm, mittlerweile grauhaarig, der von einem Komplizen sprach, der nie gefasst werden konnte. Zum Schluss erschienen drei Grabsteine in einer Montage, jeweils ein Drittel des Bildes einnehmend, aus leicht unterschiedlichen Winkeln gefilmt. Sie blickte sich um. Während sie zwischendurch immer mal wieder auf das Fernsehbild geschaut hatte, war der Esstisch freigeräumt worden. Bei der Fensterbank würde sie weitermachen. Vielleicht schaffe ich heute das ganze Wohnzimmer, dachte sie und fragte sich, unter welchem Bücherberg sie das Telefon zum letzten Mal entdeckt hatte.

Die Verwandlung

Auf den Verdacht hin, ein Hipster-Typ mit am Bund eingerollter Wollmütze würde einen Schnappschuss von der Leuchttafel eines alten Kinos machen, die vier Buchstaben mittig im Visier, mit einer mechanisch einstellbaren Kamera, weil er den Retrotrend eben mitmachte, so könnte es durchaus passieren, dass man das Fotonegativ Tage später auf dem Boden fand, weil es ihm aus der Brusttasche gerutscht war, als er seinen Tabakbeutel herausholte. Man könnte es gegen das Licht einer schwachen Straßenlaterne halten und feststellen, dass der Anfangsbuchstabe K im Grunde die Berührung von drei Ecken dokumentiert. Zwei davon, mit spitzem Winkel, ragen von oben und unten hinein, die dritte stößt, weitaus stumpfwinkliger, von rechts zur Balkenmitte dazu, wo sich alle in einem Punkt treffen. Ob es sich im weiteren Verlauf um die Enden von Dreiecken oder gar sternförmigen Gebilden handelt, ist schwer auszumachen. Die Vorstellung allerdings, dass es drei Sternspitzen wären, die sich am besagten Buchstaben berühren, erklärt vielleicht, warum K als Einheit zur Temperaturmessung im Weltraum verwendet wird. Von der irrwitzigen Eiseskälte, die am absoluten Nullpunkt herrscht, bis hin zu unvorstellbaren Hitzefeldern im Inneren von Sternen, weichen die Werte milliardenfach voneinander ab. Eine Bandbreite, die vorzustellen sich Konrad nicht mal die Mühe machte, weder während der zugeschneiten Wintermonate, geschweige denn im Hochsommer. Dann saß er im Schatten einer Baumgruppe in der Nähe der Sternwarte, knabberte eine Nussmischung, bis der Abend hereinbrach und eine kühlende Brise aufkam. Wenn die Menschen sich mehrheitlich in ihre Wohnungen verzogen hatten, blieb manchmal etwas Interessantes für ihn auf dem Boden zurück. Heute war es ein Tabakbeutel mit Krümelresten für zwei dünne Selbstgedrehte. Blättchen waren auch dabei. Er drehte und wendete eines unter der Straßenlaterne, aber das Licht war zu schwach, um zu erkennen, auf welcher Seite die Klebefläche war.

Wenn er wach wurde, war ihm oft nicht bewusst, ob ein paar Augenblicke vergangen waren oder mehrere Jahrzehnte. Sobald er dreimal geblinzelt hatte, machte es auch kaum einen Unterschied. Er schlug den Schlafsack auf und band sich die Schuhe. Mit den Schnürsenkeln in der Hand schlang er Sekunden und Dekaden umeinander und verschnürte Zeit zu einer festsitzenden Schleife, die nur noch bei Bedarf gelöst wurde. Für Konrad hatten herkömmliche Kalender an Bedeutung verloren. Ob April war oder Juni, entschied er nach Wetterlage. Außerdem konnte ein Dienstag auf einen Montag folgen oder auf einen Mittwoch, es war nur eine Frage der Richtung, aus der man die Abfolge der Tage überblickte. Ein Transportzug rauschte vorbei, Hunderte Waggons, alle mit Holz beladen. Sein Schlafplatz befand sich in einer windgeschützten Nische, an vierspurige Gleise geschmiegt. In gebückter Haltung, ein Lederriemen mit kleinem Rundschlüssel baumelte ihm vom Hals, kroch er unter dem muffigen Betonvorsprung entlang, bis ihm eine Stahlplatte den Weg versperrte. Dort richtete er sich auf, stemmte sich zur Backsteinmauer hoch, welche die Gleisanlagen vor der Stadt abschirmte. Durch eine verzogene Sicherheitstür am Ende des Mauerwerks, die seit Jahren nicht mehr ins Schloss fiel und auf der anderen

Seite von buschigen Sträuchern verdeckt wurde, schritt er in eine Sackgasse, die sich einem ruhigen Wohnviertel entgegenstreckte. Gesäumt von frisch sanierten Altbauten zog sich ein Spalier aus Laubbäumen dahin. Manchmal besaß ein Stamm erheblich schmächtigeren Wuchs als sein Gegenüber. Unterwegs knuffte er eine Rosskastanie in die Rinde. Wenn er Glück hatte, fiel in der Bäckerei etwas für ihn ab, ein Kaffee oder ein belegtes Brötchen. Der Betreiber hatte den Laden von der pausbackigen Eigentümerin gemietet und war verrückt nach Konrads Vollbart. Er schwatzte gerne über Dinge, die etwas mit dem Tagesgeschehen zu tun hatten oder mit Nachrichten aus aller Welt. Von ihm erfuhr Konrad, dass zwei Bürotürme zu Staub und Asche zerfallen waren, auch von einem Flüchtlingsstrom, der biblische Ausmaße hatte, oder dem Aufkommen einer neuartigen Seuche. Konrad pustete dabei in den Kaffeebecher und nickte. Es erinnerte ihn an die Geschichten, die Nadia ihm und den Kindern vorgelesen hatte. Ohne sich groß zu bedanken, verabschiedete er sich, sobald die Fläche vor der Ladentheke sich mit Kunden füllte. Im Winter, wenn der Wind eisig von jeder Seite heranpfiff, hinterließ der Kaffee eine wärmende Spur, die von der Speiseröhre aus in den Körper strahlte. Konrad lief im Zickzack die Straße entlang und suchte mit geschultem Blick die Mülleimer ab. Unter dem Viadukt der Hochbahn sah er ebenfalls nach. Touristen ließen dort nachts Dosen oder Flaschen liegen. Wenn er das Pfand im Discounter eingelöst und für Likör ausgegeben hatte, vertrieb er sich im neuen Einkaufszentrum die Zeit damit, in Bewegung zu bleiben. Am Ende einer Rolltreppe hielt er gegen die Fahrtrichtung Schritt. Der schwarze Handlauf rutschte in schleppendem Tempo unter seinen Händen hindurch. Das Surren der Maschine, die in der Lage war, Stufen im Erdboden verschwinden und am oberen Ende wiederauftauchen zu lassen, entfaltete eine meditative Wirkung. Du mogelst beim Moonwalk, rief ihm ein Junge im Vorbeirennen zu, einen tarngrünen Wanderrucksack auf dem Rücken. So geht das, erklärte er und bremste ab, wobei er den Schwung noch für eine halbe Drehung mitnahm, und glitt, als wäre er in eine den Sekundentakt verlangsamende Luftblase geschlüpft, rückwärts über den Boden wie über die Eisfläche eines zugefrorenen Sees. Seine Sneakers waren einmal weiß gewesen. Ein Schuh war mit blauer Schleife gebunden, in der Form einer quer liegenden Acht. Die Schnürsenkel am anderen fehlten. Beim letzten Tanzschritt blieb er kerzengerade stehen, ging schnörkellos in eine Pirouette über, die in einer nach vorne gebeugten Pose endete, einer Galionsfigur gleich, den Arm kampfbereit nach vorne gestreckt. Applaus brandete auf, vereinzelt waren Schaulustige stehen geblieben, vom herannahenden Gebrüll genauso irritiert wie Konrad. Ein Wachmann vom Sicherheitsdienst polterte die Rolltreppe herunter und schimpfte bösartige Verwünschungen, was den Jungen veranlasste, aus der Pose schlagartig wieder in einen Sprint zu wechseln. Seinen Dank mit Handküssen an die Zuschauer verteilend, rannte er zielstrebig durch den Haupteingang hinaus auf die Straße und, ohne zu zögern, quer über die rote Fußgängerampel. Zwei Autos waren gezwungen, eine Vollbremsung hinzulegen, um ihn nicht über den Haufen zu fahren. Eines scherte aus und spritzte einen dunklen Schwall aus halb aufgeweichtem Schneematsch durch die Luft, der dem Wachmann, der nachgeeilt kam, Hemd und Hose gründlich versaute.

Einmal im Frühling fand Konrad einen neongelben Textmarker auf dem Boden. Nach mehreren Drehungen um die Mittelachse, er hatte die Kappe abgenommen, deutete sich an, dass die keilförmige Minenspitze ausgetrocknet war. Aber das klickende Geräusch, das beim Wiederaufsetzen der Kappe entstand, sagte ihm ausgesprochen zu. Es begleitete ihn, während er durch die Straßen lief. An einer Kreuzung ließ er die Grünphase der Fußgängerampel siebenmal ungenutzt, bis er sie überquerte. Dabei fiel ihm auf, dass die Rotphase dreimal so lang war, was er absolut unfair fand. Immerhin entdeckte er währenddessen ein Storchennest auf dem Schornstein eines der umliegenden Gebäude. Da es niemanden gab, der diesen Anblick mit ihm teilen wollte, lief er weiter, ohne auf das Landen der Vogelmutter zu warten. Der Gedanke, wie sie mit aufgefächerten Flügeln und vollem Schnabel zu ihren Nestlingen zurückkehrte, bereitete ihm ein Hungergefühl, das er sich wahrscheinlich nicht leisten konnte. Das Häufchen an Cents, das sich in seiner Hosentasche angesammelt hatte, reichte eventuell für eine Salzbrezel, aber dafür hätte er nachzählen müssen. Es kam vor, dass er eine Münze doppelt oder zehnfach zählte und so im Handumdrehen zu riesigen Summen vorstieß, die ihn ehrfurchtsvoll innehalten ließen. Unterwegs entdeckte er Maade, der seinen Einkaufswagen langsam durch eine Nebenstraße schob. Er war beladen wie ein Schwerlaster, im Korb türmte sich allerlei Gerümpel, das über seinen Kopf hinweg nach oben quoll, von kaputten Planen oder fleckigen Bettdecken lückenhaft abgeschirmt, gespannte Seile mussten die Konstruktion zusammenhalten, von allen Seiten hingen bunt bedruckte Stofftaschen und Plastiktüten, alle vollgestopft, manche davon schleiften über den Asphalt. Das Hupkonzert eines Kleinwagens veranlasste Maade, gewissenhaft das Signal zu geben, dass man den Einkaufswagen jederzeit links überholen dürfe, was in der engen Straße jedoch unmöglich war. Konrad rief ihn mehrmals beim Namen, aber er war einfach zu sehr aufs Manövrieren konzentriert.

Am Hauptbahnhof benutzte Konrad die Toilette und wusch sich mit der Seife aus dem Spender Gesicht und Achseln, auch unten herum, weil niemand bei den Waschbecken war. Er prüfte, ob es Kratzspuren am Schließfach gab, tastete die Fugen nach undichten Stellen ab, vielleicht hatte jemand versucht, es aufzubrechen.

Aber es war alles da, im fliederfarbenen Kinderranzen verstaut. Ein Schultergurt fehlte, und das abgebildete Einhorn erkannte man nur noch mit Mühe, aber der Klickverschluss vorne am Deckel rastete tadellos ein. Unglaublich, dass Leute so etwas wegschmeißen, hatte Maade behauptet, sein Arm versank im Mageninhalt des Einkaufswagens, guck mal, sagte er und strahlte den Ranzen an, den er herausgezerrt hatte, schenke ich dir. Beim Ausgang legte Konrad den Lederriemen mit dem kleinen Rundschlüssel wieder um den Hals und drückte den Textmarker einem Hipster-Typen in kurzen Hosen in die Hand, der dort auf jemanden wartete. Als Vermögender hatte man die gesellschaftliche Verantwortung, etwas von seinem Besitz an die darbende Allgemeinheit abzutreten. Den Satz hatte er vermutlich bei Liane aufgeschnappt. Ob Freude oder Dankbarkeit beim Hipster-Typen aufgekommen waren, konnte nicht nachgewiesen werden, jedenfalls nicht anhand von dessen Mimik. Hinter einer Reihe parkender Autos ragte das rote Fähnchen einer Eiscremefirma diagonal auf die Straße. Konrad knallte sein gesamtes Kleingeld auf die Theke des Wasserhäuschens, das kaum noch so genannt wurde, und fragte, ob sein Vermögen für einen Likör reiche.

Eine Beschäftigung zu finden, die einen durch den Tag brachte, erwies sich als ebenso unerträglich wie die Langeweile, der man dadurch entkommen wollte, sodass Konrad hellhörig wurde, als ein Obsthändler den Arbeiterstrich erwähnte. Genau genommen schrie er ihm hinterher, er solle sich gefälligst dort hinscheren und für sein Geld anschaffen gehen, anstatt hier vor seinem Stand herumzulungern. Dabei stimmte das gar nicht. Konrad hatte lediglich zwei der drei Pfirsiche, die auf den Boden gefallen waren, in die Auslage zurückgelegt. Sofort stellte er Erkundigungen an und wollte herausfinden, ob sich der Strich, wie früher, gegenüber der Baustelle an der ehemaligen Großmarkthalle befand.

Ein Mann mit falsch herum aufgesetzter Baseballkappe erklärte ihm, dass der Arbeiterstrich ein Märchen sei, eine hundsgemeine Erfindung der Lebensversicherungen, den entsetzten Blick immer wieder auf etwas hinter Konrad gerichtet, als stünde dort ein Gebäude lichterloh in Flammen. Ob er etwas Geld für ihn übrig habe, fragte der Mann, was Konrad verneinte, woraufhin dieser sich wegdrehte, gekränkt und hasserfüllt, als wäre ihm etwas Wertvolles entrissen worden. Der Fassadenbauer im Blaumann, der ein Bier im Stehen trank, einen grauen Stromverteilerkasten als Bistrotisch nutzend, nannte die Europäische Zentralbank, eine gut gelaunte Taxifahrerin ebenfalls, also beschloss Konrad, dort in den nächsten Tagen vorbeizugehen.

An einer Straßenmündung, neben einer Textilreinigung, standen Männer in kleinen Grüppchen, alle wesentlich jünger als er, die ihn misstrauisch beäugten. Sie unterhielten sich mit gurrend harten Konsonanten und querschießenden Zischlauten. Immer wieder brandete Gelächter auf, einzelne Stichflammen, die sich sofort in Luft auflösten. Ein Lieferwagen hielt, es wurde nach Arbeitern gerufen, die sich mit Fliesen auskannten oder einen Betonmischer bedienen konnten, woraufhin zehn Männer aufsprangen. Nur vier wurden mitgenommen. Minuten später lud ein Vorarbeiter ein halbes Dutzend in seinen Kleintransporter, um Kies auf dem Bau zu schleppen. Konrad betrachtete die Konturen des neuen Bankgebäudes auf der gegenüberliegenden Straßenseite, das einen Teil des denkmalgeschützten Baus der alten Großmarkthalle weiternutzte. Wie gläsernes Unkraut war das moderne Hochhaus aus dem niedrigen Leib der Halle in die Höhe getrieben, indem es die Sinuskurve des alten Wellendachs scheinbar von innen aufgesprengt hatte. Dass er als Einziger übrig geblieben war, machte ihm, je länger er wartete, umso weniger aus. Früher hatte ihm der Broterwerb viel bedeutet, er war wie

Quellwasser in seinen Adern gewesen. Von den Schultern abwärts stürzte es unbeschwert bis in die Fingerspitzen, jeder Handgriff fiel ihm leicht. Mittlerweile bekam er allein beim Gedanken an Arbeit schon schwere Arme, vollgesogen mit Wasser, das sich aus einem Weiher speiste, der zur Hälfte mit Entengrütze überzogen war. Mittendrin stand ein leer stehendes Haus, das nur mit einem Paddelboot erreichbar war und im Sommer Jugendlichen als Rutsche diente. Das breite Walmdach besaß vier Schrägflächen. Eine Gruppe von Jungen und Mädchen, die wie zu Pferde hintereinander auf dem First saßen, hatten die freie Wahl, in welche Richtung sie rutschen wollten, vorausgesetzt sie hatten einen grobmaschigen Kartoffelsack dabei, den man sich unter den Hintern schob. Die Ziegel schepperten auf dem Weg nach unten, eine Bahnlänge lang heulte der Lärm auf bis zur verbeulten Regenrinne, von der man sich im richtigen Moment abstoßen musste, sodass eine Stimme berechtigterweise nachfragte, ob eventuell die Möglichkeit bestehe, dass er nicht mehr gut höre. Eine junge Frau hatte sich zum offenen Beifahrerfenster eines Volkswagenbullis gebeugt, dessen Warnlichter leuchtturmartig blinkten. Dahinter polterte ein Lastwagen über die Straße. Ich kann keine Gebärdensprache, Alter, rief sie, halblange dunkle Locken und schmale Nase, dazwischen eine verdunkelte Pilotenbrille. Konrad kam einen Schritt näher. Ich brauche jemanden fürs Renovieren meiner Bude, ihre Wangen zogen ein Lächeln aus dem Hut, mit dem sie sich keine Mühe gab. Damit kenne ich mich gut aus, entgegnete Konrad und musste plötzlich an die Spachtelmasse denken, die Bär in seinem Zimmer aufgetragen hatte. Tapezieren und Alpinaweiß drüber, erklärte die Frau, Türen müssen auch geschliffen werden, behauptet jedenfalls der Vermieter. Von ihrer erhobenen Hand spreizten sich zwei Finger ab, was sie mit dem Angebot versah, dass er zwanzig Euro dafür bekomme. Konrad hob seinerseits die Hand und spreizte alle Finger, für fünfzig mache ich es. Sie ließ den Daumen senkrecht stehen und für einen Moment schien es, als hätten sie eine Abmachung gefunden, bis sie den Daumen zwischen Mittel- und Zeigefinger klemmte, die Spitze wies unmissverständlich in Konrads Richtung. Sie beleidigte ihn in einer leichtfüßig galoppierenden Sprache, wobei sie einen Begriff mehrfach wiederholte, bevor sie das Warnblinklicht ausschaltete und weiterfuhr.

Konrad wartete noch eine Weile und lief, nicht nur weil der Regen einsetzte, zum nahe gelegenen S-Bahnhof. Unterwegs überlegte er, was er schauen könnte, wenn er sich gleich ins Internetcafé setzte. Die nächste Folge einer amerikanischen Fernsehserie oder eine von den wissenschaftlichen Dokus, die er sich gerne reinzog. Am Bahnsteig, neben dem Aushang für den Fahrplan, hatte sich eine Pfütze gebildet. Irgendwo war ein Leck, von dem es in regelmäßigen Abständen tropfte. Konrad suchte angestrengt, konnte aber beim besten Willen keine feuchte Stelle in der Betondecke der Station ausfindig machen. Ein Wassertropfen klatschte dennoch auf seine in Falten gezogene Stirn und zerrann sofort puzzlestückförmig. Er drehte das Gesicht schützend zur Seite, auch wegen des Lärms und des heranschlagenden Windes, den der einfahrende S-Bahn-Zug aus dem Tunnel vorausschickte. Seine Augen blieben geschlossen, bis die Bremsgeräusche und Ludas darin eingebettete Stimme, die ihm bruchstückhafte und unverständliche Worte zuflüsterte, verklungen waren. Als er den Knopf drücken wollte, sprangen die Türen bereits zur Seite. Der Junge mit dem Wanderrucksack schoss mit einem weiten Satz heraus und rammte ihn im Vorbeirennen hart an der Schulter. Drei Eishockeyfans trampelten hinterher, verfolgten ihn mit ungläubigen Blicken. Einer, er hatte schütteres Haar, die schrillen Farben des Trikots mit der Nummer Elf konnten seine beleibte Statur nicht verniedlichen, warf nach wenigen Schritten sein halb volles

Dosenbier nach dem Jungen, der bereits die Rolltreppe am Kopf des Bahnsteigs erreicht hatte. Beim Rennen breitete der Junge beide Arme aus, wie Flügel, rechts und links vom Rucksack, er ließ sie diagonal auf und ab wandern. Zwei der Verfolger gaben auf, sie beugten sich nach vorne, stützten erschöpft die Hände auf die Knie. Nummer elf kämpfte sich noch bis zur Rolltreppe und stieß unverständliche Flüche hinterher, stopfte die Worte mit der Faust in der Luft nach, aber so schwer atmend, dass selbst die Schallwellen niemanden mehr erreichen würden. Der Junge aber blickte nie nach hinten, wenn er abhaute. Weder mit dem Kopf noch mit seinem Gewissen. Am oberen Ende der Rolltreppe angelangt, senkte er die Flügelarme und blieb kurz stehen. Anhand der Graffitis an der Wand entschied er, welchen Ausgang er nehmen würde. Auf einer Seite war eine Reihe Hakenkreuze hingeschmiert worden, er lief in die andere Richtung. Dabei ließ er das Handy des Eishockeyfans in die Seitentasche seiner Cargohose rutschen. Den Lederriemen mit dem Schlüssel, den er dem Vollbart beim Austeigen vom Hals gerissen hatte, wickelte er um die Hand, als ginge es darum, sich auf einen Boxkampf vorzubereiten.

Das Handy verhökerte er für einen Spottpreis. Ein schlaksiger Typ, schwarze Haare mit hineinrasierten Linien, versuchte, ihm zu erklären, dass es leider nicht das neueste Modell sei, auf welches die Leute momentan abfuhren, das mit den abgerundeten Bildschirmkanten. Da er keine Lust auf lange Diskussionen hatte, nahm er das angebotene Geld. Es wurde leise gegenseitig abgefragt, ob ansonsten alles klar sei, was beide bestätigten. Sie verabschiedeten sich voneinander, ihre Unterarme bildeten ein x-förmiges Kreuz, nur ein kurzer Druck auf den Schnittpunkt, Hände waren zu Fäusten geballt, pass auf dich auf, du auch. Der Treffpunkt war eine wenig frequentierte Fußgängerunterführung in Bahnhofsnähe. Von dort gelangte der Junge ohne Umschweife in den Seitenbereich des Hauptgebäudes, wo sich die Schließfächer befanden, und öffnete das Fach mit der Nummer, die auf dem Schlüssel eingestanzt war. Mit einer ungetrübten Selbstverständlichkeit nahm er den Kinderranzen in die Hand, den er dann, sobald er in einer der umliegenden Grünanlagen angelangt war, in die Büsche pfefferte. Ein Buch und eine Papprolle, mehr war nicht drin. Auf der Papprolle stand etwas geschrieben, das er überflog, aber er wusste auch so Bescheid. Ein unerwarteter Volltreffer. Die Dinger lagen zuhauf im Kabuff von Schuh. Das Buch sah alt aus. Vielleicht war es wertvoll. Schnell packte er beides in den Seitenschlitz des Wanderrucksacks und machte sich auf den Weg.

Teenager, stand in der Notizen-App von Olaf Krohm, der den Jungen beschattete, seitdem er das Schließfach geöffnet hatte. Mindestens fünf Körperlängen entfernt saß er in der Straßenbahn, in die er ihm nachgestiegen war. Je länger sie fuhren, desto mehr entwickelte sich aus dem Stadtkern ein trostloses Industriegebiet. An einer Station sprang der Junge plötzlich auf. Scheinbar kannte er sich im nahe gelegenen Baumarkt gut aus, so zielsicher, wie er die Baustoffabteilung ansteuerte. Krohm ließ ihm drei Gänge Vorsprung, schlenderte suchend umher, begutachtete eine Packung mit Fugenmasse und lief mit leeren Händen zur Kasse zurück, wo er sich eine rote Mini-Taschenlampe vom Haken schnappte. Ein Kunde mit einer überschaubaren Artikelanzahl stand zwischen ihm und dem Jungen, der zwei Tuben aufs Band legte. Auf der Rückfahrt ins Stadtzentrum blieb Krohm hinten stehen, das komplette Wageninnere der Straßenbahn im Blick, und notierte sich *Montagekleber* ins Handy. Der Junge hatte vorne Platz genommen, von ihm abgewandt, die Fahrt über blätterte er in einem Buch. Es bestand durchaus die Möglichkeit, dass er falsche Informationen erhalten hatte und seine Zeit mit der Verfolgung eines unbedeutenden Klebstoffschnüfflers verschwendete. Dabei hatten sich die Aussagen des Trinkhallenbesitzers und der Chefin des Reinigungstrupps im Bahnhof ausreichend überschnitten. Er hatte ihnen das alte Pinnwandfoto, von einem Fünfziger unterlegt, in die Hand gedrückt und erklärt, dass sie fehlendes Haupthaar abziehen müssten, gleichzeitig Falten hinzurechnen oder einen Bart. An zwei Stellen des Fotos ragten tiefe Risse hinein, zur linken Schläfe hin und von rechts bis zur Kinnmitte. Der Trinkhallenbesitzer betrachtete sorgsam das Gesicht und konnte ihm sogar die Nummer des Schließfaches nennen, weil der kleine Schlüssel manchmal nach unten baumelte, wenn *Vollbart* sich zum Bestellen von Likör an das kleine Fensterchen beuge, fügte er unter starkem Husten hinzu, verbunden mit der Frage, ob Krohm ein Bier haben wolle. Ein Angebot, das er ablehnte, während er den Spitznamen aber sofort in die Notizen tippte. Beim Abschied hielt er sich einen glattgebügelten Fünfziger vor den Mund, den er mit den Worten hinüberschob, dass Reden zwar Silber sei, darüber zu schweigen aber umso ertragreicher. Seit einer Woche saß er, abwechselnd an Plastiktischen eines Asia-Imbisses und auf Sitzbänken im Gleisbereich, schräg versetzt zu den Schließfächern und wartete. Bis vorhin der Junge erschienen war, der sich mit dem Kinderranzen aus dem Staub machte und jetzt in der Straßenbahn aufstand, um auszusteigen. Krohm verlor ihn nicht aus dem Blick, auch als der Junge diagonal eine Kreuzung überquerte oder eine Abkürzung über den Parkplatz eines Elektronikmarktes nahm, blieb er unauffällig an ihm dran. Manche Dinge verlernt man nicht, selbst im Ruhestand, dachte er und öffnete die Notizen-App, wo er das Wort *Bruchbude* speicherte. Dazu hinterlegte er Adresse und Foto des Hauses, in das der Junge hineingegangen war, die Eingangstür blieb offen eingehakt. Ein abbruchreifes Altbaugebäude an einer stark befahrenen Straße. Im zugewachsenen Vorgarten steckte ein mittelgroßes Schild, das den Bauherrn nannte und das Projekt vorstellte, das auf dem Grundstück neu entstehen würde. Das Schild war schmutzig und an den Ecken verwittert, jemand hatte großflächig *Bastard* darübergesprüht. Ohne stehen zu bleiben lief Krohm daran vorbei und suchte die Straße nach geeigneten Punkten zum Unterstellen ab.

Das Haus erschien im Display. Krohm hatte ihr das Foto und die Adresse im Anhang geschickt, mit dem Vermerk, dass er nicht sicher sei, ob es sich als Sackgasse erweisen würde, aber sie hatte sofort ein gutes Gefühl bei der Sache. Sie ging aus der Küche ins Schlafzimmer, wo sie im Schrank nach der Reisetasche suchte, der mit dem schicken Diagonalstreifen in der Ecke. Beim Rausholen, auf dem eingenähten Schild stand *Made in West Germany*, bemerkte sie, dass noch etwas im Innenfach steckte. Etwas Weiches, das spürte sie, während sie hineingriff, und lehnte die Schranktüren an, damit mehr Licht hereinkommen konnte. Es waren die weißen Tennis-Schweißbänder, die sie in der Klinik um die Handgelenke getragen hatte. Schmutzig und voller Fussel, ein schwarzer Fadenstreifen schlängelte sich um die winzigen Ösen des frottierten Stoffes. Insgesamt wirkten sie viel abgenutzter als in ihrer Erinnerung. Heutzutage würde sie so etwas nicht einmal als Accessoire anlegen, vor allem nicht, wenn es in diesem beleidigenden Zustand war. Die Kippvorrichtung des Küchenmülleimers öffnete den Runddeckel, die Schweißbänder fielen wie tote Mäuse ins offene Maul, das bärenfallenartig zuschnappte. An den Klinikaufenthalt hatte sie lange nicht mehr gedacht, wie klein die Töchter damals noch waren. Ohne sie hätte sie die Jahre nicht überstanden. Der Moment, als sie erwachsen wurden und für das Studium auszogen, da bekam sie einen weiteren Pferdetritt vom Leben versetzt und verschanzte sich jahrelang hinter Papier und Bergen von Büchern. Erst die Entscheidung, den ehemaligen Beamten Krohm zu kontaktieren, gab ihr wieder neue Energie. Sie hatten es lange und gründlich im Familienrat besprochen. Bei Kohlsuppe mit Speckwürfeln, für die Enkelin gab es Würstchen und Kartoffelbrei. Alle saßen um den Esstisch herum und diskutierten in wildem Durcheinander. Am Ende war es ein Mehrheitsentscheid. Sie kehrte zum Handy zurück, tippte, hielt inne, löschte und verbesserte die Nachricht mehrfach, bevor sie auf das Symbol für Abschicken drückte. Krohm erhielt den Auftrag, weiter dranzubleiben. Im Gruppenchat, den sie mit ihren Kindern führte, erklärte sie, dass man vielleicht auf eine heiße Spur gestoßen sei. Sie fragte außerdem, ob jemand ein Hotelzimmer im Internet für sie buchen könne. Gefolgt vom Emoji einer Frau mit ahnungslos nach oben verschränkten Armen. Für heute Nacht in Frankfurt, schickte sie hinterher und verzierte den Satz mit zwei Herzen am Ende. Bevor sie das Handy wieder ans Ladekabel steckte, versuchte Dora, sich zu erinnern, wo man draufdrücken musste, um eine Route fürs Auto angezeigt zu bekommen.

Der Strom, der ins Innere des Handys geleitet wurde, stammte aus einem Kabel hinter der Steckdose. In der Wand knickte es ab und verlief durch einen Schlitz, von der Tapete verdeckt, senkrecht nach unten. Zum Boden hin ausgerichtet, war es bei der letzten Renovierung entlang der Küchenfußleisten verlegt worden und führte in den Flur, wo es ordnungsgemäß nach rechts bog. Bei der Eingangstür verließ es die Wohnung und koppelte sich an die Hauptleitung, die das Haus vollständig durchquerte, bis in den Keller hinein. Vom Stromzähler der Stadtwerke unterbrochen, ging es über Putz die Kellerwand entlang, von Schellen gehalten, die jeweils mit einer Armlänge Abstand ins Mauerwerk gedübelt waren. Ein Flussdelta aus schwarzen Kabelstrecken sammelte sich im Verteiler, dahinter kam das Hauptkabel dick heraus, nahm noch eine Windung um die Ecke und verschwand durch das Gemäuer nach draußen. Danach verlor sich die Spur im Gewirr aus Rohren und Aushöhlungen, die sich im Erdreich flächendeckend unter der Stadt ausbreiteten, sodass man getrost in die Kartenansicht wechseln konnte. Durch leichtes Wischen des Fingers verschob sich die Karte, nach links und wieder nach links, wenn man das wollte, aber selbstverständlich auch in alle anderen Richtungen. Mit zwei Fingern ließ sich ein Bereich mühelos zusammenziehen, schon sah man Gemeinden aus dem Bonner Umland, deren Namen aufstiegen und das Stadtgebiet umrandeten. Eine Ader, sie streckte sich nach rechts unten und führte im weiteren Verlauf, falls man sie mit dem Finger nachzog, in einen Knoten hinein, von dem aus man, ohne ihn zu entwirren, auf eine weitere Ader abbiegen konnte. Zwei voll nach rechts ausgeschwungene Wischbewegungen später befand sich die Karte über Frankfurt. Vielleicht konzentrierte man sich auf ein bestimmtes Gebiet, ein Viertel im Speziellen, wobei man die Ausschnitte stetig auseinanderzog. Eine vierspurige Straße tauchte auf, man konnte die Pfeilmarkierungen auf dem Asphalt erkennen. Das Haus mit dem kleinen Vorgarten rückte in den Mittelpunkt, auf dessen Dach man es abgesehen hatte, genauer gesagt, auf den Doppelschornstein, der mit jeder weiteren Vergrößerung unschärfer wurde. Wäre man in der Lage gewesen, noch tiefer zu gelangen, unter das Gebälk des Ziegeldachs, hätte man einen Blick ins Innere der Mansarde werfen können. Auf die nicht bezogene Matratze, die über drei Europaletten lag, auf zwei Müllsäcke für Klamotten, einer schwarz, der andere blau, am anderen Ende das Bücherregal, paarweise mit Sneakers bestückt, ein Schallplattencover an der Wand, daneben der hüfthohe Durchschlupf ins niedrige Kabuff, vollgestopft mit Kartons, aber natürlich auch auf Schuh, die mitten im Raum vor einem Tapeziertisch stand.

Der breite Bügel des Kopfhörers war quer über den Schädel gespannt, darauf ein Markenname in weißer Schrift. Sie wippte den Kopf im Takt eines Elektrobeats dem aufgeklappten Laptop entgegen, der über mehrere Kabelverbindungen Musikdaten an ein digitales DJ-Set sendete. Es erinnerte an ein schwarz-graues Zweierkochfeld mit Drehknöpfen und farbig blinkenden Plättchen. Zwischen den Kochplatten bewegte sie den Schieberegler des Mischpults, um von einem Song auf den anderen zu überblenden. Der Bass wummerte gedämpft in den Muscheln der Kopfhörer, daher bemerkte sie nicht, dass der Junge mit dem Wanderrucksack in die Mansarde getreten war und mit einer weißen Tube wedelte. Rakete, rief sie und behielt den Kopfhörer auf, bis ein Break einsetzte, als wollte sie in einem Buch den angefangenen Satz noch fertiglesen. Hab dir Kleber besorgt, sagte Rakete, und für mich auch eine Tube, um sofort den Eindruck zu zerstreuen, dass er nur für sie durch die halbe Stadt gefahren sein könnte, dabei zeigte er auf den Wanderrucksack, der halb offen zwischen seinen Füßen steckte. Schuh hatte nur eine Strähne, die sie zu einem engen Zopf gewunden hatte, der Rest der Haare spreizte sich wild in alle Richtungen, während sie den Kopfhörer abzog. Wenn er sich traute, in ihre eisblauen Augen zu blicken, kam es durchaus vor, dass elektrische Entladungen wichtige Wortsilben oder komplette Gedankenketten ausradierten, wie bei einem von Motten zerfressenen Lückentext, sodass er oft etwas verblödet schaute und händeringend nach Ersatzworten suchte. Es ist Kleber, sagte er und bemerkte, wie sinnlos die Aussage war, da er das bereits erwähnt hatte, der beste für abgelöste Sohlen, fügte er hinzu, um die Sache wenigstens halbwegs zu retten. Ich weiß, wie schön, dass du daran gedacht hast, sagte sie und wies mit der Hand auf den Tapeziertisch, um anzudeuten, dass er die Tube dort ablegen könne, ich bin aufm Sprung, muss noch Kabel besorgen, glaube, eins von meinen hat einen Wackler.

Sie prüfte den Sitz der Anschlüsse im rückwärtigen Bereich des Zweierkochfeldes, heute Abend spiele ich im *Tribehouse*, sagte sie, auf ein bestimmtes Kabel konzentriert, wäre Abtörn, wenn was schiefgeht deswegen. Rakete stellte die Tube ab und versuchte, einen fachmännischen Blick aufzusetzen, wäre doch gelacht, wenn er nicht in der Lage wäre, das Ärger machende Kabel ausfindig zu machen. Schuh hatte sich bereits abgewandt und beugte sich zum Durchschlupf ins Kabuff, kommst du auch, fragte sie und gab es auf, zwischen den Kartons etwas zu finden. Hatte ich vor, antwortete er, mit einer Lässigkeit angereichert, die er sich selbst nicht abnahm. Das freut mich, bemerkte sie, für seinen Geschmack in einem viel zu freundschaftlich gehaltenen Ton. Aus den Kabeln wurde er nicht schlau, es blieb ihm daher nichts anderes übrig, als den letzten Trumpf auszuspielen und auf das erbeutete Geschenk zu sprechen zu kommen. Ich habe noch etwas für dich, setzte er an, und kramte aus dem Seitenfach des Wanderrucksacks die Papprolle hervor.

Schuh hatte eine Schwäche für Zeug aus den Zwanzigern des letzten Jahrhunderts. Jedenfalls hatte es mal diese Phase in ihrem Leben gegeben. Sie besuchte Flohmärkte oder stiefelte nach der Uni in die ehemalige Seifenfabrik, um sich alte Fotografien oder anderen Krimskrams anzuschauen. Das Interesse hatte mit dem Auftauchen des Parlographen eingesetzt. Er war ihr in der Mansarde untergekommen, als sie mit Rakete den Müll und das Gerümpel entsorgte. Der Dachboden war jahrzehntelang als Ablageort für sperrige Überreste verwendet worden, die beim Auszug nicht mehr mitgenommen werden sollten. Generationen von Vormietern hatten den Raum nach und nach bis unter die Dachschrägen aufgefüllt, bis man die Tür nur noch einen Spalt weit aufdrücken konnte. In der Mitte stand ein dreigliedriger Turm aus halb vollen Farbeimern, umzingelt von muffigen Koffern und einem Sack mit Papierordnern. An der Wand reihten sich drei Paletten aneinander, bestückt mit Badezimmerkacheln, die meisten davon kaputt, und breit gestapelten Dachziegeln. In die Lücken war tütenweise Bauschutt gestopft worden, daneben eine Regentonne mit Eisenwaren aller Art, ganz hinten lehnte ein klappbarer Tapeziertisch an der Wand. Rückseitig kam ein zugenagelter Verschlag zum Vorschein, der sich als Tür entpuppte, die zu einem niedrigen Kabuff führte. In der Holzverkleidung waren Regalbretter angebracht, das Gerät befand sich im untersten Fach. Ein Korb mit Schalldosen lag hochkant daneben. Nach der Entrümpelung baute Schuh den Tapeziertisch auf und stellte den Parlographen darauf ab. Sie entstaubte ihn sorgsam und umwickelte das zerschlissene Stromkabel mit Klebeband. Das Gerät funktionierte tadellos. Die Walzenführung brummte gleichmäßig beim Rotieren, der Hörtrichter rastete mit einem satten Geräusch ein, nur der Regler links unten, den man zum Anpassen der Geschwindigkeit verwendete, ließ sich selbst mit Gewalt nicht bewegen. Auf einer Schalldose war erst dumpf, dann blechern eine Blaskapelle zu hören. Die Musik war ins Wachs eingeritzt worden, das in gleichmäßiger Bahn über eine Rolle gewickelt war. Das Rauschen am Anfang und die Tatsache, dass die Aufnahme einmal sprang, ließen Schuh vermuten, dass das Original von einer Schellackplatte aus der Zeit stammte. Die anderen Schalldosen waren leer. Kurzerhand wechselten sie aus der Wiedergabe in den Aufnahmemodus, nur ein Schalter in der Mitte musste dafür umgelegt werden, und sendeten allerlei Unfug und Gekreische in den Trichter hinein, der nun wie ein Mikrofon fungierte. Unter schallendem Gelächter spielten sie sich ihre Stimmen vor, die nun für immer auf dem Wachs gespeichert waren. Später, als Schuh ihre Anlage aufgebaut hatte, kamen auch Elektrobeats an die Reihe, deren Aufnahme begutachtet wurde. Enttäuschend war die schwache Wiedergabe von Basslinien, sodass das Gerät nach zwei Wochen unter den Tapeziertisch rutschte und weil es dort eigentlich nur im Weg stand, an den Rand der Mansarde verfrachtet wurde, bis es eines Tages, Schuh hatte beschlossen aufzuräumen, wieder in das Kabuff kam und unter mehr und mehr nachrückenden Schuhkartons in Vergessenheit geriet. Es war daher süß von Rakete, dass er ihr die Schalldose vorbeigebracht hatte. Den Parlographen holten sie noch gemeinsam heraus, aber um sich die Aufnahme mit Rakete zusammen anzuhören, dafür blieb keine Zeit. Er hockte auf dem Boden, das Gerät neben sich, und fragte sie, warum sie ihre Sachen jetzt schon mitnahm, wenn sie bloß ein neues Kabel besorgen ging. Schuh stand mit gepackter Tasche, in der Laptop und DJ-Set verstaut waren, vor ihm. Sie meinte, für den Fall, dass es länger dauere, vielleicht gehe sie von dort dann direkt zum *Tribehouse*, und gab ihm einen Faustcheck. Beim Verlassen der Mansarde sagte sie in einem Tonfall, der Rakete wie muffiger Seetang die Luftröhre verstopfte, dass sie sich dann sowieso später sehen würden.

Eines Morgens, der Tag war überraschenderweise bereits angebrochen und wurmte die Augen mit seinem Licht und der Realität eines Alltags, sie hatte ihr Set in einem kleinen Club gerade beendet, kam Rakete auf sie zu und redete wie ein Wasserfall. Wie cool sie auflegen würde, und überhaupt, wie wichtig ihm Musik sei und so weiter. Dabei erwähnte er ein Haus, in dem er wohnte, ohne Miete zu zahlen. Sie freundeten sich an, und so kam es, dass sie die Idee ausheckten, die vollgestellte Mansarde auszuräumen, damit Schuh dort einziehen konnte. Sie verbrachten viel Zeit zusammen, aßen Pizza, manchmal hing er einfach bei ihr rum, während sie einen neuen Beat programmierte. Aber seitdem sie vor einem Monat beim Osthafen-Rave den Floor hatte eröffnen dürfen, eine Riesenehre, dazu noch für Future, eine Größe in der Elektroszene, den sie im Backstage sogar persönlich kennenlernte, fiel es ihr zusehends schwerer, Zeit mit Rakete zu verbringen. Sobald sie unten das Haus verlassen hatte und am Schild des Bauherrn vorbeilief, würde sie ihr Handy auspacken. Lediglich, um sich zum hunderttausendsten Mal die Sprachnachricht anzuhören, die Future ihr gestern geschickt hatte. Das Hintergrundfoto auf dem Display würde dann verschwinden. Es war das unscharfe Standbild einer Überwachungskamera, das Liane Kämmler zeigte, in den frühen Achtzigern, beim Einbrechen in die amerikanische Botschaft. In dem Maße, in dem ihr Interesse für die Zwanziger nachgelassen hatte, war die Faszination für den ZIRKUS gestiegen, vor allem von dessen Anführerin war sie hellauf begeistert. Auf dem Display erschien die Oberfläche einer Nachrichten-App. Sie klickte auf den obersten Streifen, und der Chatverlauf mit Future tauchte auf. Nachdem sie das kleine Dreieck betätigt hatte, hob sie das Telefon ans Ohr und hörte, wie er sich erkundigte, ob sie Essen gehen wolle mit ihm, bevor sie zum Soundcheck ins *Tribehouse* einlaufen würden.

Rakete sah auf seinem Handy, dass sie online war. Selbst wenn er ihr jetzt eine Nachricht schickte, würden Stunden vergehen, bis die Nachricht als *gelesen* markiert wäre. Eine Entwicklung, die in den letzten Wochen vollkommen undenkbar gewesen war, aber vor Kurzem eingesetzt hatte und sich seitdem stetig verschärfte. Er lief in der Mansarde umher und blieb vor dem einzigen Schallplattencover stehen, das an die Wand gepinnt war. Man sah einen Lichtstrahl, der durch ein dreieckiges Prisma gelenkt wurde und sich beim Austreten in ein sechsfarbiges Spektrum auffächerte. Er stellte sich die Frage, ob es möglich sei, diesen Vorgang umzukehren, von der Farbe ins Licht zurück, und dabei kullerten ihm eine Träne und eine weitere über die Wange. Daneben, auf der Höhe der Schläfe, drückten sich zwei Adern heraus, die sich verbanden und zur Stirn wanderten. Der Umriss, den sie aufzeigten, war der Grund für seinen Namen, der eines Tages aufgetaucht war und haften blieb. Um die Stille abzuschalten, eine äußere, aber auch die von innen sich breitmachende, ließ er die Walzenführung anrollen und senkte den Sporn auf das Wachs der Schalldose, die im Kinderranzen gelegen hatte. Eine klare Stimme füllte den Raum aus, einnehmend und präzise knüpfte sie, unmittelbar vom ersten Wort an, ein sprachliches Netz aus Bildern und Gefühlsströmen, das sich fließend in alle Ecken ausbreitete. Rakete schniefte noch zweimal und lauschte gebannt. Schon der erste Satz hatte ihn gepackt wie eine Katzenmutter ihr Junges.

Joggingschuhe in Himmelblau-Neongrün, notierte Krohm, als eine junge Frau das Haus verließ, *dunkle Kleidung*. Er stand neben drei in Kippstellung ausgerichteten Elektrorollern an einer Haltestelle und fiel, wenn überhaupt, nur dadurch auf, dass er bisher in keinen Bus eingestiegen war. Das Foto, das er im Verborgenen von der Frau geschossen hatte, die sich ihr Handy ans Ohr hielt, war nichts geworden. Man sah nur einen verwaschenen Fleck, der irgendwo entlanglief, also besann er sich auf die altbekannte Methode der Personenbeschreibung. *Flotter Schritt und gute Figur*, schrieb er und biss in einen Schokoriegel, den er für Hungerattacken eingesteckt hatte. Aus der schmalen Warmhalteflasche kippte er einen Schluck Kräutertee hinterher, sein üblicher Proviant, wenn er früher mit seinem Team einer Spur nachgegangen war oder Verdächtige im Visier gehabt hatte. Die Dienstwaffe fehlte ihm am meisten, manchmal ertappte er sich, wie er den Sitz des Halfters überprüfen wollte und ins Leere griff. Nur einen Brieföffner hatte er eingesteckt, aus Edelstahl, vorne verdammt spitz, die Klinge lang wie bei einem Dolch. Er sah nach oben, Regen war bei dieser Wolkenlage nicht zu erwarten. Mehr Durchhaltevermögen als in seinen jüngeren Jahren war hinzugekommen. Vor allem beim Warten am Asia-Imbiss, als ihm Zugluft ununterbrochen um die Beine wehte, war es ihm aufgefallen. Eine Tugend, von der man bei Außenobservationen nicht genug haben konnte. Andererseits musste er deutlich häufiger pinkeln gehen, was in solchen Situationen nicht von Vorteil war. Die Hofeinfahrt hinter der Haltestelle hatte schon dafür herhalten müssen. Eine Hand kippte den Tonnendeckel nach oben, damit es aussah wie die Hausmüllentsorgung eines alten Mieters, die andere zielte zwischen Restmüll- und Biotonne, während die Augen unverändert auf die Bruchbude zur anderen Straßenseite gerichtet waren. Krohm sah, wie die junge Frau in die nächste Querstraße einbog, und löschte den letzten Eintrag. *Zielsicherer Gang und schlanke Statur*, schrieb er stattdessen und speicherte. Früher hätte er das nicht verbessert, sondern fett geschrieben, unterstrichen, einen Kollegen herangewinkt und ihm gezeigt. Sein Einlenken war weniger einem Umdenken geschuldet, das spätestens nach den zwei Besuchen der Dienstaufsichtsbehörde wegen sexueller Belästigung und Nötigung am Arbeitsplatz hätte einsetzen sollen, Glück für ihn, dass in beiden Fällen kein Verfahren eingeleitet wurde, sondern vielmehr dem Krebs. Er kam, wie so häufig, aus dem Nichts und trampelte, sobald er sich einmal vorgestellt hatte, im Sauseschritt alles im Bereich der Leber platt. Krohm lag zwei Wochen nach der ersten Diagnose bereits im Krankenhaus, umsorgt von Pflegerinnen und Oberschwestern. Selbst zu der Putzfrau baute er ein freundschaftliches Verhältnis auf, obwohl sie sich kaum unterhalten konnten, weil sie ihm standhaft mit den kehligen Lauten ihrer Muttersprache antwortete, egal, wie oft er betonte, dass er diese beeindruckende Sprache leider nicht verstehe. Auch die Chirurgin, die ihn operierte, oder die Anästhesistin, alle legten sich ins Zeug für ihn, jedenfalls empfand er das so. Chefärzte huschten einmal pro Woche während der Visite durchs Zimmer, blieben am Bettpfosten stehen und ließen einen kess klingenden Spruch fallen, bei guter Laune zwei.

Das war eine einschneidende Erfahrung, die ihm in den langen unterkühlten Nächten im Krankenbett zu denken gab. Für Therapien und Reha, der Verlauf war insgesamt erfreulich, musste nach zwei Jahren sein Bausparvertrag herhalten, die Frau war schon vor der Diagnose aus der Ehe ausgebrochen. Ein paar Jahre Innendienst durfte er noch absitzen, aber so ein Rock 'n' Roll wie zu Zeiten des ZIRKUS kam nie wieder. Seiner Meinung nach waren die Ermittlungen damals zu früh abgebrochen worden, aber jegliche Einwände, ob mündlich dargelegt oder schriftlich beim Vorgesetzten eingereicht, wurden ignoriert. Als Frau Ducat am Telefon war, vor einem Monat rief sie aus heiterem Himmel bei ihm an, ließ er sich einige Tage Bedenkzeit geben, aber schon im Moment des Auflegens war ihm klar, dass er es machen würde. Auch wegen des Geldes, er konnte jeden Cent gut gebrauchen momentan, dachte er, als der Junge mit dem Wanderrucksack vor dem Haus erschien und zu allem Überfluss ein Fahrrad auf den Gehweg schob, das er bereits zur Seite kippte, um das Bein über die Querstange zu heben. Krohm verfolgte die Bewegungsabläufe mit stockendem Atem, wohingegen der Junge schon auf dem Sattel saß, gleich würde er in die Pedale treten, als sein hilfloser Blick auf die Elektroroller fiel. Eine Idee brach sich den Weg durch die wie Balken über ihm zusammenstürzenden Vorwürfe, dass er früher auf solch eine Situation vorbereitet gewesen wäre. Er wischte mehrmals über den Bildschirm seines Handys und hoffte, dass wenigstens die App, die er fürs Mieten eines Rollers benötigte, noch gespeichert war.

Es war wie Tretbootfahren durch eine Sumpflandschaft, bestückt mit kistengroßen Erdbrocken, die träge im braunen Wasser schwammen, dazwischen tote Äste und knapp über der Oberfläche aufragende Geröllhaufen. Normalerweise schwebte er mit seinem Mountainbike über Fahrradwege und Straßenkreuzungen hinweg. Dann wehte ihm der Fahrtwind ins befreit strahlende Gesicht, neben ihm versammelten sich die Geräusche der Stadt wie das anfeuernde Spalier aus Zuschauern bei einer Berganfahrt. Von außen betrachtet kam er gut voran, da gab es nichts zu bemängeln. Weder fuhr er zu langsam an, wenn eine Ampel auf Grün sprang, noch versäumte er, einen Seitenblick zu werfen, sobald er scharf abbog. Aus seiner Sicht aber waren das Handlungen, die sich ewig in die Länge zogen. Das Fahren gelang nur durch zähes Durchtreten der Pedale, in unerhörtem Schneckentempo kam er kaum vorwärts. Es lag wohl maßgeblich an den Gedanken, die ihm im Weg standen, andauernd im Begriff, gegen den Vorderreifen zu knallen, den Lenker ausscheren zu lassen oder, schlimmer noch, quer in die Speichen zu geraten. So viele Fragen türmten sich auf, dass er den Fahrtwind nicht spürte, was den Eindruck noch verstärkte, dass er bisher kaum etwas von der Strecke zurückgelegt hatte. Rakete war gezwungen, an einem Vollidioten vorbeizuschwenken, der in zweiter Reihe stand, fuhr dann den abgeflachten Bordstein rauf, schräg über den Gehweg, an den Stangen der Parkverbotsschilder vorbei, von einer hohen Stelle erst auf das Vorderrad, dann ganz hinunter, wieder auf die Straße, die er mitsamt den Straßenbahngleisen überquerte. Dahinter schlüpfte er in zwei engen Kurven um die fest installierte Doppelschranke und raste weiter über den Schotterweg der Parkanlage, wo er sofort auf die sich ungenau dahinziehende Narbe im Rasenfeld wechselte. Nicht dicker als ein Gartenschlauch, die ideale Abkürzung, um nicht komplett außen herumfahren zu müssen. Genau dort, das Viereck des Rasenfeldes auf dem Schotterweg umfahrend, sauste Krohm ihm auf einem Elektroroller nach. Er hatte solch ein Gefährt schon einige Male verwendet, meistens für geruhsame Ausflüge auf ebenen und lang gezogenen Teilstücken des Rheinufers, in der Umgebung von Koblenz, wo er mittlerweile wohnte, aber er war noch nie in einem halsbrecherischen Tempo durch den voll befahrenen Nachmittagsverkehr einer Großstadt gebrettert. Rock 'n' Roll, dachte er sich und grinste über beide Backen, obwohl er das Fahrrad, das gerade hinter einer Baumreihe verschwand, zwischendurch immer wieder aus den Augen verlor. Doch er war beruhigt, als er nach Verlassen des Parks, auch ohne die Abkürzung verwendet zu haben, den hin und her wippenden Wanderrucksack auf der Straße erspähen konnte, der sich von hinten einer Staukette aus Autos näherte. Der Junge passierte die Autoreihe an der Beifahrerseite, schlug einen linken Haken zwischen zwei Taxis hindurch, zum Mittelstreifen hin, wo er den Verkehr auf der Gegenfahrbahn abwartete, der ihm flüssig entgegenrollte. Das gab Krohm genügend Zeit, fehlenden Boden gutzumachen. *Interessant*, hätte er vorhin in seine Notizen-App getippt, wenn nicht beide Hände am Lenker nötig gewesen wären, gefolgt von einer Kurzbeschreibung des Zwischenstopps, den der Junge während des Höllenritts eingelegt hatte. Mehrmals fuhr er über einen sternförmigen Platz, prüfte die davon abgehenden Straßen, bis er fand, wonach er gesucht hatte. Aus der Entfernung sah Krohm einen Einkaufswagen, dessen Inhalt in die Höhe wuchs und der aus allen Nähten platzte. Der Eigentümer, ein kleiner und unförmiger Mann, stand daneben, eine Hand an der Querstange. Mit der freien Hand hieb er Strecken einer Wegbeschreibung wie Karateschläge in die Luft, die der Junge zeitlich verzögert mit einem Kopfnicken quittierte, bevor er sich zurück in die Pedale warf. Hinter der Parkanlage, als der Gegenverkehr endlich abgeebbt war, setzte das Mountainbike über die Straße und bog in einer weit ausholenden Kurve in die nächste Seitenstraße. Krohm ließ sich Zeit, bis er hinterherfuhr. Wenn ihn nicht alles täuschte, kämen sie bald zum südlichen Strang der vierspurigen Fernbahngleise, die wie eine Schneise durch ein beschauliches Wohngebiet schnitten. Beim langsamen Einbiegen sah er, dass er recht hatte. Die Straße war links und rechts von

Häusern wie Bäumen gesäumt, die sich in der Tiefe perspektivisch verkleinerten und kerzengerade einem entfernten Fluchtpunkt entgegenströmten. Eine quer stehende Mauer, an die der Junge das Fahrrad bereits gelehnt hatte, bildete den Abschluss der Sackgasse.

Ein Intercity-Express ratterte kaum hörbar vorbei. In seinen Schlafsack gerollt, nachdem er zwei Folgen einer Krimiserie gesehen hatte, bekam Konrad Pappel hautnah mit, wie sich ein Eisklumpen von einem Kometen löste und einem kochenden und brodelnden Planeten entgegenstürzte. Der Klumpen landete mit einem satten Plumps auf einem Lavafelsen, taute augenblicklich auf und sah sich um. Die Umgebung gefiel ihm, es war warm und überhaupt nicht so langweilig wie auf dem blöden Kometen. Überall gab es flüssige Gesteinsmassen, mit denen man spielen konnte, und riesige Dunstwolken zum Verstecken. Die Pfütze wollte mehr von der Umgebung sehen und breitete sich aus. Ihre Neugierde trieb sie in immer entlegenere Gebiete. Jeden Zacken, jede Furche wollte sie unter die Lupe nehmen. Einmal wurde die Pfütze ganz aufgeregt, weil sie in der Ferne eine schmale Wasserzunge sah, die um einen Vulkan gewunden war. Sie floss der Artgenossin mit einer Stromschnelle entgegen, vorne türmte sich Gischt auf. Beim Hineinbranden wurde ihr bewusst, dass sie in einen Ausläufer von sich selbst geflossen war. Sie war sehr enttäuscht darüber. Als kein Winkel auf der Planetenkugel mehr übrig war, den es noch abzusuchen gab, und weite Teile von den immens angewachsenen Massen umspannt wurden, entschied sie, dass sie ab jetzt Wasser genannt werden wollte und sich hier ebenso gut häuslich niederlassen konnte. Wasser war demnach das älteste Lebewesen der Erde und kümmerte sich aufgrund seiner allumfassenden Körperfülle kaum um das parasitäre Gesindel, das sich in verschwindend geringen Teilen von ihm ernährte. Pflanzen und Tiere interessierten es nicht, noch weniger die Menschen, denen es im Vergleich zu den wichtigtuerischen Großreptilien, die schon lange ausgestorben waren, noch weniger Chancen einräumte, langfristig Fuß auf dem Planeten zu fassen. Konrad, der den Verlust seines Schlüssels noch gar nicht bemerkt hatte, sah durch winzige Schlitze ins Halbdunkel unter den Betonvorsprung. Beim nächsten Blinzeln breitete sich das Wasser aus, es wogte zwischen steil aufragenden Klippen, dann blickte er wieder ins Halbdunkel, bis er die Augen vollständig öffnete und ein schlecht gelauntes Brummen von sich gab. Er war wach geworden. Neben ihm stand der Junge mit dem Wanderrucksack.

Es war schwer auszumachen, warum er mitgekommen war und wie lange sie brauchten oder welche Route sie letztendlich einschlugen, nachdem Rakete den Schlafplatz unter dem Betonvorsprung gefunden und Konrad durch ausgiebiges Schütteln geweckt hatte. Die Gebäude flatterten wie auf Planen geklatschte Fassaden im Hintergrund, vom Wind bespielt, der kleine Wellen in schrägen Linien zog. Auch die Standfestigkeit des Bodens war fraglich, blieb aber aufgrund der Tatsache, dass sie während des Gesprächs kaum etwas wahrnahmen, das näher als eine Armlänge an sie heranragte, von beiden unkommentiert. Alles, was sich außerhalb befand, gehörte zu einer Sphäre aus Unschärfe, die sich im weiteren Verlauf zuspitzte und Formen einer Unbedeutung annahm, die einem Nichts nahekam, aber dem Vergleich damit nicht in allen Punkten standhielt. Es war so, als leuchtete das Tageslicht des späten Nachmittags eine exklusive Kugel um ihre Körper aus, eine Sonnenlaterne, die man an einem dünnen Stock mit sich führte. Konrad versuchte, auf alle Fragen von Rakete einzugehen, sie sogar zu beantworten, wenn möglich. Schon die erste, wo zum Teufel er diese Schalldose aufgetrieben habe, hätte einer ausführlichen Vorerzählung bedurft. Immerhin fiel es

Menschen schwer, sich darauf einzulassen, dass jemand aufgrund seiner Baumherkunft auch mal hundertfünfzig Jahre oder noch älter werden konnte. Eine Lektion, die Konrad früh in seinem Leben gelernt hatte, der sich seither, bis auf wenige Ausnahmen, eisernes Schweigen darüber auferlegte. Glücklicherweise wartete Rakete eine Antwort nicht ab, sondern versuchte seinerseits, Erklärungen zu finden, indem er weiterredete. Es war durchaus möglich, dass er mitgekommen war, weil der Junge erwähnte, ihm gerne einen Likör ausgeben zu wollen. Die Aufnahme sei die identische Beschreibung eines Traumes, sagte der Junge, mal begeistert, mal perplex, eines Traumes, der ihn seit seiner Kindheit begleitete. Einen Zusammenhang, den er mindestens hundert bis unendliche Male wiederholte. Wie kann das sein, fragte er, was zutiefst berechtigt war und von Konrad dahingehend erläutert wurde, dass er wenigstens verstehe, wie Rakete sich fühle, denn ihm sei es damals genauso gegangen, als man ihm aus dem Buch *Die Verwandlung* vorgelesen habe. Der Junge lüpfte den rechten Trageriemen seines Wanderrucksacks, sodass er ihm von links an den Oberkörper rutschte, und fischte das Buch aus der Seitentasche heraus. Du meinst das hier, in seiner Stimme überlagerten sich Betonungen, schwer zu entscheiden, ob sie als Aussage oder Frage gemeint waren, aber Konrad war so dankbar, das Buch in Händen zu halten, dass es kaum ins Gewicht fiel. Ich selbst habe die Aufnahme noch nie gehört, der Satz kam fast beiläufig, wie das Aussprechen einer Uhrzeit oder das Vorlesen eines Einkaufszettels. Vielleicht war er deswegen mitgekommen, denn Rakete war sofort Feuer und Flamme, gefangen zwischen Verblüffung und Vorfreude, ihm die Aufnahme vorzuspielen. Tut mir leid, dass ich dir den Schlüssel vom Hals gerissen habe, sagte er reuevoll, es sei ein Reflex gewesen, versuchte er, sich zu rechtfertigen. Der Besitzer der Trinkhalle am Hauptbahnhof, setzte er an und wies mit der Hand in eine unbestimmte Richtung, der labert ständig davon, wenn er besoffen ist. Behauptet, du hättest Wertpapiere in dem Schließfach, dazu eine edle kubanische Zigarre, die ein Vermögen wert sein soll. Einmal, er hatte richtig einen sitzen, war vom Originaltagebuch von Katharina der Großen die Rede, samt Zepter. Während er sprach, hörte Konrad das Scheppern und Schnaufen einer Dampflokomotive, die in unfassbarer Ferne hinter ihnen vorbeizog. An den Wochenenden war sie auf Kurzstrecken für Touristen in Betrieb, wobei er den heutigen Tag für einen Mittwoch gehalten hatte. Er hätte Rakete fragen können, aber der berichtete unverändert weiter, dass er sich nach dem Abhören der Schalldose auf die Suche nach Maade gemacht habe, denn wenn es jemanden gab, der jeden auf der Straße kannte, dann war es das Männchen mit dem Einkaufswagen, der habe ihm den Weg zu seinem Schlafplatz erklärt. Konrad grübelte, die Straßenkreuzung, an der sie auf das Grün der Ampel warteten, kam ihm bekannt vor, aber als verdrehte Erinnerung. Vielleicht waren sie aus einer anderen Himmelsrichtung darauf gestoßen. Sicherheitshalber prüfte er, ob ein Storchennest auf einem der Dächer zu finden war. Eine Propellermaschine brummte über ihnen hinweg, ein meterlanges Werbe-Flatterband folgte brav hinterher. Diesige Abgasschichten in der Luft hatten die Farben herausgefiltert, in schattenhaftem Schwarz-Weiß vollzog es einen Halbkreis und verschwand hinter dem nächsten Hochhaus. Er sah den Jungen an, der kopfschüttelnd über die lange Rotphase schimpfte. Vielleicht war Konrad auch mitgekommen, um den Jungen bei der nächsten Möglichkeit zu unterbrechen und mit seiner Geschichte anzufangen.

Am besten alles, vom Gelbachtal und den Wäldern, in denen er gelebt hatte, von Luda und der Wasserburg von Vilbel und davon, wie ihm das Buch zusammen mit der Papprolle in die Hände gefallen war. Es waren nicht die Antworten, die der Junge suchte, aber wer konnte schon behaupten, jemals mehr als eine Ahnung zurückbekommen zu haben im Gegenzug für die brennenden Fragen des Lebens. Wenn Konrad im Internetcafé unterkam und die Kopfhörer in den Computer stöpselte, dann sah er manchmal Videos, die versuchten, die Welt zu erklären. Wissenschaftler berichteten von der untermolekularen Mindestgröße von Teilchen, so klein und komprimiert, dass selbst sein Gehirn daneben die Größe eines Planeten annehmen würde, um von diesem Ausgangspunkt aus tief in den Raum des Universums vorzudringen, bis an die Unendlichkeit der Zeit. Wie eine Arche, die durch die Einöden eines Ozeans ins Innere von Wahrheiten vorstieß, um diese für die Menschen als Leuchtfeuer zu entzünden, die sie begleiten sollten auf ihrem Weg aus der Angst und Fassungslosigkeit. Diese Zusammenhänge hätte Konrad, so oder so ähnlich, dem Jungen mit dem Wanderrucksack gerne erläutert, gespickt mit Einzelbeispielen aus seinem Leben.

Konrad fühlte sich schwach und verbraucht, die Kraft und Energie von früher waren nur noch manchmal als Erinnerung und zum Teil in überraschenden Handgriffen oder unerwarteten Gedankensprüngen spürbar. Als sie an den Vorgarten mit dem Schild des Bauunternehmens gelangten, redete der Junge unverändert über den verrückten Zufall, der jene Schalldose in sein Leben geschleust hatte, und erwähnte ein weiteres Mal, dass er dafür mindestens einen Likör ausgeben würde, vielleicht auch zwei. Die Eingangstür stand wie immer offen, Konrad folgte ihm mit trockenem Mund langsam ins Treppenhaus. In den Stockwerken fehlten Klingeln beziehungsweise die weißen Plastikschalen samt Schalterwippen, auf die man für gewöhnlich drückte. Stattdessen hingen ungesicherte Kabel wie buntes Vogelgedärm aus der kahlen Wand. Darüber waren mit Textmarkern die Namen der Vormieter durchgestrichen und neue hinzugefügt worden. Oft waren es nur Vornamen, hier wohne ich, sagte der Junge im vorletzten Stockwerk, und als die Dachschrägen einsetzten, blieben sie endlich vor einer offenen Tür stehen. Dicke schwarze Linien warfen windschiefe Buchstabenumrisse auf die Wand, die den Namen *Schuh* ergaben. Auf dem Boden stand ein Parlograph, bestückt mit der Schalldose. Ich spiele es dir mal vor, sagte Rakete und schaltete das Gerät vornübergebeugt an, während Konrad sich in der Mansarde umsah.

Sobald die Aufnahme angelaufen war, dotzte eine Wespe mehrfach gegen das Fensterchen in der Dachschräge. Neben dem ohnehin nervenden Brummen kamen noch die plumpen Aufprallgeräusche hinzu, die Konrad beim Zuhören störten. Er schob den Griff des alten Fensters nach außen, wodurch sich eine Luke bildete, und scheuchte die Wespe mit mehreren, zur Öffnung hin ausgeführten Bewegungen ins Freie. Verwirrt vor- und zurückfliegend, vergewisserte sich die Wespe, dass die Temperatur nun anders war, auch die Luft, mit der ein Geruch heranwehte, der sich durchaus als Blumenduft entpuppen würde, wenn man ihn noch einmal zu fassen bekäme. Das Gebiet mit weitläufigen Suchaktionen im Flug absteckend, arbeitete sich die Wespe minutiös an die Ecke vor, blieb zwei Rotationen lang dort und ließ sich dann in einer gleichzeitig lang gestreckten sowie seitwärts ausgeführten Senkbewegung mehrere Meter nach unten fallen. Wenn sie einmal stillgehalten und den Blick konzentriert auf den Boden gerichtet hätte, dann wäre ihr das schräg über den Bordstein abgestellte Auto aufgefallen, dem sich ein älterer Mann näherte. Aber dazu kam es nicht, denn die Wespe war vollends damit beschäftigt, sich in mehreren Schüben nach oben zu pumpen, der Tatsache gewiss, dass dort etwas Spannendes zu finden wäre, eine Limonade oder ein Wurstbrot. Wieso sie auch nur einen Hauch davon ausgerechnet hinter der schmalen Öffnung des

Fensterchens in der Dachschräge vermutete, konnte die Wespe keineswegs mit Argumenten belegen. Es war mehr eine Instinktfrage, dass sie durch exakt dasselbe Fenster wieder in die Mansarde flog, aus der sie noch vor wenigen Minuten gescheucht worden war. Diesmal wurde ihr jedoch kaum Beachtung geschenkt. Konrad und Rakete lachten sich kaputt über die letzte Stelle der Aufnahme. Dort war zu hören, wie jemand aus gewisser Entfernung rief, dass die Stunde bereits abgelaufen sei, woraufhin der Schriftsteller einen leisen und nüchtern wie treffend zynischen, dabei spitz ausformulierten Kommentar über den Nachtwächter der Lindström-Werke abließ. Rakete, immer noch schmunzelnd, fragte Konrad, ob er auch finde, dass er ziemlich schräges Zeug träumen würde, und ohne die Antwort abzuwarten, meinte er, dass unter seiner Bude, er zeigte nach unten, zwei Stockwerke tiefer, bald ein Zimmer frei werden würde. Eine Pause entstand, die Rakete genauso abrupt beendete, wie er sie hatte entstehen lassen, und zwar mit den Worten, wenn er Bock hätte, könnte er dort unterkommen.

Es ist Pappel, erschien auf Doras Handy, die Zahl Hundert mit dem Prozentsymbol und drei Ausrufezeichen dahinter. Etwas später ergänzt durch eine weitere Nachricht, dass sie umgehend zu dem Bruchbudenhaus kommen solle. Zu dem Zeitpunkt war die zweistündige Fahrt aus Bonn ohne nennenswertes Stauaufkommen absolviert worden, sie passierte gerade das Ortseingangsschild von Frankfurt. Bis zur Zieladresse wurden ihr noch fünfzehn Minuten Fahrtzeit angezeigt, in denen eine Nervosität sich drastisch auflud und stürmisch über sie herfiel. An den letzten Ampeln war es ihr nicht immer möglich, den Fuß standhaft auf der Kupplung zu halten, so sehr zitterten die Muskeln in den Oberschenkeln. Der Wagen schmierte zweimal ab, was ungeduldiges Hupen und vorwurfsvolle Handzeichen, die sich im Rückspiegel abspielten, nach sich zog. Nach dem letzten Routenmanöver, dem Einbiegen auf die entsprechende Straße, teilte ihr das Handy mit, dass sie das Ziel erreicht habe. Eine Formulierung, die treffender nicht sein konnte, wenn man bedachte, dass es nur noch eine Frage von Minuten war, bis endlich das letzte Überbleibsel des ZIRKUS außer Gefecht gesetzt werden würde. Das Haus stach ihr sofort ins Auge. Als wäre sie im Begriff, ohnmächtig zu werden und gleich zur Seite zu kippen, warf sie das Lenkrad nach rechts und blieb mit einem Reifen auf dem Bordstein am Straßenrand stehen. Krohm kam auf sie zu und blieb am Beifahrerfenster stehen, wo er sich nach vorne beugte, woraufhin sie das Fenster auf halbe Höhe herunterfuhr. Er ist irgendwo in dem Haus, sagte er, auch ihm merkte man eine Anspannung an. Die Witwe überlegte, blickte, so weit sie konnte, an der Außenfassade nach oben, und erklärte, sie würden so weitermachen wie vereinbart. Krohm nickte, es war eine zufriedene Geste, die deutlich machte, dass der Plan ihm zusagte. Den Sitz seines Brieföffners überprüfend, ging er auf den Vorgarten zu und verschwand im Haus, ohne einen Blick auf das mit Unkraut übersäte Blumenbeet zu werfen. Er stellte sich breitbeinig auf und brüllte, die Vokale berserkerhaft in die Länge ziehend, sodass sie wie Stoßwellen über den Treppenschacht bis unters Dach trieben.

Fast schon neugierig vernahm Konrad seinen vollen Namen und den Hinweis, dass er sich ergeben solle. Er gab dem verblüfft dreinschauenden Rakete zu verstehen, dass der sich keine Sorgen machen müsse. Ich danke dir für deine Einladung, sagte er zu dem Jungen, aber ich glaube, ich muss der anderen folgen. Ob er ihm den Gefallen tun würde und sich gut um das Buch und die Schalldose kümmern könnte, fragte er, wenigstens für eine Weile, fügte er hinzu, und während er Rakete das Buch hinüberreichte, warf er einen Blick auf die Schalldose, die sich noch auf der Kurbel des Parlographen drehte. Ich komme runter, rief Konrad, zuerst etwas zaghaft, beim zweiten Mal dann kräftig genug, um sicherzustellen, dass es unten angekommen war. Sie gaben sich die Hände, deren Finger sich wie wachsendes Wurzelwerk umeinanderwickelten und kaum zu lösen waren. Konrad atmete tief ein, dann ging er los. Deswegen war er hergekommen, dachte er, während er die Stufen nahm, die ihn Stockwerk für Stockwerk mühsam voranbrachten, einen Schritt vor den anderen, dann schon flüssiger und beschwingter, zwischendurch eine Stufe überspringend, sodass er im letzten Stockwerk fast schon ins Taumeln geriet. Er konnte nicht mit Sicherheit sagen, ob es an einem losen Schnürsenkel gelegen hatte oder an einer nachgebenden Stufenleiste, an der er mit dem Fuß hängen blieb, dass er den letzten Treppenabschnitt freihändig nach unten fiel, mit dem Brustkorb nach vorne, auf Bauchhöhe in die scharfe Spitze des Brieföffners hinein, den Krohm ausgepackt und nicht weggezogen hatte, vielleicht schob er sogar ein wenig nach.

Aus der Unschärfe stiegen sie auf, mückenartig umherfliegende Punkte, die trotzdem in der Lage waren, schwingende Schleifen zu bilden. So widersinnig dies auf den ersten Blick erschien, schafften sie es doch, in diesen Zuständen gleichzeitig zu existieren. Es war, als stünde man vor einer Glaswand, quadratisch im Format, auf die ein paar Tupfen mit schwarzer Acrylfarbe gestreut worden waren. Durch einen unbedachten Seitschritt, und seien es nur wenige Zentimeter, fiel auf, dass die Glaswand eine Tiefe besaß, dass sie in Wirklichkeit ein in den Raum hineinragender Würfel war, angefüllt mit einer kruden Sammlung dunkler Girlanden, die nach vorne hin die Oberfläche der Glaswand berührten. Je näher man kam, um das Phänomen zu untersuchen, desto milchiger wurde das Glas, undurchsichtig wie eine Leinwand, die um ein Geheimnis gespannt wurde. Man erfuhr beim besten Willen nicht, wie ein Atomkern im Detail aussah. Einen Wasserstoff interessierte das aber auch herzlich wenig. Das statische Brummen seines Atomkerns unterbrach einmal kurz, wenn er sich ans Ende einer Bindungsstange steckte. Nur eine Kantenlänge entfernt, am anderen Ende der Bindung, war ein weiterer Wasserstoff, der zustimmend nickte, was die Stange zum Vibrieren brachte. Befürchtungen, dass die Bindungen brechen könnten, hatten sich im Laufe von etlichen Jahrmillionen allerdings nicht bestätigt. Das lag vor allem am Sauerstoff, der groß und breit in der Mitte des zusammengesteckten Gerüstes thronte und für die nötige Stabilität sorgte. Gemeinsam ergaben sie ein astreines Wassermolekül, und mit allen umliegenden Wassermolekülen, etwa eine Trilliarde an der Zahl, brachten sie es immerhin auf einen herkömmlichen Tropfen, der geduldig in einem Grundwasserreservoir lagerte, tief unter der Stadt. Dort, genauer gesagt in einem aufsteigenden Nebenarm, der sich als schlauchartig gewölbte unterirdische Kammer weit in Richtung Erdoberfläche streckte, strömte der Tropfen eines Tages an den höchsten Punkt und stieß auf eine lockere Schicht aus Schluff und beigemischten Sandsedimenten. Ein Sog erfasste ihn, und er entschwand durch eine winzige Öffnung, wo er durch ein Kapillarsystem aus Lücken und stecknadelgroßen Hohlräumen weiter nach oben gezogen wurde. Vom feinen Haargeflecht einer ungewöhnlich tief wachsenden Baumwurzel umfangen, schlüpfte der Tropfen in die Kanäle eines krumm und schief gewundenen Wurzelzweiges, der irgendwann in den Stamm einer Pappel überging. Ungewiss, ob sich noch Erdboden hinter der Rinde befand oder bereits Atemluft, stieg der Tropfen im Inneren des Gehölzes weiter aufwärts, als ein erstarkender Unterdruck den Auftrieb beschleunigte. Es ging geradewegs auf einen winzigen Lichtpunkt zu. Von einer lebendigen Strömung mitgerissen, erlebte der Tropfen, wie schnell der Punkt zu einem Fleck heranwuchs, zu einem hell leuchtenden Ausgang in die Außenwelt, dem er entgegenfloss, inmitten von abertausend weiteren Tropfen, mit denen er gleich in die Freiheit stürzen würde.

Konrad spürte, wie das Hemd feucht wurde in der Bauchgegend. Ein unangenehmes Gefühl, das sich verstärkte, je weiter und deutlicher die Feuchtigkeit sich ausbreitete. Mit beherztem Griff tastete er die Stelle ab, ungläubig und verwirrt, bis ihm klar wurde, dass das Hemd bereits völlig durchnässt war. Eine Tatsache, die ihn dazu trieb, die Jacke zur Seite zu schieben und den dunklen Fleck am Hemdstoff näher zu untersuchen. Immerhin spürte er dort keinen Schmerz, ein derart beruhigender Gedanke, dass er ihn mit erleichtertem Blick sogar laut aussprach. Krohm nahm die Aussage interessiert zur Kenntnis. Vielleicht auch vor dem Hintergrund, dass er selbst mit einem feuchten Schuh zu kämpfen hatte, den er, um ihn eingehender zu untersuchen, anhob und schließlich vom Fuß streifte. Die triefend nasse Socke vor Augen schielte er auf Konrads Bauch, um dort eventuell weitere Erkenntnisse zu erlangen. Der hatte inzwischen das Hemd aufgeknöpft und einen Schlitz entdeckt, aus dem klares Wasser drang. Er dachte kurz darüber nach, dass solch ein Schwall, falls er rücklings auf dem Boden liegen würde, eine winzige Fontäne ergeben müsste, die nach oben schoss. Eine Vorstellung, die ihm ein blödsinniges Lachen entlockte, was Krohm, der seine Socke abgezogen hatte, aber keine ähnlich geartete Öffnung am Fuß ertasten konnte, ebenfalls belustigte. Er war so sehr mit der Socke beschäftigt, dass er das herannahende Wasser nicht bemerkte, das sich fleckenweise auf den Steinplatten sammelte, wo es schnell zu Pfützen heranwuchs. Dünne Rinnsale huschten wie Kundschafter über den Boden, stürzten sich in Schlangenlinien scheinbar ziellos ins Ungewisse, um dann, oft einem zufälligen letzten Schlenker geschuldet, in einer benachbarten Pfütze zu landen, womit eine Verbindung hergestellt war. Das Kanalsystem streute und wuchs rapide in alle Richtungen, wobei sich die einzelnen Arme schon bald vermengten, mit dem unaufhörlichen Wassernachschub gewannen sie spielerisch die Oberhand über den Boden. Nur noch vereinzelte Trockengebiete boten Widerstand, gaben aber bald schulterzuckend auf, sie hatten nicht den Hauch einer Chance. Innerhalb weniger Augenblicke war ein flächendeckender Wasserteppich entstanden, der Krohms und Konrads Füße umschloss. Beide sahen sich an, in fragenden Blicken gefangen, verzweifelt nach Hinweisen suchend, wie diese rätselhafte Situation aufzulösen wäre. Vielleicht ein Rohrbruch im Haus, sagte Konrad und drückte die flache Hand gegen den Schlitz, was nicht viel brachte. Krohm hielt den Kopf schräg in die Luft, als gäbe es Geräusche zu überprüfen, die eine Befürchtung ihn ihm geweckt hatten. Wie um sich selbst den Gegenbeweis zu liefern, stapfte er durch die offene Haustür und winkte Konrad heran, damit dieser sich ebenfalls ein Bild machte. Er hielt die nasse Socke noch immer in der Hand, sieht ganz nach einem Rohrbruch im ganzen Viertel aus, sagte er und vergewisserte sich, dass es nicht regnete. Konrad blieb neben ihm stehen. Eine Spiegelung des Himmels am Boden verriet, dass die Straßen zu Sammelbecken geworden waren, an den Seiten von hohen Bordsteinen bewehrt, das Wasser ergab eine nahezu glatte Oberfläche. Hier und da, bei Einfahrten in Garagen, wo der Bordstein abgesenkt war, hatten sich nach außen abstehende Halbkreise gebildet. Einen davon schneidend und dann mit einem Linksschwenk die Straße überquerend, strich der Schatten eines großen Vogels über das Wasser, gefolgt von zwei weiteren, sie schlugen langsam und regelmäßig mit den Schwingen. Ein majestätischer Anblick, egal, ob man die Spiegelung betrachtete oder das Original am Himmel. Erst als sich Hunderte kleinerer Vögel dazugesellten, ein unschlüssig umherziehender Starenhaufen, kam etwas Unruhe auf. Dahinter schob sich ein ganzes Krähenvolk über die Dächer wie ein zerfallender Zeppelin, von stimmgabelförmigen Gänsereihen flankiert. Scharenweise Rauchschwalben und Möwen, die in separaten Kugelwolken unterwegs waren, auch Störche in Familienverbänden, vereinzelt waren sogar entflohene Hauspapageien auszumachen, alle mit Kurs nach Süden. Vielleicht ist dort etwas passiert, vermutete Konrad und zeigte in die entgegengesetzte Richtung.

Menschen öffneten die Fenster und filmten das Naturereignis mit ihren Handys. Teilweise kommentierten sie das Geschehen live in sozialen Netzwerken oder telefonierten mit Freunden und Verwandten, die aber dasselbe zu berichten hatten, was vielen gehörig die Laune verdarb. Wenn etwas Außergewöhnliches auf der ganzen Welt geschah, dazu noch zur selben Zeit, dann musste man davon auch kein Video mehr machen. Manche ließen die Kamera aus Trotz weiterlaufen oder wechselten in den Selfie-Modus, um hautnah über ihre Gefühle und Eindrücke zu berichten. Aus einem Dachgeschoss flogen Kartoffeln herunter. Ein junger Vater stand zwischen seinen Kindern, denen das plumpsende Geräusch gefiel, wenn eine Knolle ins Wasser tauchte. Nach zehn Durchgängen war das Interesse übereinstimmend erloschen, die Kinder verließen das Fenster. Der junge Vater blieb zurück und versuchte, einen faltigen Jointstummel wieder anzubekommen. Eine Fahrradfahrerin, die vom letzten Treffer knapp verfehlt worden war, stieg ab und schimpfte. Nicht wegen der Kartoffel, sondern weil sie nicht mehr abschätzen konnte, wo der Fahrradweg verlief. Das Wasser war inzwischen über die Bordsteine gestiegen und hatte die Markierungen auf dem Gehweg überspült. Neben ihr krachte ein Linienbus durch das stehende Nass. An der Motorhaube teilte sich eine gehörige Bugwelle in zwei Hälften, die aufspritzende Gischt klatschte unentwegt gegen die Windschutzscheibe. Das Gesicht des Fahrers, vornübergebeugt saß er da, war von einem wahnsinnigen Lachanfall entstellt, die staksigen Scheibenwischer schlugen in kurzen Intervallen darüber hinweg. Herr Krohm, schrie eine ältere Frau, die große Ähnlichkeit mit einem ehemaligen Schlagerstar hatte. Sie sah dem Wasserschwall angewidert nach, der sich nach dem Öffnen der Beifahrertür, über die sie den Wagen verlassen hatte, in den Innenraum ergoss. Unsicher watete sie ein paar Meter durch das kniehohe Wasser, mit hochgezogenem Rocksaum, und fragte, ob das der Mistkerl sei. Beim Wort *Mistkerl* nickte sie in Konrads Richtung.

Die letzten Worte hatte er nicht mehr mitbekommen. Die Frau war zu weit weg, ihre Stimme wehte nur undeutlich heran. Krohm hatte sich ebenfalls entfernt, und während Konrad sich darüber wunderte, dass er vor einem Augenblick noch neben ihm gestanden hatte, entfernte er sich weiter. Als wäre Krohm unbeabsichtigt auf ein verwaistes Skateboard getreten, rollte er von ihm weg, ohne eine Ahnung, wie man mit dem Scheißding abbremste. Was keinesfalls erklärte, warum die Häuserzeile auf der anderen Straßenseite ebenfalls wegdriftete. Der rauchende Vater war zur dunklen Silhouette geschrumpft, den glimmenden Punkt in der Mitte sah man kaum. Auch das Haus, aus dem Konrad und Krohm getreten waren, befand sich bereits weit im Hintergrund, am offenen Fensterchen der Dachschräge erkannte er den kleiner werdenden Rakete. Mit einem aus vollem Schwung geworfenen Feuerzeug wäre er nicht imstande gewesen, die Fassade zu treffen. Es wäre schlicht ins graue Wasser geplumpst, das unaufhörlich stieg und Konrad an den Bund der Hose schwappte, aus deren Taschen er das Feuerzeug hätte retten müssen. Ungläubig verfolgte er, wie alles im Umkreis sich stetig von ihm wegschob. Menschen und Bäume und Ampeln, daneben der Linienbus, in der Ferne wirkten sie wie Requisiten einer Spielzeugstadt. Es fehlte nicht viel, und er würde bald allein dastehen, ausschließlich von Wassermassen umgeben. Konrad blickte Hilfe suchend nach oben. Anhand der wenigen Wolken war schwer abzuschätzen, ob der Himmel sich mitsamt der Erdatmosphäre angehoben hatte, eindeutig dagegen war, dass keine Vogelschwärme mehr vorbeizogen. Eine Handvoll Zacken aus Schornsteinen war das Letzte, was die Horizontlinie irritierte, dann war der Moment gekommen, sein Herzschlag setzte einmal aus, und Konrad stand bis zur Brust in einem zu allen Seiten sich erstreckenden Ozean, von der Welt restlos verlassen.

Gleich könnte die Entladung von Gedankenströmen kommen, ein in Zeitraffer abgewickelter Geistesblitz, in dem er erlebte, wie er aus dem Wasser nach oben schoss, mit dem Kopf voran, hinter den Himmel, in die Dunkelheit hinein. Einem Photon ähnlich, das durch die Unendlichkeit des Kosmos zischte, bis es auf einen leblosen Gesteinsplaneten traf. Während des Fluges zogen handgemalte Bilder an ihm vorbei, Erinnerungen und Hoffnungen, die sich überlagerten und farbenfrohe Bahnen ausrollten, wehende Schleppen aus lichtdurchlässigem Fahnenstoff. Erst als er einen Planeten erreichte, auf dessen Boden er ungebremst knallte, Hunderte Brüche krachten sekundenschnell durch sein Knochenskelett, innere Organe platzten ihm wie Wasserbomben, kam heraus, dass er dort schon gelegen hatte, eine Ewigkeit lang. Was ihn am Leben erhalten hatte, war ein selbst erschaffener Rückzugsort, wo seine Wünsche und Träume in eine Welt gegossen wurden, die das Grauen erträglich machte. Auch dort gab es Momente, in denen er innehielt und ins Kalkül zog, dass es nur die Nachwirkungen eines endlosen Trips waren, von dem er ausnüchterte, und plötzlich feststellte, wie unauflösbar er gefangen war in einer Überraschung, die dem Moment geschuldet war, als Raum und Zeit verschwanden beziehungsweise neu entstanden. Das hing davon ab, welchen Blickwinkel auf das Leben er gelten ließ, aber auch, in welcher Richtung Geschehnisse ursächlich abliefen. Demzufolge existierte eine unbestimmte Wahrscheinlichkeit, dass er nie aus dem Gelbachtal rausgekommen war, wie denn auch, schließlich war er eine Pappel, die ihre Wurzeln in die Erde gebohrt hatte, wie es sich für einen Baum gehörte. Dennoch drückte er sich hoch, auf die Zehenspitzen, weniger, um sich zu beweisen, dass noch welche an den Füßen waren, als umso mehr der Tatsache geschuldet, dass der Wasserstand mittlerweile seinen Mund erreicht hatte.

Zarte Rillenmuster trieben über die Oberfläche, kaum wahrnehmbar und träge. Erst mit der heransausenden Brise nahm die Sache Fahrt auf. Sie verhielt sich wie der vollgepumpte Blasebalg eines Dudelsacks, dessen abstehende Flöten in verschiedenen Winkeln zügig über das Wasser schwebten. Aus den Schallbechern strömte ein Pfeifkonzert an Konrad vorbei, es umkreiste ihn einmal, womit der Sturm, der anschließend antanzte, gebührend angekündigt worden war. Wie mit einer Armada aus tausend Tischtennisschlägern bewaffnet, fächerte die vorderste Windfront ungeschliffene Flächen über das Wasser und stieß, mit dunkleren Kräuselungen im Schlepptau, auf breiter Linie voran. Während es links kurzzeitig nachließ, ein gigantisches Bettlaken wurde fachmännisch zurechtgezurrt, formte sich rechts ein Hügelfeld aus winzigen Hütchen, die im nächsten Moment zusammenfielen, um erneut emporzuwachsen, bereits doppelt so hoch. Beim dritten Mal waren kurzlebige Einzelwellen daraus geworden, überall tauchten sie auf, bis der gesamte Ozean unaufhaltsam in Bewegung geraten war. Konrad, der keinen Boden mehr spürte, strampelte mit den Beinen und schlug die Arme seitwärts aus, um sich einmal um die eigene Achse zu drehen, aber er fand keine Anzeichen für Festland. Hinter ihm sah es genauso aus wie vorne, wobei er nach dem dritten Ausholen nicht mit Sicherheit sagen konnte, ob das bereits eine volle Umdrehung gewesen war. Ein Gespann aus prächtigen Wellenbuckeln erfasste ihn, plötzlich ging es auf und ab, als säße er auf einer freibeweglichen Wippe, deren anderes Ende sie sich untereinander zuspielten. Windausläufer huschten hindurch, stutzten hier und da das Wasser, während im Sturmzentrum steil anlaufende Böen über den Ozean herfielen, und wo sie gewütet hatten, erhoben sich gewaltige Gebirgszüge mit zischenden Schaumkronen. Waagerecht streuendes Sprühwasser traf Konrad ins Auge, beim nächsten Hochblicken in beide. Ein meterhoher Brecher wankte auf ihn zu und krachte erbarmungslos über ihn hinweg, der Aufprall verordnete ihm eine schräg ausgeführte Vorwärtsrolle. Der folgende ließ ihn links liegen, aber zum Verschnaufen blieb kaum Gelegenheit, schon der übernächste Brecher, dem Konrad hilflos und rückwärtsgewandt entgegengestiegen war, wie ein Kleinkind, das vom Vater hochgehoben wurde, erwischte ihn hart am Hinterkopf und drückte ihn im Niedergang gewaltsam in tiefere Wasserschichten hinein. Das brachte zwei Erkenntnisse mit sich. Zum einen entdeckte Konrad, während der Brecher ihn am höchsten Punkt des Wellenkammes durchs Meer trug, steil aufragende Bauten in der Ferne, eine Gruppe aus Wolkenkratzern, die winzig aus dem Wasser ragten. Zum anderen bemerkte er, dass es ihm außerordentlich schwerfiel, unter der Oberfläche zu bleiben, sein Körper schnellte zurück und rundete das Auftauchen mit einem holzartigen Hüpfer ab. Vielleicht erwies es sich als ungemein praktisch, früher ein Baum gewesen zu sein, dachte Konrad und hielt bei hohem Seegang, so gut es ging, Kurs auf die Gebäudegruppe.

Eine einzelne Wolke stand am Himmel. Entweder hatte sich sprungartig etwas an ihr verändert, oder ihm war der segeltaudicke Fortsatz nicht aufgefallen, der sich von der melonenhaften Grundgestalt der Wolke absonderte und beim nächsten Hinsehen schon einen nach unten abstehenden Stachel bekommen hatte. Vielleicht lag es am Abendlicht, das begann, die Welt in Dunkelheit sickern zu lassen, während der Sturm, weit im Hintergrund, noch ungebrochen über das Meer wütete. Auf der auslaufenden Dünung, die Konrad in regelmäßigen Abständen nach vorne bugsierte, trieb er ruhig dahin, geradewegs auf die Wolkenkratzer zu. Drei waren noch zu sehen. Mickrige Reste der Glaskathedralen und Stahltürme, an deren Anordnung er sich noch gut erinnern konnte, von seinem Frankfurter Balkon aus hatte er das Stadtbild oft beim Rauchen betrachtet. Der Entfernung nach zu urteilen noch eine Stunde, schätzte er und hatte erneut verpasst, wie um Himmels willen die Wolke es bitte geschafft hatte, sich eine halbe Tragfläche aus Wolkenstoff an die linke Seite zu montieren. Daneben erschien eine Möwe und entdeckte Konrad, woraufhin sie neugierig in einen Sturzflug tauchte. Aus der Luft betrachtet besaß er zunächst nur die Konturen eines Samenkorns, das inmitten des unendlichen Ozeans nach Erde suchte, in der es keimen und wachsen durfte. Doch je größer die Ausmaße beim Anflug wurden, desto mehr ähnelte sein Körper einer Papprolle, die mit einer Schalldose bestückt war, wie eine Botschaft in der Flaschenpost, die darauf wartete, an den Strand gespült und gefunden zu werden. Auf der letzten Teilstrecke, die Möwe bereitete die Landung vor, war aus der Papprolle ein ausgewachsener Baumstamm geworden, auf den breit übers Wasser gedehnten Dünungswellen strömte er vorwärts, ein einfaches Floß, das als schmucklose Arche den letzten menschlichen Außenposten ansteuerte. Die Möwe verfehlte ihn nur knapp am Kopf. Konrad verdeckte sein Gesicht mit dem Ellenbogen, denn er hätte schwören können, dass sie drauf und dran war, mit dem Schnabel nach ihm zu schnappen, doch sie flog einen weit ausgeholten Bogen und dann auf die Bürotürme zu. Die obersten Stockwerke waren noch nicht vom steigenden Wasserstand geschluckt worden, die

Chefetagen, wo die Hubschrauberlandeplätze positioniert waren. Konrad konzentrierte sich auf das höchste Gebäude, dessen Antenne an eine übergroße Stichwaffe erinnerte, mit verdicktem Handgriff und vorne zulaufender Spitze. Es war absehbar, dass die zwei anderen Gebäude schon versunken sein würden, wenn er dort ankäme.

Windstill war es geworden, und so dunkel, dass der Ozean nur durch eine selbst ausgedachte Linie vom Firmament getrennt war. Das Logo der Großbank prangte überdimensioniert auf der Außenfassade des Wolkenkratzers. Eine in sich verdrehte gelbe Schleife, die aus zwanzig Metern Tiefe zu Konrad heraufleuchtete, als wäre ein verschwommener Vollmond ins Wasser gefallen. Darüber befand sich das letzte schmale Teilstück, eine Turmkonstruktion, die durch die Brechung des Wassers schief aufragte. Seitlich daran verankert, bildete die Antenne, die als Einzige noch in die Luft ragte den Abschluss. Beim Näherschwimmen hatte er abgezählt, dass sie in elf Bereiche unterteilt war, jeweils abwechselnd in roter und weißer Farbgebung. Mit den Ellenbogen über eine quer verlaufende Stange gehakt, ruhte er sich aus. Das Wasser plätscherte unbeeindruckt um das säulenförmige Stahlgerüst herum, in dessen Innerem eine Sprossenwand senkrecht zur Antennenspitze führte. Von der Möwe, die ihn vorhin knapp verfehlt hatte, war keine Spur zu sehen. Weder flog sie kreisende Bahnen um das Stahlgerüst, noch entdeckte er sie, als er hineinstieg und loskletterte. Eine Metallplakette verriet, dass er sich im Bereich F befand. Immer im Wechsel, eine Hand, ein Fuß, zweite Hand, zweiter Fuß, schleppte er sich über die Sprossen nach oben, wo das glühende Signallicht für den Flugverkehr einsam in die Dunkelheit stach. Als käme er dem Feuer eines Ofens stetig näher, bekam die Haut an sienen Händen mit jedem weiteren Höhenmeter eine rötlichere Pigmentierung. Die Dampfkessel fielen ihm ein, im Heizraum des Hochseedampfers, wo der fette Götz sich an seiner blöden Arschritze kratzte, den Kopf zurückdrehte und Konrad anblickte, wobei er mehr Ähnlichkeit hatte mit Blancknagel, den er mit dem weltrekordverdächtigen Weitsprung vom Pferd gestoßen hatte. Huhu, trällerte Luda, die neben dem Stahlgerüst emporgeflattert kam, den Mantel wie so häufig als Schwanzflosse nutzend. Sie schnitt Grimassen und ärgerte ihn, dass er doch tatsächlich alles erledigt hatte, obwohl er immer noch so langsam sei wie eine Schnecke. Hoffentlich rutschst du nicht auf deinem Schleim aus, rief sie und wandte sich künstlich angeekelt mit lautem Lachen ab. Ein weiteres kam hinzu und noch eines, bis er umzingelt war vom Gelächter der Kohlenschipper, die ihm seine Geschichte von der Frau im weißen Badeanzug mit roten Punkten nicht glauben wollten. Liliane, oder kurz Liane, zu deren Räuberbande er später sogar gehörte, aber da war ihnen das Lachen bereits gründlich vergangen, den elenden Nazibrüdern. Konrad sah nach unten, wo die Stahlrohre bedrohlich dünner wurden, je weiter er sie mit den Augen verfolgte. Dort, wo sie ins mondgelbe Wasser stießen, sah es aus, als hätten sie sich auf die Dicke von Zahnstochern verjüngt. Eine optische Täuschung, die ihm schon früher aufgefallen war, auch beim Erklimmen des Hochsitzes im Buchenwald. Nadia fiel ihm ein, ihre Töchter und die Geschichten vor dem Schlafengehen über Plagen und Verwüstungen, die am Boden liegende Stadt, in die er nach dem Krieg zurückkehrte und die bald darauf wieder wuchs. Mit einem Blick nach oben vergewisserte er sich, dass nicht mehr viel fehlte, er befand sich im vorletzten Teilbereich, wo die Stangen in Weiß gehalten waren, vom Signallicht mit rotem Schimmer überzogen. Das erinnerte ihn an Kafka, der wie eine Lichtspur auf der Haut war, die sein Leben begleitete. Hier und da hellere Sonnenflecken werfend, oft auch kaum wahrnehmbar, verfolgte er ihn mitunter jahrelang im Verborgenen, fast schattengleich, um dann, aus einer

Laune heraus und unerwartet aufzublenden, wie das Blitzlicht einer Fotokamera, sodass er sich gezwungen sah, die Augen zu schließen und die nicht enden wollenden Farbspielereien auf der Netzhaut abzuwarten, bis er sich daran gewöhnte. Konrad war oben angekommen. Von einer Plakette erfuhr er, dass er den Bereich K erreicht hatte, wo der Stahlkäfig zur Spitze hin wie ein Dreieck abknickte. Durch die Gerüststangen stieg er nach außen, eine angenehme Luft wehte heran, er setzte sich hin und genoss den Ausblick.

Tief unten im Ozean machten die Menschen gewiss weiter wie gewohnt, durch das Wasser im Takt gedämpft. Er sah Straßenlaternen und Fensterlichter, beleuchtete Werbetafeln, daneben die umherziehenden Scheinwerfer der Autos, die ein zähfließendes Muster ausgebreitet hatten, das sich permanent zueinander verschob wie ein beweglicher Sternenhimmel. Konrad überlegte, dass er, obwohl er auf der Spitze des Wolkenkratzers saß, das Ganze genauso gut umdrehen könnte, als wäre es eine entwickelte Fotografie, um hundertachtzig Grad, auf der er sich ganz unten befand, kopfüber an der Antenne, die von ihm abging wie ein übergroßes Mundstück, das in der unendlichen Sprechblase des Ozeans steckte. Alles, was darin passierte, war traumhaft schön und hätte es verdient gehabt, auf ewig bestehen zu bleiben, was eine Ursache dafür gewesen sein könnte, dass die ihn umgebende Dunkelheit von einem Moment auf den anderen aushärtete und die Welt in sich einfror. Gehärtete Dunkelheit war ein noch härteres Material als gehärtetes Licht und kam, es war nicht anders zu erwarten, nur selten vor im Universum. Und wenn sie einmal entstand, dann nur für kurze Zeit, denn bereits ein kleiner Funke reichte aus, damit sie sich in Luft auflöste. Diese Aufgabe übernahm eine winzige Entladung, ein zackig verlaufender Stromschlag, der von der Antennenspitze abgesondert wurde und auf

Konrads Bauchdecke traf. Wie eine Bajonettspitze schob sich die Antenne hinterher, schlitzte die Haut auf und drang tiefer ein, während zeitgleich das Wasser zu sinken begann. Sturzbachartig wurde die Stadt wieder freigelegt. Zuerst tauchten die Wolkenkratzer auf, gruppiert in der Mitte, gefolgt von den sie umgebenden Hochhäusern und den Silobauten am Stadtrand. Etwas abseits kam eine wuchtige Sportarena zum Vorschein, in der Mitte stießen spitze Kirchtürme hinzu, auch Fabrikanlagen und die Einkaufszentren der Innenstadt. Entlang der Hausdächer sank der Wasserspiegel rapide um die Figurengruppe am Eingangsportal des Bahnhofs und das ehemalige Wellendach der Großmarkthalle. Komplette Straßenzüge im Altbaustil, sternförmig angelegt und mit Grünflächen dazwischen, tauchten wieder auf. Das Wasser verzog sich überall und fiel auf die Höhe von Papiermülltonnen oder Kaugummiautomaten bis zum Bordstein und noch tiefer, sodass man den Fahrradweg vor dem Eingang wiedererkennen konnte, in dem Konrad von der Treppe ungebremst in die Klinge des Brieföffners gestürzt war, die Krohm ihm in den Magen gerammt hatte.

Konrad spürte, wie das Hemd feucht wurde in der Bauchgegend. Ein unangenehmes Gefühl, das sich verstärkte, je weiter und deutlicher die Feuchtigkeit sich ausbreitete. Mit beherztem Griff tastete er die Stelle ab, ungläubig und verwirrt, bis ihm klar wurde, dass das Hemd bereits völlig durchnässt war. Eine Tatsache, die ihn dazu trieb, die Jacke zur Seite zu schieben und den dunklen Fleck am Hemdstoff näher zu untersuchen. Immerhin spürte er dort keinen Schmerz, ein leichtes Stechen vielleicht, das im nächsten Moment höllisch brannte. Krohm, der die Klinge herausgezogen hatte, stolperte rückwärts auf die Straße hinaus, wohin ihm Konrad langsam folgte, die Hände voll Blut. Erst bei der Fußmatte vor der Haustür sackte er kraftlos auf die Knie.

Eine Frau stieg auf der Beifahrerseite aus einem geparkten Auto und erkundigte sich bei Krohm, ob das der Mistkerl sei, wobei sie beim Wort *Mistkerl* auf Konrad zeigte. Ja, das ist er, antwortete Krohm, der seinen entsetzten Blick von der tropfenden Klinge zur blutenden Wunde an Konrads Bauch wandern ließ. Die Frau blieb vor Konrad stehen und beobachtete ihn mit Interesse, dachte ich mir, bemerkte sie leise. Er hob den Kopf und schien mit den Augen nach der Quelle zu suchen, aus der die Worte zu ihm drangen. Das ist für meinen Mann, sagte Dora. Ihre weit ausgeholte Ohrfeige, ein Volltreffer auf die linke Wange, blies Konrad augenblicklich die Lichter aus. Er rutschte seitwärts an der Außenmauer entlang und blieb mit angewinkelten Beinen liegen. Aus dem Bauch verteilte sich das Blut auf den staubigen Bodenplatten. Dora drehte sich zu Krohm, der dabei war, seine Fassung wiederzuerlangen, und befahl ihm, die Sache zu beenden, wie sie es besprochen hatten.

Rakete konnte man nur wünschen, dass er die Leiche an der Hauswand vom Fenster in der Dachschräge aus nicht gut erfassen konnte. Er hätte sich weit hinauslehnen müssen, um etwas erkennen zu können, aber aufgrund des schmalen Fensters war das nicht möglich. Deswegen rannte er hastig die Treppen herunter, wobei er zum Glück nicht auf demselben Stufenabsatz ins Stürzen geriet, und verpasste dadurch nicht, wie eine Dame das Auto rückwärts auf die Straße setzte. Der frei werdende Parkplatz wurde von einem dahinterstehenden Wagen dankbar abgewartet. Rakete sah das Auto vorbeiziehen, ein älterer Herr musterte ihn neugierig aus dem Beifahrerfenster. Ohne auf das Nummernschild zu achten, drehte er den Kopf zur Hauswand, wo er den unwürdigen Anblick von Vollbarts ausgeblutetem Körper erwartete, eine Leiche, mit Haut und Haaren, samt Knochen und inneren Organen. Stattdessen hatte sich ein Haufen aus Rindenmulch aufgeschichtet, der einen menschlichen Körper nachzeichnete, mit etwas trockenem Laub vermischt. Beim Näherkommen wurde Rakete klar, dass selbst das Blut die zähflüssige Struktur von Baumharz aufwies und an den Fingern kleben bleiben würde. Vielleicht würde Schuh in dem Moment vorbeikommen, einerseits, weil ihr aufgefallen war, wie selbstverliebt Future war, der sich mit anderen Personen nur schmückte, anstatt sie in sein Leben zu lassen, andererseits, weil sie Rakete doch mehr vermisste, als sie sich eingestehen wollte. Die beiden würden nach oben gehen und diesmal gemeinsam die Aufnahme abhören. Danach würde sie aufstehen und einen Beat programmieren, einen der schepperte vor Leidenschaft. Dazu käme Kafkas Stimme, von der Schalldose mit einer Sprachaufnahme digital aufs Handy kopiert. Daraus würde sie kraftvoll gesprochene Schnipsel entnehmen, die als eingestreute Höhepunkte im Song fungierten. Ein Club-Hit, der die Welt zum Tanzen bringen würde, mehr noch, aus den Angeln würde er sie heben. Menschen würden beim Einsetzen des Beats den Kopf hin und her wiegen und bereits während der ersten Armbewegungen etwas begreifen und anfangen, dementsprechend zu handeln. Ungerechtigkeiten kämen unter die Lupe, die gesamte Menschheit würde sich bei wummernden Bassklängen eine Vision erlauben, die genug Platz schaffte für Denkmuster, in denen Kriege und Krankheiten ins Gegenteil gekehrt wären, dabei vor Freude im Takt in die Luft springen, bis eingewachsene Strukturen Risse bekämen und flächendeckend aufbrächen. Eine ungeahnte Geborgenheit, in der alle gemeinsam frei wären, wäre zum Greifen nah, für den Hauch einer Ewigkeit. Das wäre Rakete zu wünschen gewesen. Aber selbst wenn die Dinge letztendlich anders abliefen und er sich allein aus dem Staub machen müsste, aus Angst und Fassungslosigkeit vor der menschlichen Brutalität, wobei er Schalldose und Buch mitnehmen oder tief im Einkaufswagen von Maade vergraben würde, um beides morgen oder erst in elf Jahren dort wieder abzuholen, war eine Tatsache immerhin nicht von der Hand zu weisen. Über seinen Sneakers, mit der quer liegenden Acht als Schleife und knapp unter dem Bund seiner Jogginghose, wenn man die Ringelsocke herunterzog und seine dunkle und seidenmatt glänzende Haut um den linken Fußknöchel herum genauer untersuchte, würde man auf ein Feuermal stoßen. Es zeigte die Umrisse eines herkömmlichen Pappelblattes, wie er sie früher zu Hunderten an seinem Holz getragen hatte, in einem Wald im Gelbachtal, wo er zur Welt kam. Die Spitze ragte zur Ferse, der Stiel wand sich leicht gebogen an der Wade entlang nach oben. Dieselbe Zeichnung, die er bei Vollbart entdeckt hatte, als er ihn vorhin geweckt hatte, der Fuß baumelte aus dem Schlafsack heraus. Der Junge blickte in den Himmel, wo die Sonne tief stand. Eine glühende Scheibe, aus Sternenfeuer geschmiedet. Rakete Pappel kniff die Augen zusammen und würde im nächsten Moment entscheiden, wie es weiterging.

Zum Soundtrack des Romans von *Psycho & Plastic*:
powertothepappel.de